JANA ROMMEL

weil Liebe und so

Mia Sommers ist eine junge, emotionslose Steuerberaterin, bei welcher im Leben alles glatt läuft, außer ihr Liebesleben. Nachdem ihre Beziehung ein weiteres Mal kurz vor dem Aus steht, gibt sie sich im Urlaub einem One-Night-Stand hin. Nicht ahnend, dass sie der schöne Unbekannte schon bald im Alltag einholen wird. So sehr sie sich auch dagegen sträubt – Sex ist planbar aber Liebe passiert...

Jana Rommel lebt und liebt seit vielen Jahren in Süddeutschland. Seit frühster Jugend liest sie leidenschaftliche Liebesromane. Zu ihrem 33. Geburtstag hat sie beschlossen, ihren ersten eigenen Roman zu veröffentlichen. Denn schließlich hat sie ihre große Liebe schon längst gefunden.

Jana Rommel

weil Liebe und so

Band I

Roman

Impressum

Bibliografische Information der Deutschen
Nationalbibliothek:
Die Deutsche Nationalbibliothek verzeichnet diese
Publikation in der Deutschen Nationalbibliografie;
detaillierte bibliografische Daten sind im Internet über
http://dnb.dnb.de abrufbar.

Herstellung und Verlag: BoD – Books on Demand,
Norderstedt

ISBN: 978-3-7526-0553-2

MIX
Papier aus verantwortungsvollen Quellen
Paper from responsible sources
FSC® C105338

Für das kleine blonde Mädchen mit dem großen Traum im Herzen.

EINS

Im Grunde genommen kann ich durchaus behaupten, dass ich glücklich bin. Wobei ich mich frage, was benötigt man überhaupt, um sich aus voller Überzeugung glücklich zu nennen? Würde ich nun eine allgemeine Umfrage starten, wären sicherlich die ersten Antworten, dass man ein Dach über dem Kopf braucht. Und jetzt, wie weiter? Die Feministinnen unter uns würden wahrscheinlich spontan behaupten, dass man als Frau mit spätestens dreißig heiraten sollte. Und bitte das Kinderkriegen nicht vergessen! Ein Gedanke, der mich als karriereorientierte Siebenundzwanzigjährige sehr abschreckt. Weshalb ich ihn gekonnt beiseiteschiebe.

Wenn ich mich in meinem Freundes und Bekanntenkreis umschaue, käme als Nächstes die Familienkarte.

Logisch! Jeder hat auf irgendeine Art Familie! Ob man mit ihr auskommt, oder auch nicht. Man hat sie halt. In der Regel liegen Welten zwischen allen Beteiligten mit demselben Nachnamen. So auch bei mir. Ich wurde als Einzelkind geboren. Schätze ich zumindest. Sicher sein kann man sich ja nie. Meine Eltern waren verdammt jung, kaum sechzehn Jahre alt, blieben aber zusammen. Trotzdem suchten sie einen Schuldigen, dass sie ihre Jugend aufgeben mussten. Na ja, und der war schnell gefunden; nämlich ich, Mia! Das angespannte Verhältnis war somit vorprogrammiert.

Kinder gebären liegt mir daher fast genauso fern, wie zu heiraten. Ich will keinen Schuldigen haben müssen, nur weil ich beim Verhüten nicht aufgepasst habe. Viel lieber will ich die Welt erkunden, Länder bereisen. Oder, ganz einfach ausgedrückt, das Leben in vollen Zügen genießen.

Seit vier Jahren bin ich nun in einer Beziehung. Ob es wirklich Liebe ist, glaube ich nicht. Wir, Ben und ich, sind einfach gute Freunde. Wir haben ähnliche Interessen und streiten uns selten. Er akzeptiert jede Verschrobenheit von mir. Egal, ob es mein gewöhnungsbedürftiger Geschmack der gemeinsamen Wohnungseinrichtung gegenüber ist, oder meine emotionslose und nüchterne Lebenseinstellung. Ben akzeptiert mich, wie ich nun mal bin. Klingt nach dem perfekten Match, oder?

Ganze drei Jahre ging es bisher gut. Aber dann kam das Unvermeidliche! Meine perfekt geglaubte Beziehung geriet in Schieflage.

Auf einer Hochzeit beobachtete ich andere Pärchen. Sie schienen verliebt und glücklich. Nicht, so gefühlskalt, wie Ben und ich es zueinander sind. Von da an war es letztlich nur eine Frage der Zeit, bis ich mich selbst fragen musste, ob ich in meinem Leben tatsächlich schon einmal so richtig verliebt war.

Egal wie sehr ich darüber auch nachdenke, ich muss kapitulieren! Ich war es nicht! Schmetterlinge im Bauch sind bei mir Verdauungsbeschwerden. Händchen halten ist in meinen Augen einfach nur kindisch. Sich stets und ständig küssen zu müssen absolut unnötig.

Monate nach der Hochzeit stehen wir ein weiteres Mal vor einer Trennung. Sie ist letztlich mehr als überfällig. Wir leben aneinander vorbei. Wir schlafen nicht mehr miteinander. Wenn wir uns sehen, streiten wir. Es ist nicht mehr zu leugnen, dass wir unglücklich sind. Es uns eingestehen, wollen wir uns aber nicht.

Stattdessen buchen wir einen vorerst letzten, gemeinsamen Urlaub. Normalerweise fliegen wir jedes Weihnachten zu meinen Eltern in meine Heimat Berlin. Dieses Jahr geht es in die Karibik. Einen All-inclusive-Urlaub, wo wir ausreichend Zeit für unsere Beziehung haben sollen.

Das Fernweh haben Ben und ich schon immer gemeinsam. Mindestens einmal im Jahr packen wir unsere Koffer und machen uns auf in die Ferne. Ben bevorzugt einsame Strände, ich Orte, an denen ich tauchen kann. Einig über ein Ziel werden wir uns daher immer. Nur diesmal wissen wir, dass nach dem gemeinsamen Urlaub die Trennungsfrage beantwortet werden muss. Wenn wir es nicht noch im Urlaub entscheiden würden.

Kaum haben wir im Hotel eingecheckt, gehen wir

auch schon eigene Wege. Welche Überraschung! Ben wächst am Strand auf einer Sonnenliege fest. Ich suche krampfhaft nach einer Tauchschule. Auch wenn die Anlage riesig ist, die Schule ist ruckzuck gefunden. Allein der Anblick diverser Tauchlehrer lässt mich spüren, dass ich noch am Leben bin. Es gibt noch Gefühle in meinem Körper, und was für welche! Spontan lasse ich mich zu einem zweitägigen Tauchausflug zur Insel Saona überreden. Ben tangiert das reichlich wenig. Lust, als Begleitperson mitzukommen, hat er natürlich nicht.

Seit frühster Kindheit tauche ich. Bei jeder Gelegenheit, in jedem Urlaub. Ich bin mir sicher, es wird ein phantastischer Ausflug werden. Mit oder auch ohne ihn.

Gegen neun Uhr des nächsten Tages besteige ich mit diverser, ausgeliehener Ausrüstung eine erstklassige Yacht. Sie ist mindestens fünfundzwanzig Meter lang, durchweg schneeweiß und auf Hochglanz poliert. Die Besatzung und die Mitreisenden sind sehr überschaubar. Auf einem Touristen kommt ein Tauchlehrer. Anstatt einer der sexy Männer, wird mir eine junge Spanierin zugeteilt, Marisol. Die Sympathie springt von der ersten Sekunde über. Wir sind auf einer Wellenlänge. Ihr Wesen und vor allem ihr Lächeln nehmen mich sofort ein. Sie ist kaum 23 Jahre alt und des Lebens überdurchschnittlich froh. Bildhübsch mit langen blonden Haaren und braunen Kulleraugen. Einzig ihre Deutsch- und Englischkenntnisse sind unterirdisch. Da Ben und ich aber schon oft spanisch sprechende Länder bereisten, sitzt meine Zunge nach ein paar Cocktails locker.

Es ist soweit. Die Yacht legt ab, typisch karibische Musik erklingt. Die ersten Rumflaschen gehen rum. Wir fahren eine gute Stunde unserem Ziel Saona entgegen.

Fürchterliche Kopfschmerzen zwingen mich aufzuwachen. Allein den Unmengen von Rum und Desperados geschuldet. Ich liege in einem großen Bett in mitten eines furchtbar hässlichen Zimmers. Es ist noch dunkel. Die Sonne noch nicht aufgegangen. Dunkle Wände, mahagonifarben würde ich spontan behaupten. Goldene Zierleisten. Alles extrem altbacken. Meine persönliche Hölle. Bevorzuge ich grundsätzlich alles Gegenteilige. In meinem Kopf schaukelt es schlimmer, als jedes Boot.

Es war gestern eindeutig ein Cocktail zu viel. Mir ist sofort klar, dass der nächste Tauchgang definitiv ohne mich stattfinden wird. Erst einmal muss ich meinen Brechreiz in Griff bekommen. Vorsichtig lege ich mich wieder in die Kissen. Ich hoffe, eine Position zu finden, die meinen Schädel nicht gänzlich zerspringen lässt. Trotz Allem versuche ich mich krampfhaft zu erinnern, wie ich mich so gehen lassen konnte. Noch dazu unter Fremden. Die Antwort ist schnell gefunden. Schließlich kennt mich keiner.

Allmählich kommt die Erinnerung wieder. Zuerst die sensationellen Tauchspots. Schon allein deswegen hat sich der Trip absolut gelohnt. Unter Wasser ist die Welt eben noch in Ordnung. Da gibt es keine Beziehungsprobleme oder anstrengende Chefs. Keine hinterlistigen Kollegen und schon gar keine nervige Familie. Es ist immer ruhig und traumhaft schön.

Ein Lied drängt sich in meine Erinnerungen. Shakira mit einem Mix von hips don´t lie. Nicht die allseits bekannte, europäische Version. Es ist die Karibische. Mein rechter, großer Zeh beginnt im Takt zu wippen. Meine mörderischen Kopfschmerzen werden zum Glück weniger. Ein Lächeln macht sich auf meinem Gesicht breit. Das Bild eines Mannes huscht mir durch den Kopf. Mein Grinsen wird immer breiter. Wenn ich nicht so betrunken gewesen wäre, würde ich doch glatt behaupten, dass es Sebastian Cleary war. Ein britischer Schauspieler, Model und Frauenschwarm schlechthin. Kurz gesagt, einfach nur heiß! Zumindest als Mann.

Aber wahrscheinlich habe ich mir das nur eingebildet. Schließlich betet ihn meine beste Freundin Lu an. Seit eh und je. Seit unzähligen Jahren. Dass sie nicht noch einen Cleary-Schrein in ihrem Schlafzimmer aufgebaut hat, ist alles. So wie ich von Ben erzähle, erzählt sie von Sebastian Cleary. Dann noch eine gehörige Portion Alkohol dazu und die Wahnvorstellungen sind perfekt. Andererseits, er hätte es wirklich sein können.

Der Neugier halber beginne ich mühselig den Abend Revue passieren zu lassen. Nachdem wir vom letzten Spot aufgestiegen sind, ankerten wir unweit einer kleinen unbewohnten Insel. In Reih und Glied, neben unzähligen anderen Yachten. Eine beeindruckter, als die Andere. Die Sonne machte sich dem Horizont entgegen. Nachdem gegessen wurde, ging es zum gemütlichen Teil über. Die Besatzung drehte die Musik auf, und stellte die Kühlboxen mit Bier und Rum bereit. Marisol ließ keine Ausreden zu. Es musste getanzt werden. Im Bikinihöschen mit Oversizepullover tanzte ich an Deck und ließ meine Hüfte zur Musik kreisen. Der typische Way of Live, für den die Karibik nicht nur berühmt, sondern vor allem berüchtigt ist. Alle an Bord hatten verdammt viel Spaß. Ließen die Hüllen fallen. Feierten, als würde es keinen Morgen geben. Wir hatten wirklich das mit Abstand beste Partyboot des Ufers. Umliegende Ankernde ließen sich von unserer guten Laune anstecken, setzten sogar teilweise zu uns über. Und da ist er wieder. Der schöne Unbekannte. Er war nicht zu überreden. Stattdessen schaute er uns aus sicherer Entfernung zu. Keine zwanzig Meter. Lachte, trank, lehnte auf der Reling. Aber zu keiner Zeit seine Augen von uns lassend. Nachdem die Sonne untergegangen war, begannen die Ersten, ins Wasser zu springen. Ich aber suchte ausnahmslos den Blickkontakt mit dem schönen Unbekannten. Ich war wie hypnotisiert von ihm. Seine Augen leuchteten in der Nacht. Tiefblau, wie das Meer. Nicht zuletzt erhellt durch die unzähligen Lichter der Boote. Marisol setzte sich zu mir. Sie schaute mich an, dann den schönen Unbekannten. Dann wieder mich und zurück zu ihm. Da er nicht zu unserem Boot übersetzen wollte, beschloss Marisol, dass wir stattdessen zu seinem sollten. Entsetzt starrte ich sie an. Eine Ausrede ließ sie aber nicht zu. Stattdessen tat sie so, als würde sie mich nicht verstehen. Ok, das Sprechen fiel mir nach den unzähligen Cuba Libre zusehends schwerer. Mal ganz davon abgesehen, dass es gefährlich ist, einfach zu einem fremden überzusiedeln. Sie überzeugte mich aber, dass man im Leben auch einmal etwas riskieren müsste. Wenn dann ginge es gut, oder eben auch nicht. Aber wenn man es nicht probiert, weiß man es nicht. Ein Argument, was für mich nicht logischer klingen konnte. Gesagt, getan. Sie checkte die Gegebenheiten auf dem Nachbarboot ab. Wir setzten über. Von Cuba Libre wurde umgehend auf eiskalte Desperados gewechselt. Die Playlist von unserem Boot übernommen. Innerhalb Sekunden hatten Marisol und ich jeweils einen Mann an unserer Seite. Ich zum Glück den hübschen Unbekannten. Seinen Atem in meinem Nacken, seine warme, klebrige Haut an meinen Schultern. Ich war im Himmel und vergaß alles um mich herum. Noch nie habe ich einen Mann so erotisch tanzen sehen, wie ihn. Noch dazu in Shorts, unterhalb einer perfekten Männerbrust. Leicht behaart und muskulös. Es stimmte alles an ihm. Locker hätte man ihn zu dem „sexiest man alive" küren können. Mir war es in dem Moment völlig schnuppe, ob er ein Fremder war. Ich wollte mich nur amüsieren, Spaß haben! Mich wieder wie eine attraktive Frau fühlen. Den ganzen Stress der letzten Wochen vergessen.

Die Sonne geht allmählich auf. Ein paar Sonnenstrahlen erhellen das Zimmer. Ich öffne meine Augen. Es lässt mir keine Ruhe, ob er tatsächlich DER Schauspieler war. Ich taste auf dem Nachttisch herum. Auf der Suche nach meinem Telefon. Wenn er es wirklich war, dann habe ich auch Fotos gemacht. Das schaffe ich schließlich immer, egal ob ich doppelt oder dreifach sehe. Ich setze mich auf und schnappe mir mein Handy. Enttäuscht stelle ich fest, dass nicht ein Bild von letzter Nacht im Speicher ist. In diesem Moment könnte ich mich ohrfeigen. Verärgert lehne ich mich an die Rückwand des Bettes und werfe das Telefon an das Fußende. Wieder schaue ich mich im Zimmer um. Diesmal bleibt mein Blick auf einem großen Lakenknäuel neben mir im Bett hängen. Das Herz rutscht mir in mein nicht vorhandenes Höschen. Ich werde schlagartig immer nüchterner. Will ich jetzt wirklich wissen, ob es nur ein, ungünstig drapiertes Bettlakenwirrwarr ist? Oder ob wirklich jemand darin liegt?! Bevor ich die Tatsachen abwägen kann, macht sich meine rechte Hand selbstständig. Vorsichtig hebe ich als erstes ein Kopfkissen beiseite. Shit! Da liegt ja wirklich jemand! Ich bete, dass es Marisol ist. Deswegen, das zweite Kissen muss weg. Zum Vorschein kommen braune Haare. Oh verdammt! Meine Untreue ist bewiesen. Es ist amtlich, ich bin eine Fremdgeherin. Einen Tag ohne Ben und schon liege ich mit jemand wildfremden im Bett. Aber, es besteht ja noch Hoffnung. Auch wenn ich nackt bin, heißt das ja lang noch nicht, dass der nebenan es auch ist.

Sehr vorsichtig kämpfe ich mich zum Anfang eines der unzähligen Laken vor. Behutsam hebe ich das Erste an. Zum Vorschein kommt ein blankes Hinterteil.

Läuft Mia! Rückwärts und bergab, aber läuft!

Mein Magen beginnt Achterbahn zu fahren. Schlimmer, als zuvor mein Kopf. Während ich mich konzentriere, meinen Brechreiz zu unterdrücken, höre ich eine maskuline Stimme:

»Good morning Mia!«

Ich falle vom Glauben ab. Die Suche nach einem Bild letzter Nacht hätte ich mir sparen können. Denn er ist es tatsächlich. Sebastian Cleary! Noch dazu nackt in meinem Bett und kennt sogar meinen Namen. Mir verschlägt es die Sprache. Mit offenem Mund starre ich ihn an.

»In the sunlight you´re even prettier.«

Seine Worte kommen zwar bei mir an, aber verarbeiten kann ich sie nicht. Ich bin mit der Gesamtsituation maßlos überfordert. Meine Gedanken überschlagen sich. Ich hoffe, dass das alles ein makabrer Traum ist, aus dem ich jeden Moment aufwache. Aber nichts.

Was ist bloß nach dem Tanzen passiert? Hatten wir etwa Sex?

Das blanke Entsetzen ist mir ins Gesicht geschrieben. Ihn aber scheint es königlich zu amüsieren. Er stützt sich auf seinen linken Ellenbogen und grinst mich an.

Oh je, da ist es wieder! Dieses sensationelle Lächeln

und die tiefblauen Augen.

Meine Skepsis verschwindet. Ich fasse Vertrauen, beginne auch zu lächeln. Ungefragt rutscht er zu mir. Mein Herz beginnt in einem besorgniserregenden Tempo zu rasen. Sein warmer, leicht klebriger Körper presst sich an meinen. Seine Lippen suchen den Weg zu meinen. Ich wehre mich nicht, keine Sekunde. Ich lasse mich von ihm küssen. Von seinen weichen Lippen.

In meinem Bauch bricht ein Feuerwerk aus. Größer als zu jedem Silvester der Welt. Meine Beine und Arme werden weich. Meine Augen schwer. Ich schließe sie und lege mich wieder hin. Seine weichen Lippen wandern meinen Hals entlang. Sein Dreitagebart lässt mir jedes noch so kleine Härchen am Körper aufstellen. Ein zuckersüßes Ziehen im Unterleib überkommt mich und zwingt meinen Treuewillen augenblicklich in die Knie. Jeglicher Respekt vor dem Verbotenen ist verflogen! Das logische Denken unmöglich. Zu sehr sehne ich mich nach körperlicher Nähe. Auch wenn er ein Fremder ist. Ich verspreche mir selbst, Ben nur dieses eine Mal zu betrügen.

Er presst seine gesamte männliche Pracht gegen meine Hüfte. Ein leises Stöhnen entweicht seiner Kehle. Es ist ohne Zweifel Musik in meinen Ohren. Mein Herz pocht mir bis zum Hals und darüber hinaus. Seine Hand wandert von meiner Hüfte zu meinen Brüsten. Seine Finger liebkosen meine Nippel. Praller und härter waren sie noch nie.

Ihn macht es an, wie ich auf ihn reagiere. Trotz Allem scheint er sich ein weiteres Mal von dem Offensichtlichen überzeugen zu wollen. Seine rechte Hand gleitet auf direktem Wege zwischen meine Beine. Ich bin bereit! Er reist mich herum und sieht mir direkt in die Augen. Sein Anblick lässt mich erstarren. Er ist es wirklich!

Geduldig sieht er mich an, als würde er auf eine Erlaubnis warten. Als sie aber nicht kommt, nähert er sich wieder vorsichtig mit seinen Lippen den meinen. Mein Atem wird schwer, meine Wangen heiß. Ohne ein einziges Wort zu verlieren, drückt er meine Beine mit seinen Knien auseinander; dringt vorsichtig in mich ein. Mir stockt der Atem. Ein Gefühl, so intensiv, dass es mich innerlich zerspringen lässt. Meine Beine werden weich, mein Kopf glüht. Er fragt nicht, er tut einfach. Jede einzelne seiner Bewegungen stiehlt mir den Verstand. Mein Herz rast in besorgniserregendem Tempo. Mit jedem weiteren Stoß scheint er mich mehr und mehr auszufüllen. Keine Minute lässt er mich aus den Augen. Er genießt es zu sehen, wie gut er mir tut. Nicht zuletzt, da es ihn erregt.

Ich will es nicht glauben. Passiert es wirklich? Oder wache ich gleich auf?! Einen kurzen Moment halte ich inne, was auch ihm nicht unbemerkt bleibt:

»Everything Ok?«

Sebastian sieht mir an, dass rein gar nichts mit mir in Ordnung ist. Eine Antwort bleibe ich ihm aber schuldig. Stattdessen schaue ich ihn an. Meine Beine werden weicher als je zuvor. In meinem Kopf ist gähnende Leere. Ich kann mir nicht erklären, was gerade mit mir passiert. Habe ich mich denn wirklich zum ersten Mal verliebt?

Geduldig sieht er mich an, weiterhin in mir verharrend. Bei seinem Anblick geht mir buchstäblich das Herz auf. Ich ziehe seinen Kopf dem meinen entgegen. Sebastian wehrt sich keine Sekunde. Unsere Lippen berühren sich ein weiteres Mal. Dieser Kuss lässt mich alles um mich herum vergessen. An welcher Stelle meines Körpers es nicht kribbelt, ist nicht zu sagen. Es ist ein phänomenales Gefühl. Wenn auch unbekannt.

Meine Hüfte beginnt sich unkoordiniert zu bewegen. Ich will es zu Ende bringen, jetzt! Genauso, wie es angefangen hat. Unter ständigen Küssen, seine Hände fest in meinen. Ich schlinge meine Beine um seinen Körper. Nie wieder werde ich ihn freigeben. Sebastian beginnt zu lächeln und nimmt sich meiner Bewegungen an. Es braucht keine großen Anstrengungen mehr und die Ekstase gipfelt innerhalb kürzester Zeit in dem wohl schönsten Gefühl der Welt.

Erschöpft und befriedigt liege ich neben Sebastian und sehe ihn einfach an, während er schläft. Zerzaustes dunkelbraunes Haar, teilweise von der Sonne gesträhnt. Markantes Kinn, breite Schultern, sehnige Unterarme. Karamellartige Urlaubsbräune. Auf den ersten Anblick scheint alles perfekt. Schnell stellt sich das Gefühl ein, mein persönlicher Mister

Right liegt neben mir. Noch schneller realisiere ich, was für ein Mann er ist. Nämlich so einer, der auf jede Frau wie eine Droge wirkt. Nicht nur, da einem so ein Mann nicht jeden Tag über den Weg läuft. Es braucht schon enormes Glück, was leider auch schnell in großem Unglück endet. Vor allem wenn man sich verliebt. Man kann und wird so einen Mann niemals besitzen. Schon gar nicht kontrollieren.

Die schlimmste und verheerendste Droge einer jeden Frau, süchtig nach etwas zu werden, was man nie haben wird. Sich nach einem Kuss auch noch Tage später über die Lippen zu lecken. Weil man wirklich der Meinung ist, es schmeckt noch nach ihm. Oder man dreht sich um und riecht ihn. Man ist wirklich davon überzeugt! Man denkt gar nicht daran, dass das unmöglich ist. Man bekommt seinen Geruch partout nicht aus der Nase. Von seinem Gesicht vor dem inneren Auge einmal ganz abgesehen.

Gedanklich spielt man jedes mögliche Gesprächsszenario durch, um für den Fall der Fälle vorbereitet zu sein. Man will es gar nicht. Man macht es einfach. Selbst ein einfacher Pancake am Frühstücksbuffet erinnert an die braun gebrannte Haut seiner Brust. Nichts ist mehr alltäglich. Und erst recht nicht mehr, wie es einmal war. Alles erinnert an ihn und den unverbindlichen, intensiven Sex. Es wird ein endloses Kopfkino werden, das immer in einem bittersüßen Gefühl zwischen den Beinen endet. Ganz zweifelsohne, Männer wie er machen süchtig. Denn sie fragen nicht, sie tun einfach. Alles, was du sonst aus reinem Prinzip nie mit dir anstellen lassen würdest. Selbst wenn er in der Realität der schlechteste Fick ever ist, ist er es in deiner Vorstellung auch nicht nur ansatzweise.

Und ich habe mich ausgerechnet in so einen Mann verliebt? Toll!

Je mehr ich mir dessen bewusst werde, desto mehr wird mir klar, Mia geh! Renn oder lauf, aber geh einfach und das am besten so schnell wie möglich! Panik bricht aus. Leise krabble ich aus dem Bett und suche meine Sachen zusammen. Bikinihöschen, Pullover, Flipflops. Das muss es gewesen sein. Ich schleiche die Treppe hinauf zur Tür hinaus. Die Sonne blendet abartig. Wie spät ist es überhaupt? Mein Blick fällt auf meine nicht vorhandene Uhr. Shit, wo ist meine Uhr? Ein Weihnachtsgeschenk von Ben. Ich muss sie finden! In meiner Panik suche ich das Yachtdeck ab. Dabei kommt mir Marisol mit dem wohl breitesten Grinsen überhaupt entgegen. Offensichtlich hatte sie auch eine sehr aufregende Nacht, mit ihrem gestrigen Tanzpartner.

»Mia! Endlich, da bist du ja! Wir müssen los!«

»Ja schon klar aber meine Uhr, ich finde sie nicht.«

»Die Uhr ist jetzt egal, wir legen gleich ab! Wir müssen auf unser Boot zurück! Hast du mal auf die Uhr geschaut?«

Ein sarkastischer Blick samt hochgezogener Augenbraue meinerseits signalisiert ihr, dass das ja schlecht ohne Uhr geht.

»Wir sind schon viel zu spät. Wir waren nicht mal bei dem letzten Tauchspot. Die werden uns schon suchen! Außerdem sollten wir längst auf dem Rückweg sein. Ist die Uhr denn wirklich so wichtig?«

Marisol gestikuliert so gestresst, wie es wohl nur eine Spanierin kann.

Ich drehe mich um und schaue die Treppe zu Sebastians Zimmer hinunter.

»Das, was wichtig war, wird es wahrscheinlich nie wieder sein. Los! Lass uns endlich verschwinden!«

Gesagt getan, wir setzen zu unserer Tauchyacht über.

Am Bug unserer Yacht nehme ich ganz vorne Platz. Meine Beine hängen diese hinunter. Meine Arme stützen auf der untersten Reling meinen Kopf. Das Wasser spritzt meine Beine durch die an dem Bug brechenden Wellen hinauf. Es kitzelt, vergleichbar mit Sebastians Bart an meinen Schultern.

Gedankenversunken schaue ich auf das Meer. Ich bilde mir ein, weit am Horizont schon unser Hotel zu sehen.

Ich will nicht wieder an Land, Ben in die Augen schauen müssen. Zu sehr schäme ich mich für das, was am Morgen passiert ist. Und dabei kann ich mich nicht einmal an die Nacht davor erinnern. Obwohl ich mich noch nie besser gefühlt habe, wie mit dem, was Sebastian in mir hervorruft.

Eine freundschaftliche Umarmung reist mich aus meinen Gedanken. Es ist Marisol. Sie lächelt mich an. Ohne auch nur ein einziges vorwurfsvolles Wort zu verlieren sagt sie mit spanischem Akzent:

»ich weiß« und drückt mich an sich.

Die Tränen steigen mir in die Augen. Das Atmen fällt schwer.

Marisol schaut mich an und sagt:

»Ach Mia, vergiss es einfach! Er ist nicht perfekt, du aber schon! Und was auf einer Yacht passiert, bleibt auf einer Yacht. Es war doch nur Sex! Kein Grund, jetzt depressiv zu werden! Lebe dein Leben weiter. Und wenn es für ihn wirklich mehr war, dann findet er dich! Ganz sicher!«

Marisol hat Recht. Sicherlich ist es nur der Reiz. Es wäre ja auch makaber, wenn ich mich einfach so in einen wildfremden Mann verliebt hätte. Außerdem war ich betrunken. Da weiß man sowieso nicht, was man tut. Es stimmt schon! Genau genommen ist es ein einfacher Urlaubsflirt. Warum soll das mein ganzes Leben buchstäblich durcheinander würfeln? Wer hat schon etwas davon? Ich sicher nicht! Ben und unsere Beziehung schon zwei Mal nicht. Sofern das Fremdgehen das endgültige Aus bedeuten würde.

Ich beschließe mich zusammen zu reißen. Zumindest kann ich jetzt auch einmal behaupten, verliebt gewesen zu sein. Ob es wirklich so ist, weiß ich aber nicht.

Marisol motiviert mich:

»Nun lass uns noch ein bisschen Party machen und die letzten Stunden genießen!«

Sie zieht mich an meinen Armen vom Bug hoch. Ein Schiffsjunge steht schon mit einer Flasche des besten Rums bereit. Er schaut uns an und fragt Marisol für mich unverständliche Dinge. Marisol macht ihn darauf aufmerksam, dass es jetzt mehr als einen Plastikbecher braucht.

Der junge Kerl rennt in die Kabine und scheint sich das größte Gefäß zu schnappen, das er auf Anhieb finden kann. Das Resultat, zwei Cuba Libre in je einem Messbecher. Genau mein Geschmack! Trinkgläser sollten Henkel haben. Vor allem wenn man auf dem Meer unterwegs ist. Marisol sucht den On-Schalter der Musikanlage und eh ein Ton aus dieser erklingt schreit sie:

»M I A, Aplausos en nosotros« (Prost, auf uns Mia). Die Musik ertönt, Over the Rainbow…

Einen weiteren Cuba Libre später, denke ich noch einmal über Marisols Worte nach. Auch wenn ich hin und her gerissen bin, sie hat wirklich Recht! Was um alles in der Welt will ein Hollywoodstar wie Sebastian Cleary mit einer normalen, zwangsneurotischen Deutschen wie mir? Noch dazu eine Steuerberaterin! Langweiliger geht es kaum. Eben, lediglich ein wenig Spaß.

Die Erkenntnis tut trotzdem brutal weh. Ich signalisiere dem Schiffsjungen spontan, einer geht noch! Gesagt getan. Der richtige Pegel ist erreicht.

Ich nehme mich der Musikanlage an. Over the Rainbow ist doch ein bisschen zu viel des guten. Wir brauchen keinen Depri, wir brauchen Flow! Spontan entscheide ich mich für ein Lied aus dem gefühlt letzten Jahrhundert. Die Wahl fällt auf Sean Paul. Er singt meiner Meinung nach genau das Richtige für mein momentanes Seelenheil.

Obwohl ich mir bewusst bin, für mein Fremdgehen

irgendwann in Flammen aufzugehen. Sean Paul wird ruckzuck von Rihanna mit live your life abgelöst.

»Wie passend Mia!« schreit Marisol und dreht den Lautstärkepegel bis zum Anschlag, bevor sie mit ihrem Drink zu mir kommt.

Synchron schreit die gesamte Besatzung „so live your life!"…

Zum Abschluss eines perfekten Ausfluges lassen wir noch einmal alle Hüllen fallen. Hüfte schwingend tanzen wir auf dem Yachtdeck in der Abendsonne dem Land entgegen.

Die Yacht legt am hoteleigenen Strand an. Marisol und ich verabschieden uns. Wir drücken uns, als hätten wir eine Freundin fürs Leben gefunden. Und versprechen, definitiv Kontakt zu halten.

Wehleidig gehe ich von Bord. Und kehre meiner für zwei Tage perfekten und vollkommenen anderen Welt, den Rücken.

Ich laufe am Strand Ben entgegen. Er wartet schon auf mich. Offensichtlich hat er mich sogar ein bisschen vermisst, wenn er sich sogar von seiner Sonnenliege losreißen kann.

Ungewohnt liebevoll nimmt er mich in Empfang und fragt sofort, wie der Trip war. Bevor ich mir eine angemessene Antwort ausdenken kann, fällt er mir ins Wort. Er erzählt ohne Punkt und Komma von seinen zwei Tagen. Wie es ihm ergangen ist. Was er unternommen hat. Die neusten Skandale am Strand. Sogar, dass er schnorcheln war und einen exotischen

Fisch gesehen hat. Mehr als ein Lächeln darüber kann ich mir nicht abringen. Schließlich konnte ich ihn noch nie zu Wassersport bewegen.

Es ist also fast alles, wie vor zwei Tagen. Ich brauche mir in diesem Moment keine adäquaten Antworten auf diverse Fragen einfallen zu lassen. Mal ganz davon abgesehen, dass sie sowieso gelogen gewesen wären. Ich weiß, er würde mich nie wieder danach fragen.

Darum sage ich ihm lediglich, dass es bei mir mit Abstand natürlich nicht so aufregend war! Eher langweilig dem gegenüber, was er erlebt hat.

Ich war augenblicklich zurück in meinem Leben und irgendwie auch froh darüber.

Es bleibt dabei! Was auf einer Yacht passiert, bleibt auf einer Yacht!!!

Z W E I.

Sebastians Gesicht ist allgegenwärtig. Auch wenn ich mir noch so viel Mühe gebe, er ist vor meinem inneren Auge nicht mehr wegzudenken. Sein Lächeln, wie er auf mir liegt. Es macht mich schier wahnsinnig. Vor allem keinen anderen Gedanken mehr fassen zu können. Ununterbrochen geht er mir in der Endlosschleife durch den Kopf. Ich kann mich auf nichts mehr konzentrieren. Es ist mir schlicht nicht möglich, diesen Mann zu vergessen. Von den Augen und dem Gefühl, als er mit mir schlief, wollen wir erst gar nicht reden.

So vernünftig ich auch sein will, die Enttäuschung ist riesig. Vor allem, dass er meine Flucht einfach hingenommen hat.

Einige Tage sind seither vergangen. Unser Urlaubende ist nun zum Greifen nah. Zeit, um mich zu finden, hat Sebastian reichlich gehabt. Na ja, allerdings hat das auch vorausgesetzt, dass er mich auch finden will! Und da sind wir wieder beim Thema. Die Endlosschleife einer Süchtigen.

Die letzten Urlaubstage werden zu einer nicht mehr enden wollenden Qual. Von Stunde zu Stunde fiebere ich unserer Heimreise mehr entgegen. Jedes einzelne Boot, das unseren Strand kreuzt, lässt mich aufschrecken. Zugegeben, im ersten Moment nur, weil ich auffliegen könnte. Ben so von meinem Fehltritt erfährt. Im nächsten Moment ist es meine unsagbare Sehnsucht nach Sebastian. Seinem Lächeln, seinen Augen und vor allem seinem Geschmack. Es scheint mich innerlich förmlich zu zerreißen. Noch dazu gehen mir ständig Marisols Worte durch den Kopf:

»Es war nur Sex. Wenn es für ihn auch mehr war, wird er dich finden.«

Bla, bla, bla! Sicherlich hat sie Recht. Es ist ein Urlaubsflirt. Es erschreckt mich aber, dass es mir einfach nicht in meinen Kopf geht. Noch dazu ist es ein reiner Drahtseilakt, mir Ben gegenüber nichts anmerken zu lassen. Zum Glück muss ich keinen partnerschaftlichen Verpflichtungen nachkommen.

Es wird jetzt höchste Zeit, dass es wieder nach Hause geht.

Kaum, dass wir in Zürich gelandet sind, sehe ich von weitem Lu. Sie holt uns vom Flughafen ab.

Lu ist, ganz klar, meine deutsche Marisol. Meine beste Freundin seit unzähligen Jahren; eine Seelenverwandte, eine Schwester. Aber nur eben Lu, einzigartig und völlig anders als ich.

Ich renne ihr in die Arme und sehne mich nach einer freundschaftlichen Umarmung. Erklären muss ich nichts. Sie merkt sofort, dass mit mir etwas nicht stimmt:

»Es wird alles wieder gut, versprochen!«

Entsetzt dreht sie sich Ben zu:

»Hast du sie so fertiggemacht, dass sie grad noch mal Urlaub braucht?«

Ben sagt nichts dazu. Sieht sie nur abwertend an.

Es ist schließlich kein Geheimnis, dass sie in diesem Leben sicherlich keine Freunde mehr werden. Im nächsten Leben schon zwei Mal nicht.

Trotz Allem schafft sie es, dass immer alles wieder gut wird. Und wenn sie das Problem nur tot analysiert. Aber dieses Mal ist es anders. Um mir helfen zu können, hätte ich ihr erst einmal sagen müssen, was das Problem ist.

»Lass uns später reden, Mia. Wenn wir alleine sind. Aber jetzt reiß dich mal zusammen! Es wird langsam auffällig, dass etwas nicht stimmt.«

Gesagt getan. Ich drehe mich zu Ben um und beginne künstlich zu lächeln. Lu fällt selbstverständlich sofort auf, dass das Lächeln auch nicht nur im Ansatz ehrlich ist. Ausreichend ist es für den Moment aber allemal.

Sicherlich ist Lu davon überzeugt, dass der Urlaub überhaupt nicht produktiv verlief. Und nun, die sich lang angekündigte Trennung, unmittelbar bevorsteht.

Zuhause angekommen, beginnt wieder der mir so verhasste Alltag. Ben benimmt sich wie eine Sau. Nichts interessiert ihn. Sein Koffer strandet natürlich direkt im Wohnungseingang. Allein mit akrobatischen Künsten kommt man an dem Koffer vorbei, ohne sich schwerwiegende Verletzungen zuzuziehen. Einen Streit deswegen anzufangen, will ich aber auch nicht. Ich bin zu müde, von den Ereignissen der letzten drei Wochen.

Ohne ein weiteres Wort zu verlieren verziehe ich

mich ins Schlafzimmer. Da das die letzten Monate absolute Gewohnheit war, fragt Ben erst gar nicht nach. Spricht mich nicht an, lässt mich machen.

Da liege ich nun, im Bett. Nicht einmal die Tatsache, dass es in ein paar Stunden wieder heißt: „und täglich grüßt das Murmeltier-Aufstehen-Arbeiten-Geld verdienen", lenkt mich ab. Der berufliche Alltag juckt mich null! So ist es nun mal, fasse ich die Gesamtsituation schulterzuckend und kapitulierend zusammen.

Sicherlich nicht allein dem Jetlag geschuldet schlafe ich kaum eine Minute der Nacht. Bei jedem einzelnen, verdammten Schließen auch nur eines Auges erscheinen mir stechend blaue Augen, die nicht Ben gehören. Ich verstehe es partout nicht, warum ich nicht zum Alltag zurückkehren kann.

Verwirrt und erschöpft döse ich vor mich hin. Eine gefühlte Sekunde später klingelt schon der Wecker. Es ist wieder Zeit für das Sklavenrudern.

Selten ist mir das Aufstehen so enorm schwergefallen, wie an diesem Morgen.

Ich quäle mich aus dem Bett und schaue in den Spiegel. An keinen fünf Tagen meines bisherigen Lebens habe ich so dermaßen kacke ausgesehen, wie heute Morgen! Die Urlaubsbräune weicht einer blassen Haut. Bislang war mir nicht einmal bewusst, dass ich Augenringe habe. Mein Spiegelbild belehrt mich aber eines Besseren.

»Tja Mia, da brauch es heute wohl ein bisschen mehr Make-up!« spreche ich beiläufig vor mich hin.

Das mollig warme Wasser in der Dusche prasselt auf mich hinab. Welch wohltuendes Gefühl. Gewohnheitsmäßig schließe ich die Augen. Nur blöd, dass es mir wieder Sebastians Gesicht zum Vorschein bringt. Aggressiv beschließe ich, dass es damit nun endgültig vorbei ist. Das bringt schließlich alles nichts. Ich richte mich vor dem Spiegel auf und drohe mir selbst:

»Fertig jetzt, verstanden? Er will dich nicht oder siehst du ihn hier irgendwo? Nein? Also, merkst du was? Es ist vorbei! Hake ihn ab! Raff es endlich! Es war nur ein One-Night-Stand. Interpretiere nicht mehr hinein, als es letztlich war!«

Respektvoll applaudiere ich mir selbst.

Ich föhne meine Haare und krame eine Bluse und eine Jeans aus meinem Schrank. Nach einem großen Kaffee widme ich mich meinem Make-up. Was für eine Herausforderung. Aber ich sehe zum Schluss umwerfend aus. Gekonnt ist eben gekonnt.

Gut gelaunt springe ich in mein Auto. Auf dem kürzesten Weg geht es ins Büro. Die Fahrt kommt mir an dem Morgen schier endlos und unvertraut vor. Es ist noch dunkel, nass und einfach nur ungemütlich. Dabei bin ich die Strecke das letzte Mal kaum drei Wochen zuvor gefahren.

Bei einer letzten Zigarette vor Bürobeginn leere ich meinen Kaffeebecher. Tief atme ich durch und ermahne mich entschlossen:

»So Mia, neues Jahr, neues Glück! Auf geht's!«

In der oberen Etage des Bürokomplexes kommen mir schon die üblichen Verdächtigen entgegen:

»Gesundes Neues Mia, wie war der Urlaub?«

Immer schön lächeln, denke ich, und kämpfe mich zu meinem Büro durch. Hingesetzt, Handtasche ins Eck geschmissen und das erste Mal schon wieder urlaubsreif gewesen. Es kann also nur besser werden.

Der allseits bekannte, dumme Irrglaube. Natürlich wird es alles andere als besser. Es ist ein typischer Tag, an dem sämtliche Aushilfskräfte im Büro schlagartig ihr Wissen über Nacht verloren haben. Ein Tag, an dem ich meinen Namen verfluche. Ununterbrochen tönt er. Obwohl mich die Fragerei auch ungemein von Sebastian ablenkt. Trotzdem fällt meine Laune in den Keller. Nicht mal die Raucherpausen können mich aufmuntern. Noch dazu muss ich sie alleine verbringen. Meine Lieblingsarbeitskollegin Anni ist immer noch im Urlaub.

Es ist noch nicht Mittag und ich bin schon wieder fertig mit dem Tag.

Die Uhr schlägt endlich 17 Uhr. Es ist eindeutig genug für den ersten Tag nach dem Urlaub. Wir wollen es ja nicht gleich übertreiben.

Es ist schon erstaunlich, was sich alles in drei Wochen Urlaub in einer Steuer- und Wirtschaftsprüferkanzlei ansammeln kann. Vor allem lagen ja einige Feiertage dazwischen.

Keine Frage, die nächste Gehaltserhöhung muss saftig werden. Denn für so einen Mist werde ich eindeutig zu schlecht bezahlt.

Im Grunde genommen liebe ich meinen Job. Wobei ich auch zugeben muss, dass das Wörtchen Liebe die letzten drei Wochen eine ganz neue Bedeutung für mich bekommen hat. Aber ja, mein Job ist toll. Nur eben am ersten Tag nach dem Urlaub nicht. Was in aller Welt soll es mich interessieren, ob ein Klient an seiner Weihnachtsfeier zu viel Geld hinausgeschmissen hat? Natürlich kann er es nicht belegen! Aber ich bin es leid, ihm daraus einen Strick drehen zu müssen. Vielleicht sollte ich alle meine Klienten erst einmal fragen, was ihre außergewöhnlichen Ausgaben sind?! Eventuell haben sie ihren weiblichen Angestellten ein ganz besonderes Weihnachtsgeschenk überreicht. Meine Chefs würden ja nie auf so eine Idee kommen. Dabei wäre ein Stripper als Weihnachtsmann verkleidet wirklich eine willkommene Abwechslung. Solang es nicht einer meiner Chefs selbst ist.

Der Gedanke lässt mich schmunzeln. Na ja, wenigstens habe ich einmal an diesem Tag lächeln müssen.

Erstaunlicherweise hat mir meine miese Laune nicht mal jemand krummgenommen. Ok gut, wer hat auch schon gute Laune an seinem ersten Arbeitstag nach dem Jahresurlaub? Wahrscheinlich denken alle, ich hätte es ordentlich mit Ben krachen lassen. Krachen lassen schon, nur nicht mit Ben. Der Gedanke schreit schlagartig nach einem großen Themenwechsel.

Bevor ich das Büro an diesem Abend endlich verlassen kann, schaue ich noch ein letztes Mal in meinen Terminkalender. Zum Glück ist er für die restliche Woche leer. Spontan beschließe ich, in die Innenstadt zu fahren. Mein Ziel ist ein Uhrengeschäft. Ich brauche dringend eine neue Uhr. Am besten genau die Gleiche, wie mir im Urlaub verloren gegangen ist. Allmählich gehen mir nämlich die Ausreden aus, warum ich sie nicht mehr trage. Ben wird misstrauisch. Spätestens beim Koffer auspacken hätte er bemerkt, dass ich sie wirklich verloren habe.

Ein wenig bin ich über mich selbst entsetzt. Vor allem wie gut mir das Lügen seit neustem über die Lippen geht. Der Plan steht also fest. Auf in die Stadt und hoffen, dieselbe Uhr zu bekommen.

Das Telefon klingelt. Genervt schaue ich auf das Display meines Autos, das mir den Namen des Anrufers verrät: »Ben!«

Widerwillig nehme ich das Gespräch an.

»Hey Babe, bei mir wird es heute später. Muss noch einiges aufarbeiten.«

Obwohl ich innerlich fast vor Freude zerspringe, versuche ich leicht traurig zu wirken:

»Wirklich? Schade! Dann sehen wir uns später.«

»Warte nicht auf mich!«

Ben verabschiedet sich und legt auf.

Mitten in der Rushhour stehe ich also in der Stadt. Es ist klar, dass das Karma mich für meine Sünden bestrafen muss.

Kurz vor dem Passieren des Parkhauses klingelt wieder das Telefon über die Autolautsprecher. Lu ruft an.

Es steht völlig außer Frage, dass ich mit ihr noch reden muss. Sicherlich will sie alles haargenau wissen, was im Urlaub passiert ist.

Im Nachhinein könnte ich mich selbst ohrfeigen, dass ich mich am Flughafen nicht zusammengerissen habe. Denn jetzt muss ich es ihr zwangsläufig erzählen.

Genervt drücke ich den grünen Hörer am Lenkrad:

»Hey Lu! Sorry, hab ganz schlechtes Netz. Bin unterwegs. Muss noch schnell etwas einkaufen und dann will ich nur noch ins Bett. Der Jetlag hat mich voll erwischt!«

Ohne ihr einen Zeitraum für eine rebellierende Antwort zu geben, erwidert sie in dem Moment, als ich bereits das Gespräch abbrechen will:

»Ähm Ok, melde dich aber die Tage, gell?«

Mit einem kurzen bejahenden Versprechen würge ich sie erfolgreich ab.

Zwei Stunden später, und eine neue Uhr reicher, bin ich endlich zu Hause angekommen. Die Zeiger stehen schon auf halb acht. Appetit habe ich keinen, wie auch? Darum stelle ich noch schnell eine Waschmaschine an. Zuvor schleppe ich fluchend Bens Koffer ins Badezimmer. Ununterbrochen frage ich mich, was der Mann überhaupt kann? Ohne gefundene Antwort falle ich total erschöpft ins Bett und schlafe und schlafe und schlafe.

Die kommenden Wochen verlaufen im alt bekannten Trott. Mein Lächeln findet sich allmählich in meinem Gesicht wieder. Das chronische Genervt-Sein wandelt sich in den von meinen meisten Kollegen so sehr verhassten Sarkasmus zurück. Wie soll ich sagen? Ich bin endlich wieder die alte Mia Sommers!

Ben und ich sehen uns nur sporadisch. Er ist auf seiner Arbeit eingespannt. Zwar nicht typisch für die Jahreszeit in seinem Job als Restaurantleiter. Aber es tut unserer Beziehung ungemein gut. Hockten wir ja zuvor drei Wochen fast ununterbrochen aufeinander.

Mit starker Verdrängung gerät der Urlaub immer mehr in Vergessenheit. Ich beschließe, das ein oder andere Ereignis doch für mich zu behalten. Es soll meine kleine Traumwelt bleiben. Eine Welt, die mir selbst Wochen danach, Genugtuung verschafft. Vor allem in Stresssituationen. Sonst will ich alles hinschmeißen, jetzt lassen mich die Erinnerungen süffisant grinsen.

Denn ich weiß jetzt: ich bin und kann mehr, als mir manch einer glauben machen will!

In dem einen oder anderen Teammeeting wäre ich früher eskaliert. Erst recht wenn es hieß, dass man weder etwas kann, noch jemand ist! Nun hätte ich am liebsten laut hinausgeschrien, dass ich einen Hollywoodstar abgeschleppt habe. Das soll man mir erst einmal nachmachen! Aber nein, so was behalte ich natürlich für mich. Außerdem, so richtig fest steht es ja nun wirklich nicht, wer da wen abgeschleppt hat.

Aber ja, geschenkt! Allein der Gedanke, wie die Reaktion meiner selbstgerechten Chefs darauf wäre, würde mich innerlich um fünf Meter wachsen lassen, à la 1:0 für mich, ihr Bitches!

Ich schaffte es sogar, Lu zu überzeugen, dass ich nur von der anstrengenden Reise gestresst war. Nicht zuletzt übermüdet und traurig, dass der Urlaub so schnell vorbeiging. Das kann durchaus Depressionen hervorrufen. Auch bei mir!

Ob sie es mir tatsächlich geglaubt hat, kann ich nicht einschätzen. Sie gibt sich aber mit meinen Erklärungen zufrieden.

Sebastian wurde immer mehr zu einer reinen Fiktion. Schon im Mai des Jahres bin ich mir gar nicht mehr so sicher, ob es wirklich passiert ist. Ich habe meine kleine perfekte Welt zerdacht. Mit ihr abgeschlossen. Schmetterlinge im Bauch wurden wieder zu Verdauungsstörungen.

Und nun? Der Sommer steht unmittelbar vor der Tür! Das heißt, die Sonne und eine gute Flasche Wein an langen Abenden genießen. Endlose Gespräche mit Ben, sofern er zu Hause ist. Oder einfach nur die Ruhe genießen. Keine nervigen Kunden, keine lästigen Anrufe. Einfach nur ich mit meinen Gedanken ganz allein; höchstens Musik im Hintergrund laufen lassend.

Es ist nun endlich wieder das Leben, für das ich so hart die letzten Jahre gearbeitet habe.

Je mehr ich über Sebastian nachdenke, umso größer erscheint es mir als reine Idiotie. Ich wollte wirklich alles wegen einem Urlaubsflirt hinschmeißen. Die Tatsache, wer er ist, blende ich natürlich aus. Stattdessen versuche ich meine Beziehung mit Ben zu retten.

Im Job geht es steil bergauf. Meine Arbeit läuft mir sauber von der Hand. Die Klienten sind zufrieden, die Resonanz hinsichtlich meiner Arbeit überragend. Es läuft, wie es laufen soll. Die Gehaltserhöhung klopft laut an meine Bürotür. Ich bin zufrieden. Mein vermeidlicher Tellerrand wächst wieder zu einer Staumauer an. Ein trügerisches Zeichen, dass ich doch in den letzten Monaten nicht alles richtiggemacht habe. Aber es geht wieder bergauf. Das ist für mich das Wichtigste.

Ben und ich finden wieder zueinander. Die warmen Sommertage bringen neue Leidenschaft. Alles gibt uns als Paar neuen Auftrieb; wir beginnen wieder miteinander zu schlafen. Weitaus leidenschaftlicher, als die vier Jahre zuvor. Die Trennungsabsichten sind erst einmal verflogen.

Die Einzige, der das alles gar nicht gefällt, ist Lu. Seit Ben und meinem neuerlichen Verliebt sein, steht sie zugegebener Maßen hinten an.

Ich kann ihr unmöglich erzählen, wie es zu dem Flashback zwischen uns kam. Denn es hätte ihr Verständnis um Welten überstiegen. Denn Ben ist ihr von Anfang an ein Dorn im Auge. Ein blödes Insekt, das wie eine Mücke nicht geduldet werden sollte. Aber jetzt, ich hätte nicht gewusst, wie sie reagiert.

Wenn man auf amerikanische Highschool-Teenie-Filme steht, ist Lu diejenige, die sich in den Freund ihrer besten Freundin verliebt. Zumindest kommt es mir oft so vor. Die eifersüchtige Freundin quasi, die sich unsterblich verliebt hat. Auch wenn sie es nicht wollte. Andererseits war Lu vor Ben in meinem Leben. Sie hat leider auch Recht, mit dem was sie sagt. Seit Ben und ich zusammengezogen sind, habe ich kaum noch Zeit für sie. Richtig eskaliert ist es, als wir auch noch vom Bodensee an den Hochrhein gezogen sind. Ich dachte, unsere Freundschaft zerbricht endgültig. Nie im Leben hätte ich gedacht, dass Lu wirklich mit uns mitzieht. Sich einen neuen Job und eine neue Wohnung sucht. Obwohl sie ja darauf beharrt, dass das Jobangebot schneller kam, als unsere Umzugspläne. Alles wäre reiner Zufall gewesen.

Na ja, geschenkt. Wer will seiner besten Freundin schon das Schlimmste vom Schlimmen unterstellen?! Natürlich ist es schön, dass sie keine gefühlte tausend Kilometer weit weg wohnt. Sondern nur fünf Kilometer. Das ist in einer Stadt ja ruckzuck mit dem Auto zurückgelegt.

Trotzdem beschleicht mich seit unserer Wiedervereinigung das seltsame Gefühl, dass da vielleicht doch ein bisschen mehr dahintersteckt. Ich mein, Lu kenne ich seit zehn Jahren. Seither war sie in keiner Beziehung. Mit unbedeutenden One-Night-Stands hält sie sich seit Jahren über Wasser. Bei Mädelsabenden beteuert sie, dass sie für Beziehungen einfach nicht gemacht ist. Sie hat sich einmal auf einen Mann voll und ganz eingelassen. Aber das scheint nicht ganz nett ausgegangen zu sein. Er hat sie betrogen. Leider braucht es Unmengen an Tequilas, dass Lu den Pegel erreicht, um über ihren Ex sprechen zu können. Sie nennt ihn immer nur »der Ex«. Er hat sie betrogen, über längere Zeit hinweg.

Grund genug, ihr für kein Geld der Welt von Sebastian zu erzählen. Schließlich will ich nichts heraufbeschwören. Aus Solidarität hätte sie es Ben wahrscheinlich noch erzählt.

Sie ist zwar für jeden Spaß zu haben, aber beim Fremdgehen hört ihr überdimensionales Verständnis schlagartig auf. Stattdessen schrumpft es auf die Größe eines Staubkornes. Wahrscheinlich wäre sie sogar noch eifersüchtig gewesen, dass Marisol dabei war, und nicht sie.

Jeden Herbst, sobald der Sommer sich in eine dunkle, unangenehme Jahreszeit verabschiedet, fällt Lu in ein tiefes Loch. Nur mit Unmengen an Wein, Schokoladeneis und Liebesfilmen bringt man sie wieder auf Kurs. Natürlich ist Sebastian genau so ein Schauspieler. Teenie-Idol und Frauenschwarm aufgrund unzähliger, abgedrehter Franchiseproduktionen. Was im Klartext heißt, ich muss auch nicht nur ein einziges solcher Bücher lesen. Ich muss nur warten, bis sie verfilmt werden. Lu ist sicherlich die Erste, die weiß wann, wo und mit wem es verfilmt wird. Selbstverständlich meistens mit Sebastian. Mögen es Vampirfilme, Mittelalterfilme oder einfach nur Filme über die erste große Liebe sein, er ist dabei.

Ehrlich gesagt macht ihn das als Schauspieler nicht gerade sympathisch für mich. Sobald Lu SOS funkt, ist mir klar, dieses Frauenschwarmgesicht das ganze Wochenende in der Endlosschleife anschauen zu müssen. Wie in einer schlechten Seifenoper verkörpert er manche seiner Rollen. Einfach nur schrecklich! Mit dem echten Sebastian hat es nichts zu tun.

Ein Grund, warum ich zu übermäßigen Alkoholkonsum neige. Nüchtern hätte ich das nur selten neben einer weinenden Lu ertragen.

Beim nächsten mit Sicherheit kommenden Herbstloch sollte ich vielleicht einmal anders reagieren. Anstatt ihr zwei Flaschen Wein und Unmengen von Schokoladeneis zu bringen, sollte ich ihr mal die Wahrheit über den echten Cleary erzählen. Nämlich, dass er in natura weitaus besser aussieht. Sogar richtig heiß ist. Und vor allem selbstbewusster, als er in den einzelnen Filmen dargestellt wird.

Ich gehe jede Wette ein, ihr Weinen würde für den ersten Moment schlagartig aufhören. Später in heftigem Gelächter ausarten und letztlich wieder zum Weinen zurückführen. Glauben würde sie mir nämlich nicht.

Ja, der Gedanke gefällt mir. Das muss ich ausprobieren. Böswillig ausgesprochen klingt es nach einem wunderbaren Therapieansatz für einsame Frauen in den Zwanzigern.

Der Gedanke lässt mich lautstark auflachen.

Erst in diesem Moment realisiere ich, dass ich schon wieder in einem der unnötigen, langweiligen Meetings zur Verbesserung unserer Arbeitsweise sitze. Das Gelaber meiner Chefs kann ich nicht mehr ertragen. Als ob sie auch nur ansatzweise wissen, was für einen Bullshit sie vom Stapel lassen. Wäre es so, würden sie sicherlich den Mund halten. Spontan kommt mir der Gedanke eines weiteren Ratgebers, wieder einmal.

Urplötzlich unterbricht mich der Personalchef. Er will wissen, welcher Gedanke denn so ungemein amüsant ist. Schließlich wollen alle einmal lachen. Tief Luft geholt höre ich es schon innerlich zu mir selbst schreien:

»Wehe Mia, wage es dir ja nicht!«

Auch wenn es mir schon auf der Zungenspitze zum Starten liegt, bringe ich nur ein kurzes »Sorry« heraus. Ja dieses Sorry glaubt mir offensichtlich keiner der Anwesenden. Nicht einmal ich mir selbst.

»Wir wollen unseren Wirkungskreis erweitern. Ihnen dürfte wohl durchaus bekannt sein, dass die monatlichen Fixkosten für diese Kanzlei mehr als inakzeptabel sind! So dass wir nun eine Schippe drauflegen müssen, meine Damen und Herren!«

Ja ja! Es ist immer das gleiche Gejammer, auf verdammt hohen Niveau, der Chefs.

»Aufgrund dessen werden wir einen weiteren Großklienten aus Mode und Schauspiel in unsere Kartei aufnehmen.«

»Na wer das wohl sein wird« flüstert mir eine

Kollegin zu.

Aus der hinteren Ecke des Konferenzraumes tönt es:

»Die kriegen doch den Hals nicht voll!«

»Das sage ich doch schon lange! Mir glaubt ja niemand!« flüstere ich zwinkernd zurück.

»Frau Sommers! In diesem speziellen Fall werden Sie wohl den Hals nicht vollkriegen. Sie werden den Klienten übernehmen!«

Ja leckt mich doch! Signalisiere ich meinen Chefs mit einer derartig hochgezogenen Augenbraue, dass sie zum Bungeejumping dienen könnte.

»Es wurde in diesem Falle ausdrücklich nach Ihnen verlangt, Frau Sommers. Ihnen sollte durchaus bewusst sein, was das heißt! Wenn er Sie will, dann bekommt er Sie! So einfach ist das!«

»Ja klar, ich arbeite ja auch noch nicht genug, als dass ich den Freak noch mit abwickeln könnte!«

Die Worte haben kaum meinen Mund verlassen, rudere ich gekonnt zurück:

»Ähm hab ich das jetzt laut gesagt?«

Schallendes Gelächter flutet den Raum. Meine Chefs verziehen keine Miene, schauen mich nicht einmal böse an. Autsch!

Chef Stahl fährt fort:

»Nun gut, haben wir das auch geklärt.«

»Darf man auch mal fragen, wer das sein soll?«

»Das dürfen Sie durchaus. Er ist mit seinem Management auf 10.00 Uhr einbestellt. Frau Sommers, Sie haben sich entsprechend pünktlich im Konferenzraum 3 einzufinden. Selbstverständlich vorbereitet, hoffe ich für Sie.«

»Toll, das ist ja gleich! Das reicht mir ja nicht mal mehr für eine Zigarettenpause, um mich seelisch und moralisch darauf einzustellen. Was ist das überhaupt für einer, dass er deutsche Steuerberatung braucht?«

Ein böser Blick schmettert mir nun von beiden Chefs entgegen:

»Nun können Sie einmal zeigen, was für ein Profi Sie sind, Frau Sommers. So liebes Team, das Meeting wäre somit beendet. Fragen sind in dem nächsten Meeting zu stellen.«

Die Besprechung wird kurzerhand geschlossen.

Ich bin wie gelähmt. Jetzt soll ich wirklich noch weitere, wöchentliche Stunden auf das sowieso utopische Stundenkonto oben drauf packen? Das hat gesessen!

Ich beschließe spontan, der Klient kann warten. Ich brauche erst einmal einen Kaffee.

Schnurstracks gehe ich ohne Umwege in die Küche. Beim Warten auf meinen großen schwarzen Kaffee springt mir spontan eine Obstlerflasche ins Auge.

»Scheiß drauf Mia, ein Doppelter sollte reichen, um diesen Freak zu ertragen. Dann wird es wenigstens lustig, falls ich nicht sogar einschlafe.« höre ich meinen Mund verlassen.

In Windeseile springe ich hinter meinen übrigen rauchenden Kolleginnen für eine Zigarette in Rekordzeit die Treppe hinunter. Den Hinterausgang entgegen.

»So, los geht's Mädels! Ich besorg euch Autogramme, falls man den Typ überhaupt kennt.«

Ich verabschiede mich mit meiner Kaffeetasse zuprostend aus der Runde. Auf dem Weg zurück ins Büro nehme ich den letzten großen Schluck aus meiner Tasse. Es schüttelt mich. Der Obstler hat sich offensichtlich am Grund abgesetzt.

Ich stürme in mein Büro. Dort schnappe ich mir einen Besprechungsbogen, Kugelschreiber und Blazer. Schließlich will man ja einen seriösen Eindruck machen. Ich schleiche den Gang Richtung Konferenzraum 3 zurück. Auf dem Weg mache ich noch einen Abstecher auf der Toilette. Natürlich nur um zu schauen, wie die Haare sitzen. Leicht berauscht vernehme ich mein Spiegelbild und fordere mich selbst auf:

»Gut siehst du aus. Hol ihn dir!«

Ein letzter tiefer Schnaufer und ich verlasse mit den Worten »Wird gemacht Baby!« die Toilette.

Durch die Glasscheibe des Konferenzraumes lassen sich schon sage und schreibe vier Anzugträger und ein weiterer, eher unvorteilhaft gekleideter Mann, vernehmen.

»Das wird ja lustig.« sage ich beiläufig zu unserem Empfangsmädchen Denise.

Sie erwidert in ihrer trockenen Art:

»Schau dir mal den Typ an! Dem haben sie wohl vergessen, etwas Ordentliches anzuziehen!«

Bei genauerem Hindurchschauen der Glasscheiben muss ich zustimmen. Jeans und ein Möchtegern-

Gucci-Hemd. Es soll offensichtlich von den Haaren ablenken, die schon länger keinen Kamm mehr gesehen haben.

Wir amüsieren uns köstlich darüber. Lachen laut und herzhaft über uns selbst. Wie clever wir doch sind. Die gesamte Anzuggefolgschaft dreht sich zu uns um.

»Shit, Denise! Die Tür ist offen! Hast du das nicht gesehen?«

Ich gifte sie an. Wie vom Blitz getroffen bringt sie keinen Ton mehr heraus. Einzig ihr hochroter Kopf lässt vermuten, dass sie es tatsächlich nicht gesehen hat.

»Na toll und jetzt? Die haben uns gehört!«

Denise ist verstummt und macht sich aus dem Staub. Miststück!

Aufgesetzt selbstbewusst betrete ich notgedrungen den Konferenzraum. Die Anzugträger erheben sich wie in einer billigen Hartz-IV-TV-Gerichtsendung, sobald der Richter den Saal betritt. Händeschüttelnd stellt sich einer nach dem anderen mit jeweils einem überaus freundlichen Lächeln vor. Der unvorteilhaft angezogene junge Mann erhebt sich natürlich nicht. Es ist mir so peinlich. Trotz Allem strecke ich ihm meine Hand zur Begrüßung entgegen. Er scheint offensichtlich einen Obstler mehr als ich intus zu haben. Trotzdem steht er schließlich auf, ergreift meine Hand und schaut mich an. Während er seine Sonnenbrille abnimmt spricht er zu mir:

»Good Morning Mia! Nice to see you again.«

DREI

Überrascht, irritiert und völlig überfordert renne ich meinem Büro entgegen. Die Tränen steigen mir in die Augen. Im Unterbewusstsein höre ich ununterbrochen mit wütender Stimme meinen Namen. Sämtliche Büros öffnen sich. Jeder will wissen, was los ist. Der Geräuschpegel ist abnormal hoch. Denn selten wird so nach mir geschrien:

»Mia! Mia! MIA!!! Stopp now! We have to talk! MIA!«

Ich schmeiße meine Bürotür hinter mir zu und laufe desorientiert hin und her. Die Panik ist mir deutlich ins Gesicht geschrieben. Ich muss hier raus. Ich muss hier einfach nur noch raus! So schnell wie möglich.

In diesem Moment bin ich aber leider zu überfordert, um auf dem kürzesten Wege tatsächlich das Gebäude zu verlassen. Schließlich ist mein Büro eine Sackgasse. Clever war die Entscheidung nicht, dort als erstes hinzurennen. Noch dazu ist es aus Glas und hat keine Schlösser.

Ich beginne zwangsläufig zu hyperventilieren. Bekomme kaum noch Luft. Zu allem Überfluss öffnet sich urplötzlich meine Bürotür. Unsere zukünftige Juniorchefin Corinne Meyers. Kaum älter als ich, aber in ihrer Person auf dem altersgerechten Stand stehengeblieben. Die mit Abstand netteste Neuanschaffung des vergangenen Jahres. Eine Seele von Mensch. Gebürtig ist sie Engländerin, aber mit deutschen Wurzeln.

Es hätte mir sofort dämmern müssen, warum man nicht sie für einen derartigen Klienten in Betracht zog. Schließlich greift sie immer die Großkunden ab. Und noch dazu ist sie das Sprachtalent schlechthin in unserer Kanzlei. Da konnte ja nur Sebastian dahinterstecken.

Wegen ihrer enormen, weiblichen Intuition braucht es nicht viele Worte. Sie erkennt sofort meine Zwangslage.

Allerdings ist das auch nicht schwer. Mein Gesicht hat schon an Farbe verloren. Ich wurde blass, drohte einen Kreislaufkollaps zu bekommen.

Wie gerufen steht sie vor mir. Wie immer genau im richtigen oder auch meist im ungünstigsten Moment.

»Frau Sommers, ach Gott!«

Sofort rennt sie auf mich zu.

»Atmen Sie tief durch! Beruhigen Sie sich! Was ist denn überhaupt los? Muss ich mir Sorgen machen? Soll ich einen Krankenwagen rufen?«

»Frau Meyers!? Äh ich…!«

Sicherlich ist sie der Meinung, dass meine Panikattacke von Denise´ bösen Kommentar dem Klienten gegenüber herrührt. Denn ich weiß, was jetzt für ein Gespräch mit den Chefs auf mich zukommen würde! Schlimmstenfalls sogar eine Abmahnung. Aber da irrt sie gewaltig. Darum geht es keine Minute, noch nicht!

Bevor ich wieder ruhiger amten kann, um ihr alles zu erklären, steht Sebastian in der Tür.

Er schreit bitterböse in mein Büro an Frau Meyers

vorbei:

»I´ll allways find you! No matter where you are!«

Sie schaut ihn entsetzt an. Ich hyperventiliere wieder.

Bevor ich mich versehe, schnappt sich Corinne ungefragt meine Handtasche nebst Autoschlüssel. Sie drückt mir beides in die Arme.

»Nimm den Hinterausgang! Ich kläre das mit den Chefs!«

Ich schaue sie mit tränenunterlaufenden Augen an. Bringe kein Wort heraus, nicht mal ein Danke. Stattdessen pumpe ich wie ein Maikäfer.

Und wieder erklingt:

»Mia, no! We have to talk about everything!«

Mein Stichwort, Sebastian aus meiner Tür zu schubsen und nochmal einen marathonartigen Sprint zu absolvieren. Nur diesmal dem Kanzleiausgang entgegen.

Nun ruft mir auch Denise nach:

»Mia, wo willst du hin? Nimm einen Regenschirm mit! Draußen geht die Welt unter.«

So schnell mich meine Beine tragen, renne ich die Treppen hinunter. Ich schlage die Notausgangtür auf und sehe schon mein Auto. Ohne nach links oder rechts zu schauen, überquere ich die zum Glück in diesem Moment wenig befahrene Straße. Einzig mein Ziel, mein Auto, im Blick.

»Shit! Welcher Idiot parkt mich zu?«

Ich schreie vor lauter Verzweiflung wie eine Irre um mich. Nie im Leben würde ich an dem Zuparker vorbeikommen. Die Verzweiflung wächst in unermessliche Höhen. Zu groß ist meine Angst, dass jeden Moment Sebastian aus dem Gebäude kommt.

Mir ist klar, ich muss so schnell es nur irgendwie geht, weg. Wenn dann mit dem Auto, zu Fuß oder mit dem Bus. Hauptsache einfach nur weg!

Ein derber Donner holt mich für einen kurzen Moment in die Realität zurück. Es schüttet wie aus Eimern.

Denise hatte ausnahmsweise einmal Recht.

Innerhalb kürzester Zeit bin ich bis auf die Knochen durchgeweicht und sehe sicherlich alles andere als gut aus. Die Mascara beginnt in den Augen zu brennen, meine Haare tropfen. Eine Jacke habe ich natürlich nicht dabei. Ich stehe mit Bluse im Regen. Aber das ist mir egal. Ich muss weg, so schnell wie möglich.

Spontan entscheide ich mich für die Fußgängerzone. Damit mir kein Auto folgen kann.

Mit Pfennigabsätzen auf Kopfsteinpflaster versuche ich erst gar keinen neuen Sprint. Bei meinem heutigen Glück würde ich noch zwischen zwei Steinen hängenbleiben.

In der Fußgängerzone ist kein Mensch. Verständlich bei dem Wetter. Stattdessen sind sämtliche Cafés, links und rechts der Einkaufsmeile, bis zum Bersten gefüllt.

Mit gesenktem Kopf versuche ich so unauffällig wie möglich zu wirken. Zugegeben! Alles andere als einfach. Denn welcher Idiot läuft schon ohne Regenschirm und Jacke bei dem Wetter spazieren?

Nach einigen zurückgelegten, gefühlten Kilometern, werden meine Schritte zusehends langsamer. Ich bleibe stehen. Ich versuche zu verstehen, was keine zehn Minuten zuvor passiert ist. Regelrecht wütend fasse ich zusammen, dass Sebastian offensichtlich nicht ganz bei Verstand ist! Was will er überhaupt hier? Hätte er es nicht einfach gut sein lassen können? Es läuft doch alles so gut! Warum muss er jetzt ausgerechnet auf meiner Arbeit auftauchen?

Kurz überlege ich, ob die Nacht eventuell auch mehr für ihn war. Schließlich sagte Marisol, dass er mich suchen wird, wenn es so ist.

Das Herz rutscht mir bis zum kleinen Zeh hinunter. Aber nein, das ist zu unwahrscheinlich! Wobei, warum braucht er überhaupt deutsche Steuerberatung? Noch dazu von meiner Kanzlei? Das ist kein Zufall! Er suchte mich wirklich! Schließlich hat er gesagt, dass er mich immer finden wird, egal wo ich mich verstecke. Ob das eine Drohung oder ein Versprechen war? Auf jeden Fall macht es mir Angst.

Ein Flashback überkommt mich. Der Morgen mit ihm spielt sich zum wiederholten Male vor meinem inneren Auge ab. Die Endlosschleife beginnt wieder zu laufen. Bis vor einer halben Stunde war ich noch überzeugt, dass einfach nichts davon wahr ist. Und jetzt? Er ist da! In Deutschland, in meiner Stadt, in meinem Büro! Jetzt würde alles ans Licht kommen. Mein Fremdgehen, mein unmögliches Verhalten in der Karibik auf der Tauchyacht. Abstreiten wird nichts bringen. Es ist nicht mehr zu leugnen, denn der

Beweis ist in der Stadt.

Meine Vergangenheit zwingt mich nun buchstäblich in die Knie. Kapitulierend hocke ich mitten in der Fußgängerzone.

Irritiert von zerlöcherten, vor mir stehenden Jeans schaue ich auf.

Egal wer vor mir gestanden hätte, ich fühle das grundlegende Bedürfnis, mich sofort entschuldigen zu müssen.

»Mia, please stand up!«

Sebastian!

Ich höre was er sagt, aber bin auch nicht im Entferntesten dazu in der Lage, dem Folge zu leisten. Schlimm genug, dass er mich überhaupt so sieht. Soll ich ihm dann auch noch auf Augenhöhe gegenübertreten? Und selbst wenn, was würde es mir in dem Moment bringen? Erleichterung? Sicherlich nicht! Nur mich genau an diesem Punkt wiederzufinden, wo ich mich vor kaum einem halben Jahr auf der Tauchyacht befand. Nämlich emotional am Boden. Also kann ich auch hocken bleiben.

Da ich nicht aufstehe, kniet er sich zu mir. Inmitten die von Wasser geflutete Fußgängerzone.

Eine gefühlte Ewigkeit sagen wir kein Wort zueinander und sehen uns nur an.

Der Regen läuft ihm das Gesicht hinunter. Tropft ihm vom Kinn. Wie perfekt er trotz Allem aussieht. Sein Blick, seine tiefblauen Augen, sein Lächeln. Alles, was mir doch so verdammt lang den Schlaf geraubt hat, kniet mir nun gegenüber. Liebevoll und gedankenverloren zugleich.

»Was willst du hier, Sebastian?«

»I missed you, Mia!«

Mehr als ein süffisantes Lachen bringe ich vorerst nicht heraus. Als ob das wirklich stimmen würde. Jetzt auf einmal habe ich ihm gefehlt. Monate nach dem Urlaub.

»Are you not happy to see me?«

Was soll ich darauf sagen? Natürlich bin ich glücklich, ihn zu sehen, irgendwie! Auch wenn ich mich nicht so verhalte. Es ist einfach zu spät. Zuviel Zeit ist seither vergangen, als dass ich jetzt noch Luftsprünge machen könnte.

Ungefragt greift er nach meinen Händen. Mich dagegen zu wehren, gelingt mir schlicht nicht. Ich habe längst kapituliert. Ohne Frage weiß ich nicht einmal, ob ich mich überhaupt wehren will. Eins steht aber fest, ich will mein Leben kein zweites Mal von ihm so heftig durcheinanderbringen lassen.

Er beugt seinen Kopf vor. Kommt mir immer näher.

»May I kiss you?«

Sebastian wartet nicht mal, bis ich ja oder nein sage. Er zieht mich fest an sich heran und küsst mich. Oh mein Gott! Da ist es wieder! Dieses unberechenbare Gefühl. Ein Gefühl, das nichts mit Logik oder Vernunft zu tun hat. Denn es sind keine Schmetterlinge mehr. Es ist ein einziges großes Feuerwerk. Das perfektestes Gefühl überhaupt, dass man nie in Worte fassen und schon zwei Mal nicht erklären kann.

Obwohl ich es gar nicht will, habe ich keine

Chance. Ich gebe nach und genieße, bevor ich mich mit aller Kraft an ihn ran drücke. Ich hoffe augenblicklich, ihn nie wieder loslassen zu müssen.

Die Welt um uns herum scheint stillzustehen. Meine Hände vergraben sich in seinen nassen Haaren. Meine Arme schlinge ich um seinen Hals. Seine Finger umfassen mein Gesicht. Er küsst mich, ich küsse ihn, wie noch nie zuvor. Die Tränen der Überforderung gehen nahtlos in Freudentränen über. Mein Tellerrand schrumpft augenblicklich wieder auf ein Minimum. Es ist nicht mehr zu leugnen, ich bin wirklich verliebt.

»Mister Cleary! Please stand up, Sir. It's time, now!«

Urplötzlich, wie aus dem Nichts, kreisen uns drei der vier von eben noch im Büro so freundlich wirkenden Anzugträger ein. Sebastian lässt schlagartig von mir ab. Entsetzt schaue ich sie an. Wie können sie es wagen, allesamt miteinander, mir diesen Moment zu ruinieren, den Kuss zu beenden? Schließlich will ich noch nicht, nein ich will nie wieder aufhören müssen, Sebastian so nah zu sein. Er ist eine Droge, MEINE Droge, von der ich nie im Leben genug bekommen werde.

Wie in Trance sehe ich zu den Anzugträgern auf. Der Vierte steht mit äußerst entsetztem Gesicht ein bisschen fernab und beäugt uns alles andere als verständnisvoll. Durch einen Kopfschwenker macht er mich aufmerksam, dass wir beim Küssen

Zuschauer hatten.

Obwohl es immer noch wie aus Eimern schüttet, füllt sich die Fußgängerzone wieder. Die, die vorher in Cafés ausharrten, bilden nun eine Traube um uns. Natürlich ihre Handys direkt auf uns gerichtet.

Sofort werde ich ermahnt:

»Nicht in die Telefone schauen, Ma´am!«

»So wie ich aussehe, will mich eh keiner sehen!«

»Sie nicht, ihn schon.« giftet der breitkreuzige Miesepeter sofort zurück.

Gekränkt von der Gesamtsituation suche ich verzweifelt Sebastians Aufmerksamkeit. Anstatt mich aufzumuntern, spricht er mit dem Miesepeter. Schlagartig komme ich mir überflüssig vor. Es soll eben nicht sein, fasse ich resignierend zusammen. Ich stehe auf und verabschiede mich mit einem kurzen Kopfnicken aus der Runde. Sebastian macht nicht einmal die Anstalten, mich von meinem Vorhaben abzuhalten. Wieder einmal. Prompt ist das Gefühl von der Tauchyacht wieder da.

Das Atmen fällt mir ungemein schwer. Krampfhaft versuche ich die Tränen zu unterdrücken. Wenigstens so lang, bis ich außer Sichtweite bin. Denn ich fühle mich schlecht, einfach nur schlecht und missbraucht. Noch dazu habe ich schon wieder Ben betrogen, ließ mich dabei noch filmen. Und für was? Für rein gar nichts. Ich bin so ein Idiot!

Das Gewitter rückt augenblicklich in den Hintergrund. Ich kann nicht verstehen, warum Sebastian mich nicht mehr beachtet hat. Es tut einfach nur weh. Denn ein weiteres Mal schaffte er es innerhalb kürzester Zeit, mich emotional regelrecht zu brechen.

Meine Gedanken überschlagen sich; die Tränen rennen mir über die Wangen.

Was mache ich nur falsch? Warum lasse ich das überhaupt mit mir machen? Bin ich ihm denn so egal?

Ich gehe die Fußgängerzone runter. Schaue mich nicht um, sehe nicht zurück. Es hält mich auch keiner auf. Nicht nur das Wetter zeigt kein Erbarmen. Es regnet ohne Unterlass.

Spontan springe ich in einen wartenden Bus. Der Busfahrer beäugt mich skeptisch, tropfe ich ihm durchnässt den Bus voll.

Ich versuche ihn zu beschwichtigen und verspreche mit gebrochener Stimme:

»Keine Sorge, bei der nächsten Haltestelle steige ich wieder aus, versprochen!«

Irritiert und offensichtlich ungläubig schließt er die Türen des Buses und nimmt seine Fahrt auf.

Ich setze mich auf den letzten Platz. Ganz hinten im Eck und starre aus dem Fenster. An der nächsten Haltestelle schaut mich der Busfahrer an.

»Sie wollten doch aussteigen?!«

»Nein, ich habe mich geirrt. Es sind noch ein oder zwei Stationen weiter, sorry.«

Zunehmend genervter nimmt er die weitere Fahrt auf. Ihm ist wohl klar, dass ich keinesfalls vorhabe, zeitnah auszusteigen. Und wie Recht er damit hat!

Um meine Gedanken ordnen zu können bleibe ich

eine gesamte Rundfahrt durch die Innenstadt im Bus sitzen.

»Junge Frau, ihre ursprüngliche Haltestelle!« hallt es mir entgegen.

»Wollen Sie vielleicht jetzt mal aussteigen?«

»Ja, Sie haben Recht! Hier muss ich raus. Danke.«

Ich steige aus dem Bus und laufe wieder die Fußgängerzone rauf. An dem Ort vorbei, wo Sebastian und ich uns kaum eine Stunde zuvor geküsst haben. Der Regen hat zwischenzeitlich aufgehört. Passanten laufen munter von einem Geschäft in das Nächste. Kaum ihre Umwelt wahrnehmend. Und wenn doch, schauen sie mich an, als wäre ich ein Sexualstrafopfer.

Ich bin furchtbar durchnässt, von dem Geschehenen gezeichnet. Das Make-Up miserabel, die Mascara verschmiert. Mit gesenktem Kopf gehe ich schnellen Schrittes weiter.

Endlich erreiche ich das Kanzleigebäude. Die beiden großen, schwarzen Autos, die mich zuparkten, sind weg. Mein Auto wieder frei. Keine Spur von Sebastian, als wäre er nie da gewesen.

Ich beschließe nach Hause zu fahren. So wie ich aussehe, kann ich nicht wieder zurück ins Büro gehen! Frau Meyers hat sich sicher etwas einfallen lassen.

Kaum, dass der Motor gestartet ist, verbindet sich mein Telefon via Bluetooth mit dem Auto. Das Display des Boardcomputers zeigt mir 16 Anrufe in Abwesenheit, 9 WhatsApp-Nachrichten, diverse Emails und SMS. Verdutzt starre ich auf das Display inmitten meines Armaturenbretts. Nicht einmal die Tatsache, SMS bekommen zu haben, lenkt mich ab. Auch wenn es richtig oldschool ist, schreibt doch in der heutigen Zeit keiner mehr SMS.

Mein Telefon klingelt; Anonym. Alles, was ich jetzt überhaupt nicht gebrauchen kann, sind Anrufer. Kurzerhand drücke ich den roten Hörer am Lenkrad und wehre den Anrufer somit ab.

Mehr schlecht als recht nehme ich am Straßenverkehr Richtung Zuhause teil. Endlich angekommen, bleibe ich eine gefühlte Ewigkeit im Auto sitzen. Ich versuche zu verstehen, was heute passiert ist. So sehr ich mich aber anstrenge, komme ich zu keinem Ergebnis. Stattdessen fange ich an, fürchterlich zu zittern. Mir ist so kalt. So unglaublich kalt, durchnässt bis auf die Knochen.

Ich gehe sofort in die Wohnung. Von der Wohnungstür bis zum Badezimmer lasse ich schneisenartig alle meine Sachen auf der Stelle fallen. Auf direktem Weg geht es in die Badewanne.

Das heiße Wasser kribbelt unangenehm an meinen Händen, Beinen und Füssen. Nichts desto trotz lasse ich mich förmlich in das Wasser fallen. Das Stechen und Brennen ist nichts dem heutigen emotionalen Flashback gegenüber. Erschöpft von dem gesamten Tage döse ich schließlich ein.

Der Wecker setzt zum gnadenlosen Klingeln ein. Angestrengt rolle ich mich durch das Bett, bis hin zu Bens Nachttisch, um dieses nerv tötende Geräusch endlich abzustellen. Ich bin wie erschlagen. Fix und fertig. Und leider auch wieder allein. Ich sehne mich nach Ben. Nach seinen Armen.

Auch wenn wir uns noch so sehr streiten, in seinen Armen fühle ich mich beschützt. Als würde alles wieder gut werden. So, wie es nur ein bester Freund kann.

Wehleidig taste ich im Dunkeln auf dem Nachtisch herum. Wenigstens seine Gutenmorgenmail sollte mich ein bisschen aufheitern können. Er schreibt schließlich immer eine, wenn er nicht Zuhause ist. Und noch dazu, bevor ich aufstehe.

»Verflucht! Echt jetzt? Liegt mein Telefon wirklich noch im Auto?«

Ich brumme in mein Kopfkissen. Die Schlummerfunktion setzt ein.

Dezent genervt quäle ich mich aus dem Bett Richtung Badezimmer. Wie einstudiert greift meine rechte Hand direkt nach dem Lichteinschalten nach dem On-Knopf unseres Badezimmerradios.

In vertrauter Stimmte tönt es aus den Boxen; `die Morningshow`.

Nichts ahnend strecke ich mein Gesicht der extrem wohltuenden Duschbrause entgegen. Ich hoffe insgeheim, dass der gestrige Tag nur ein makabrer Scherz war.

Gedankenversunken verfolge ich die Musik im Radio »Fergie mit Glamorous«. Das Lied wird aber jäh von dem Topthema unterbrochen:

»Hollywoodstar küsst in der Fußgängerzone einer südbadischen Kleinstadt Unbekannte. Alle Bilder und Links in unserer Online-Galerie.«

Ich will meinen Ohren nicht trauen, was ich gerade gehört habe! Innerhalb kürzester Zeit springe ich unter der Dusche hervor und schnüre meine nassen Haare zu einer Art Turban. Ich schlüpfe in meinen Bademantel und renne barfüßig aus der Wohnung zu meinem Auto.

Wie eine Furie schreie ich auf:

»Wo ist nur das scheiß Telefon?!«

Kaum ist es gefunden, drücke ich den On-Knopf. Während es startet überlege ich, ob ich wirklich wissen will, was mich für Nachrichten erwarten. Schließlich kann ich mir augenblicklich alles vorstellen. Angedrohte Abmahnungen meiner Chefs, Beileidsbekundungen meiner ach so liebenswürdigen Kolleginnen. Die Liste der Bösartigkeiten könnte ich in diesem Moment endlos weiterführen.

Da mich aber schon die Nachbarin beim allmorgendlichen Spaziergang mit ihrem ununterbrochen kläffenden Köter begrüßt, gehe ich erst einmal in die Wohnung zurück.

Kaum ist die Wohnungstür aufgeschlossen, erwarten mich dort schon via Radio die ersten bösen Kommentare…

»Wenn man sich mit so einem furchtbaren Make-up einen Hollywoodstar angelt, besteht für uns alle ja noch Hoffnung.«

Ich bin fassungslos! Das hat gesessen. Jetzt will ich gar nicht mehr wissen, was noch für Nachrichten auf meinem Handy sind.

Einen riesigen Kaffeepott später beschließe ich, mich heute definitiv nicht mehr provozieren zu lassen. Gereizt genug bin ich schon.

Wenn schon eine Abmahnung auf meinem Tisch liegt, werde ich meinen Chefs erzählen, dass ich meine Periode habe. Eine allmonatliche Tatsache, warum sie mir schon so manchen Fauxpas verziehen haben.

VIER

Mit einem mulmigen Gefühl betrete ich das Büro. Statt der gewohnt überschwänglichen Begrüßungen hallt mir von den Mädels am Empfang lediglich ein reserviertes »Guten Morgen Mia« entgegen.

Oh je, denke ich. Da ist doch etwas im Busch!

Nur was das ist, kann ich nicht einschätzen. Schon allein, da ich nicht weiß, was Frau Meyers für meine überstürzte Flucht an Begründung vorgebracht hat. Ich weiß zwar, dass ihre Ausreden Weltklasse sind, aber sicher bin ich mir im ersten Moment keineswegs.

Gezielt laufe ich am Empfang vorbei den Gang hinunter. In der festen Absicht, ohne jegliche Umwege mein Büro zu erreichen. Nach dem Öffnen der Bürotür fällt mir ein Stein vom Herzen. Nur das Übliche an Akten. Kein böses Schreiben der Obrigkeit ist zu sehen. Das ist offensichtlich Glück im Unglück. Es wäre nicht auszudenken gewesen, wenn ich meinen Job verloren hätte. Überschwänglich und fast schon zufrieden gehe ich in die Küche, um mir eine extra Portion Koffein an diesem Morgen zu gönnen. Dort wartet schon der erste Chef auf mich, Herr Schilling.

»Guten Morgen, Frau Sommers. Alles wieder gut bei Ihnen oder muss man sich gar Sorgen machen?«

Irritiert schaue ich ihn an. Noch bevor ich eine geeignete Antwort finde, betritt Corinne Meyers die Küche.

»Guten Morgen Frau Sommers! Migräne

überstanden? Das ist aber auch schlimm, was wir Frauen jeden Monat auszuhalten haben, stimmt's? Im nächsten Leben sollten wir Männer werden!«

Mir ist sofort klar, worauf sie hinauswill. Meine Heldin hat die Menstruationskarte ausgespielt. Mehr als dankbar stimme ich ihr zu, bevor ich mit meinem Pott Kaffee in mein Büro verschwinde.

Zufrieden setze ich mich an meinen Schreibtisch.

»Läuft ja bei dir, Mia« spreche ich selbstgefällig vor mich hin.

Ganz klar, dafür muss ich mich bei Corinne bedanken. Sie hat mir den Kopf gerettet. In Gedanken habe ich mich meine Sachen schon zusammenpacken sehen. Dabei habe ich die letzten Jahre so hart für diesen Job gearbeitet. Um auf dem Karrieretreppchen genau da zu stehen, wo ich nun bin.

Das vibrierende Handy auf dem Schreibtisch reist mich aus meinen Gedanken.

»Wer ruft mich immer nur anonym an? Jeder, der mich kennt, weiß, dass ich grundsätzlich nicht abnehme, wenn ich die Nummer nicht kenne! Und schon zwei Mal nicht, wenn anonym angerufen wird. Das ist doch sicher wieder ein Werbeanruf. Hm, scheint offenbar noch nicht bei allen angekommen zu sein. Pech!«

Genervt lasse ich mein Telefon in die Handtasche purzeln und beginne meine gestrigen Emails am Computer zu checken. Es ist nichts Wichtiges dabei. Offensichtlich hat mich niemand vermisst.

Gedankenversunken lehne ich mich in meinem Bürostuhl zurück und lasse den gestrigen Tag Revue passieren. Je mehr ich darüber nachdenke, desto mehr zweifle ich an den Vorkommnissen.

»Was für ein Déjà-vu!« flüstere ich in meine Tasse, die sich fest in meinen Händen unmittelbar vor meinem Mund befindet.

Unvermittelt lecke ich mir über die Lippen und realisiere, dass es kein Traum war. Auf meinen Lippen kann ich Sebastian schmecken. Unweigerlich beginne ich zu lächeln. Sobald die Erinnerung verschwindet, helfe ich mir mit einer weiteren Kostprobe meiner Lippen wieder auf die Sprünge.

Der Kuss war perfekt. Nicht nur, wie er sich anfühlte. Aber ob er auch filmreif war? Der Gedanke zerfrisst mich schier vor Neugier. Spontan beschließe ich, mich in der am Morgen angepriesenen Radio Galerie einmal genauer davon zu überzeugen. Ich schließe meine Bürotür und setze mich vor den Bildschirm. Eine Schlagzeile jagt die Nächste.

»Wie nennen die mich? Villagegirl? Spinnen die oder was?«

Wütend klicke ich die Galerie zu. Der Puls steigt an, meine Wut wächst ins Unermessliche.

Ich bin schließlich ein waschechtes Stadtkind und nur Ben zuliebe auf das Land gezogen.

Egal wie groß die Kränkung ist, mich als eine Art Dorftrottel zu bezeichnen, siegt die Neugier. Mit zwei Klicks ist die Galerie wieder geöffnet. Wie gebannt hänge ich vor dem Bildschirm und begutachte jedes einzelne Foto und Video akribisch.

»Da erkenne ich mich ja nicht mal selbst drauf. Solche Amateure! Aber bei einem haben sie allerdings

Recht. Diese Frau auf den Bildern und Videos sieht echt schrecklich aus!«

Meine Laune hellt sich zusehends wieder auf. Da ich mich selbst nicht erkenne, bin ich überzeugt, dass mich auch kein anderer erkennt. Diese Tatsache motiviert mich, mich wieder meiner eigentlichen Arbeit zu widmen. Sobald ein Anflug von schlechter Laune kommt, nehme ich eine erneute Kostprobe meiner Lippen und lasse ein Kussvideo in meinem Kopf ablaufen.

Auch wenn meine Laune noch so überschwänglich ist, gehen mir meine Kolleginnen allesamt aus dem Weg. Grundsätzlich ein Verhalten, worum ich stets und ständig bitte. Aber sie es nicht interessiert. Warum sie es ausgerechnet heute tun, ist mir allerdings schleierhaft. Geschenkt!

Mein letztes Ziel des Arbeitstages rückt in greifbare Nähe. Ich muss mit Corinne sprechen.

Während ich meinen Schreibtisch aufräume, klopft es an meine Bürotür. Unerwartet hoher Besuch, beide Chefs mit sehr angestrengter Miene.

Man sieht ihnen sofort an, wenn sie etwas auf dem Herzen haben. Nicht zuletzt, wenn ein unangenehmes Gespräch unmittelbar bevorsteht. Eine direkte, ungeschminkte Art fehlt leider beiden.

»Frau Sommers« ergreift einer das Wort.

»Um noch einmal auf den gestrigen Termin zurückzukommen.«

Meine gute Laune verschwindet zusehends.

»Wir werden den Klienten weiterhin betreuen,

sofern er dies noch wünscht.«

Mir entgleiten alle Gesichtszüge.

»Es herrscht nur noch keine Einigkeit, inwieweit Sie weiterhin für ihn zuständig sein werden. Schließlich bestand er ausdrücklich auf Ihre Person.«

Ich falle ihnen bestimmend ins Wort:

»Wenn Sie ihn Frau Meyers zuteilen wollen, gerne! Mein Englisch ist ja auch nicht so gut und bei ihr bestünde keine Sprachbarriere.«

Ihre beiden Mienen hellen sichtlich auf.

»Gut, dann haben wir das ja geklärt.«

Offensichtlich die von mir erhoffte Reaktion.

Sie machen umgehend auf ihren Absätzen kehrt und verlassen mein Büro.

Angenehmes Gespräch, denke ich und räume weiter meinen Schreibtisch auf. Ich bin schließlich überzeugt, dass Sebastian längst wieder auf dem Heimweg ist. Wo auch immer das ist. Was soll er auch noch in der Stadt wollen? Schließlich hat unser Landkreis nicht mehr als ein paar Theater zu bieten. High Society sucht man hier vergebens.

Und sollte er wirklich noch einmal in die Kanzlei kommen, könnte ich mich gekonnt vor ihm verstecken. Schließlich ist er nun Corinnes Klient.

Zusammenfassend kann ich sagen, dass ich mit einem blauen Auge davongekommen bin. Gott sei Dank! Nichts liegt mir ferner, als mir mein Leben nach der gestrigen Abfuhr noch einmal durcheinanderbringen zu lassen. Der Kollateralschaden wäre uferlos geworden; meine Beziehung zu Ben endgültig vorbei, die Freundschaft zu Lu auch. Sebastian war nur ein Urlaubsflirt! Dabei sollte ich es auch belassen, eine gute Geschichte. Und gestern, das war ein Ausrutscher. Das kann jedem Mal passieren.

Zurück zum Wichtigen; Corinne!

Zart klopfe ich an ihre Bürotür und strecke meinen Kopf durch einen kleinen Spalt hinein.

»Corinne, ich müsste mal mit Ihnen reden.«

»Natürlich, kommen Sie nur, Mia.«

»Wegen gestern, also als allererstes mal Danke. Die Pferde sind mit mir durchgegangen. Ich wusste ja nicht, dass es ein Hollywoodstar ist und dann noch Sebastian Cleary. Das war einfach zu viel für mich.«

Ich rede ununterbrochen auf sie ein. Corinne sitzt hingegen, ohne eine Miene zu verziehen, in ihrem Bürostuhl und hört mir zu. Dass sie gar nicht auf meine Erklärungen eingeht, verunsichert mich. So hole ich weiter aus:

»Ich habe mich selbst nicht wiedererkannt. Sonst bin ich ja ein Profi. Aber da hatte ich einfach Panik. Darum, vielen Dank, dass Sie mich nicht bei den Chefs angeschwärzt haben. Sie haben was gut bei mir. Egal was, versprochen!«

Da sie immer noch keine Miene verzieht, verabschiede ich mich kurzerhand.

Ihre Tür ist hinter mir noch nicht ins Schloss gefallen sagt sie:

»Sie kennen ihn persönlich, hab´ ich Recht?«

SHIT! Das Gespräch ist offensichtlich noch nicht beendet.

»Na ja, ich habe ihn im Urlaub flüchtig

kennengelernt. Seine Yacht legte an unserem Strandabschnitt an.«

Corinne beginnt zu grinsen. Nicht einmal ich selbst glaube mir diese miserable Lüge.

»Corinne hören Sie. Das ist Vergangenheit, er ist Vergangenheit. Ich war nur überrascht, ihn hier zu sehen. Das ist alles.«

Ohne auf meine Erklärungen einzugehen sagt sie:

»Haben Sie heute schon Zeitung gelesen?«

Aufgesetzt überrascht wende ich mich ihr wieder zu.

»Auf der Klatschseite ist Herr Cleary mit einer Frau zu sehen, die genau die gleiche Bluse wie Sie hat. Zufall?«

Ich erröte vor Scham. Meine Ohren werden heiß.

»Ok Corinne, ich kenne ihn vielleicht doch ein kleines bisschen besser, aber das ist wirklich Vergangenheit. Es war ein einfacher Urlaubsflirt, nicht mehr und nicht weniger!«

Entschieden fällt sie mir ins Wort:

»Mia, lassen Sie es gut sein. Ihr Geheimnis ist bei mir gut aufgehoben.«

»Na dann.« entgegne ich ihr und nehme einen erneuten Anlauf, ihr Büro zu verlassen.

Wieder hält sie mich auf:

»Falls es Sie interessiert, er beabsichtigt Immobilien zu kaufen, deshalb braucht er Steuerberatung.«

»Schön, davon hat es ja genug in Deutschland!«

»Nein, Mia, hier bei uns. Offensichtlich möchte er einen weiteren Wohnsitz, nur diesmal auf süddeutschen Boden.«

Entgeistert stiere ich sie an, während mir das Herz in die Hose rutscht.

Ihm dann nicht ständig über den Weg zu laufen, wird eine Herausforderung.

Müßig quäle ich mich in der Rushhour durch die Stadt, während die Radionachrichten laufen. Sie werden einzig von einem Thema dominiert, dem Hollywoodstar in Baden-Württemberg. Dabei vergessen sie völlig, auch einmal Musik zu spielen. An der Ampel wartend, schaue ich aus dem Fenster, genervt von sämtlichen Spekulationen. Das Klingeln meines Telefons über die Autolautsprecher ist dabei eine willkommene Abwechslung. Auch wenn ich mir sicher bin, dass es wieder einer der unzähligen anonymen Anrufer ist.

Da das Klingeln überdurchschnittlich lang anhält, riskiere ich einen Blick auf das Display, Ben. Er ist die ganze Woche auf Messe in München. Ich muss also ans Telefon gehen, da wir gerade einmal Dienstag haben. Ich betätige den grünen Hörer am Lenkrad und schon ertönt seine vertraute Stimme:

»Hey Babe, na wie geht´s? Ist ja richtig was los daheim! Ausgerechnet jetzt, wo ich nicht da bin.«

Stirnrunzelnd schaue ich auf das Display. Auf Anhieb weiß ich nicht, was Ben meint. Hat er mich auf den Bildern und Videos etwa erkannt? Unsicherheit macht sich breit.

»Was genau meinst du?«

Er lacht.

»Den Typ aus der Traumfabrik natürlich! Was hast

du denn gedacht, Mia?«

»Ah ja, hab es gehört. Im Radio labern sie nichts Andres mehr. Die sollten es mal wieder mit Musik spielen probieren. Allmählich nervt es tierisch.«

»Scheint dich ja nicht sonderlich zu interessieren. Ist es wegen deiner Lu?«

Schlagartig kommt mir in den Sinn, was er meint.

Lu, der größte Sebastian-Cleary-Fan auf Erden. Na prima, das kann ja was geben! Sie hat sicherlich jede einzelne Schlagzeile förmlich eingeatmet.

Ich war so mit mir selbst beschäftigt, dass ich meine beste Freundin völlig vergessen habe.

Ich will mir Ben gegenüber nichts anmerken lassen:

»Du sagst es. Sie ist am Eskalieren.«

»Ja das konnte ich mir schon denken. Vielleicht sollten wir ihr doch endlich mal einen Mann suchen. Das kann ja auf Dauer so mit ihr nicht weitergehen. Sie lebt doch in ihrer eigenen Traumwelt. So hässlich ist sie ja nicht! Es sollte sich ja ein Mann für sie finden lassen?!«

»Willst du jetzt echt über Lu reden? Wie läuft es denn bei dir? Kommst du übers Wochenende nach Hause?«

»Ob es uns tatsächlich aufs Wochenende schon reicht, weiß ich ehrlich gesagt nicht. Nicht sauer sein! Dann hast du wenigstens Zeit, Lu wieder auf Kurs zu bringen. Ist doch auch was, oder? Sie beschwert sich doch immer, dass du wegen mir nicht genug Zeit für sie hast.«

Wo er Recht hat, hat er Recht. Wobei es mir wirklich lieber wäre, meine beste Freundin nicht in einer miserablen Verfassung sehen zu müssen. Wiederum bin ich froh noch ein paar Tage für mich zu haben. Um alles verarbeiten zu können.

»Babe ich muss wieder. Wir gehen gleich in den Ratskeller essen. Bin ja mal gespannt, ob er wirklich so gut ist, wie alle behaupten.«

»Ok alles klar. Dann einen guten Hunger.«

»Liebe Dich, Babe.«

»Ich weiß! Bis bald.« beende ich das Telefonat.

Da der Stau einfach kein Ende zu nehmen scheint, krame ich mein Telefon aus der Handtasche. Ich bin geschockt! 32 Anrufe in Abwesenheit.

»Ist denn jemand gestorben?« schießt es aus mir raus.

Fast alle Anrufer sind anonym und natürlich ein paar von Lu.

Im WhatsApp-Popupfenster lese ich schon, dass sie es nicht nur mit Anrufen versucht hat. Erwartungsgemäß ist Lu am Verzweifeln. Spontan ordne ich mich zum Abbiegen Richtung Einkaufszentrum ein. Ein paar Flaschen Wein und drei Packungen Schokoladeneis sollen es werden. Für alle Eventualitäten vorbereitet. Aber bevor es zur ihr geht, muss ich erst mal nach Hause, um die Büroklamotten los zu werden.

Kaum biege ich unsere Straße ein, sehe ich schon von weitem ihr Auto stehen. Als hätte ich es gewusst!

Lu selbst sitzt mit angewinkelten Beinen vor dem Haus. Ihren Kopf in den auf ihren Knien liegenden Armen vergraben.

Tiefatmend steige ich aus und gehe auf sie zu. Sie hebt den Kopf und sieht mich mit verheulten Augen an. Bevor sie etwas sagen kann entgegne ich ihr:

»Ich weiß, komm! Ich habe Wein und Schokoladeneis dabei« und schließe erst die Haustür, dann die Wohnungstür auf.

Ich weiß, dass es heute sicherlich kein angenehmer und entspannter Abend werden wird.

»Terrasse?« seufzt Lu.

»Ja klar, ich komm gleich. Ziehe mich nur schnell um.«

Völlig selbstverständlich schnappt sich Lu dieses Mal keine Weingläser, sondern Longdrinkgläser. Es verspricht ein sehr langer und vor allem tränenreicher Abend zu werden.

Zuprostend fordere ich sie auf:

»Nun erzähl mal, Lu. Was ist denn los? Nichts kann unmöglich so schlimm sein, dass du so verweint aussehen musst.«

»Wo ist Ben?«

Warum fragt sie nach Ben? Ist er etwa der Grund, dass sie so mies drauf ist, wie sie es augenscheinlich ist?

»Ähm Ben ist in München auf Messe. So schnell kommt er nicht heim. Warum?«

»Ach nur so.«

Verdutzt wiederhole ich meine Frage, was denn los ist. Sie nimmt einen weiteren, großen Schluck aus dem Glas und fängt endlich an zu erzählen. Als hätte ich es mir nicht schon längst denken können, tu ich natürlich überrascht. Es geht, wie jedes Mal, nur um sie, Luzia Delfino. Um ihr mangelndes Sozialleben und nicht zuletzt um den fehlenden Mann an ihrer Seite.

»Weißt du, Mia, du hast ja alles, was man sich wünscht. Du hast einen tollen Job, du verdienst gutes Geld und vor allem hast du Ben!«

Im ersten Moment leuchtet mir nicht ein, in welche Richtung dieses Gespräch führt.

»Wenn du Ben willst, kannst du ihn haben. Ich schenke ihn dir!«

»Als ob du ihn mir abgeben würdest.«

»Wirklich! Wenn du ihn willst, kannst du ihn haben! Ich würde dir alles geben. Hauptsache du bist glücklich und wenn Ben der Grund allen Übels ist, bitte. Nur zu! Aber die Wohnung räume ich nicht!!!«

»Man Mia, es ist ja nicht nur Ben. Du hast einfach alles und was habe ich? Nichts. Und jetzt erzähl mir nicht, dass das nicht stimmt. Ich weiß, dass es so ist.«

»Und wenn es nicht Ben ist, welchen Mann willst du dann? Ich mein, du und Ben, das würde sicher nicht gutgehen. Ihr mögt euch ja nicht mal.«

Ich beginne zwangsläufig zu lachen. Verständlicherweise steigt Lu weder auf meinen beginnenden Lachflash ein, noch kommentiert sie diesen.

»Willst du mir jetzt erzählen, dass du echt nicht weißt, was mit mir los ist?«

Enttäuscht und entsetzt zugleich sieht sie mich aus ihren fürchterlich verweinten braunen Augen an. Ihre sonst so makellos langen, schwarzen Wimpern sind vom Weinen verklebt. Durch bloßes Kopfschütteln beantworte ich die Frage in der Hoffnung, dass sie nicht auf die aktuellen Boulevardmedien anspielt.

»Sebastian Cleary hat irgend so eine Kuh in der Innenstadt geküsst. Keine 100 Meter von meinem Laden weg. Das hätte ich sein müssen, verstehst du? Aber ich habe ja nie so ein Glück. Stattdessen küsst er irgend so ein Flittchen!«

Kaum ist ihr das Wort Flittchen über die Lippen gekommen, exe ich mein Weinglas.

»Vielleicht sollte ich mich jetzt auch so verheult in die Fußgängerzone stellen und warten, bis er mich küsst. Sehe ja grad genauso beschissen aus wie diese Kuh!«

Lu beginnt sich augenblicklich maßlos in diese Sache hineinzusteigern. Eher mir noch ein unpassender Kommentar dazu einfallen kann, stehe ich auf.

»Wo willst du jetzt hin?«

»Nur Nachschub holen.«

Auf dem Weg in die Küche wäge ich ab, was für mich das schlimmere Übel ist. Die Tatsache, dass mich weder mein Freund, noch Lu auf den Bildern erkennen, oder dass mich manche als Flittchen bezeichnen. Einerseits bin ich froh, dass sie mich nicht erkennen. Somit bleiben mir endlose Diskussionen und eine Trennung von Ben erspart. Andererseits verletzt es mich, denn Corinne erkannte mich. Hält sie mich nun auch für ein Flittchen? Wobei, ich bin tatsächlich eins. Aber nicht, da ich Sebastian in aller Öffentlichkeit geküsst habe. Sondern da ich Ben fremdgegangen bin.

Mein vermeidlicher Tellerrand beginnt erneut zu schrumpfen. Ist es mir wichtiger, was man von mir denkt oder Gefühle zu leben?

Diese Gedanken sind eindeutig zu anstrengend für den Moment. Ich lege den Korkenzieher in die Schublade zurück und gehe mit der geöffneten Flasche zu Lu auf die Terrasse.

»Nun aber nochmal, zum Wohl meine Süße! Das wird schon alles werden. Du brauchst nur Geduld und musst dich finden lassen.«

Ich spreche ihr gut zu und fordere sie auf, einen erneuten Schluck zu nehmen. Was sie natürlich auch tut.

»Du hast Recht und wenn nicht, nehme ich doch Ben!«

Auch wenn sie einen Moment lacht, kann ich es nicht! Meine Reaktion bleibt ihr nicht unbemerkt. Sie nimmt das alte Thema wieder auf:

»Und weißt du was das Schlimmste ist? Dieses Flittchen hat sogar die gleiche Bluse wie wir! Das heißt, dass sie auch in meinem Laden einkauft und ich sie sicher kenne!«

Lu arbeitet nicht unweit der Fußgängerzone. Um genau zu sein, sogar unmittelbar am Beginn derer in einer kleinen sehr exklusiven Modeboutique mit Designer-Outlets.

Allmählich verstehe ich, worauf sie hinauswill. Sie hätte einer der Personen sein können, die Sebastian und mich gefilmt haben.

Ich nehme einen großen Schluck Wein und lehne mich auf meinem Stuhl zurück. Mein Kopfkino beginnt auf Hochtouren zu laufen. Was wäre wenn gewesen?! Ich sehe Lu zwar an, aber blende sie für einen Moment völlig aus.

»Hörst du mir überhaupt zu?«

»Und wenn du das Flittchen gewesen wärst? Erzähl, wie sollte eine Beziehung mit einem Mann wie dem funktionieren? Hast du dir darüber mal Gedanken gemacht? Du musst den doch mit der ganzen Welt teilen! Kannst ihn nicht mal in der Öffentlichkeit küssen, ohne dass sich alle das Maul darüber zerreißen.«

Ein paar Fragen, die ich mir selbst stelle und keine Antwort kenne. Umso mehr bin ich auf ihren Masterplan gespannt. Lu hat sicherlich schon die perfekte Zukunftsplanung parat. Vielleicht könnte ich sogar im Fall der Fälle davon profitieren.

Anstatt ihn mir zu verraten, schaut sie mich stutzig an:

»Also hast du es doch mitbekommen?«

Shit, verraten! Angriff war schon immer die beste Verteidigung:

»Du hast es mir doch grad erzählt. Weißt du das jetzt etwa nicht mehr?«

»Ach ja, stimmt ja. Der Wein scheint schon zu wirken. Wenn Ben ja nicht da ist, meinst du, ich könnte ein paar Tage hierbleiben? Ich will nicht nach Hause in meine Wohnung, wo ich ganz alleine bin. Außerdem wäre das wie in alten Zeiten, bevor du mit Ben zusammengezogen bist und wir unser eigenes

Reich hatten. Mia, bitte! Das bist du mir schuldig! Bitte!«

»Lu, jetzt komm mal wieder runter! Dieser Schauspieler hat nur irgendeine Frau geküsst. Du kennst ihn nicht mal und vor allem hat er dich nicht betrogen. Was fährst du denn jetzt für einen Film? Als würde die ganze Welt wegen diesem einen Kuss zusammenbrechen?!«

»Bitte Mia. Gib dir einen Ruck. Das wird sicher toll!«

In der absoluten Gewissheit, dass das alles andere als toll wird, lasse ich mich von ihr breitschlagen und stimme zu:

»Ok, aber nur bis zum Wochenende. Ich brauche echt meine Ruhe. Auf Arbeit ist die Hölle los.«

Lu fällt mir überglücklich um den Hals:

»Ja, versprochen!«

FÜNF

1.51 Uhr, 1.52 Uhr, 1.53 Uhr… todmüde wälze ich mich im Bett herum. Ständig den Blick der Uhr zugewandt. Die Minuten vergehen und vergehen.

Unglaublich, wie eine Frau so schnarchen kann! Sollte sie mal einen Mann abbekommen, muss sie das abstellen. Im Notfall mit Hilfe einer Schlaftherapie.

Lu gibt sich Nacht für Nacht die größte Mühe, den gesamten Südschwarzwald abzusägen. Sie schnarcht ohne Unterlass! Noch dazu in einer Lautstärke, wie ich es selbst von Ben nicht kenne. Auch wenn ich sie noch so grob stupse, das Schnarchen findet kein Ende. Wird eher noch lauter.

Der Wecker zeigt inzwischen 2.15 Uhr. Um ihr einen Erstickungstod durch meine Hände zu ersparen, ziehe ich kurzerhand auf das Sofa um. Das Bettzeug unter den Armen, das Telefon in der Hand. Ich verlasse fluchtartig mein eigenes Schlafzimmer.

Ich wusste, dass es nicht gut geht, wenn sie den Rest der Woche bei mir wohnt. Lu öffnet den Laden erst um neun Uhr, und kann somit länger schlafen. Ich aber habe pünktlich um acht Uhr im Büro zu stehen. Ausgeschlafen natürlich!

Kaum, dass ich das Sofa zum Schlaflager umfunktioniert habe kuschle ich mich ein. Ich liebe mein Sofa! Es bietet locker Platz für zwei Schlafende. Ist überdurchschnittlich bequem und um Welten weicher als unser Bett.

Zufrieden und in vollkommener Ruhe liege ich auf dem Rücken und schaue an die Decke. Ich freue mich, jetzt endlich einschlafen zu können. Vielleicht auch etwas Schönes zu träumen.

Egal wie stressig mein Tag war, ich freue mich immer auf die Nächte. Und vor allem auf meine Träume. Sie sind oft sehr gefühlsecht. Zugegeben, meinen ersten Orgasmus hatte ich im Schlaf. Auch wenn solche Träume nur Jungs nachgesagt werden, bin ich eine der Glücklichen.

Krampfhaft versuche ich mich auf ein Thema gedanklich zu versteifen, um es im Traum durchleben zu können. Direkt vor dem Eindösen vibriert es auf dem Sofatisch.

»Herrgott nochmal! Es ist bald drei Uhr nachts. Wenn das so weitergeht, werde ich mich beim Provider beschweren oder die Telefonnummer wechseln. Das ist ja nicht auszuhalten!!!«

Natürlich könnte ich mein Telefon über Nacht ausschalten. Aber es geht mir einfach ums Prinzip! Anonyme Anrufer nehme ich grundsätzlich nicht an.

Ich hasse es, mit einem Computer zu Marktforschungszwecken verbunden zu sein. Stets und ständig wird in Deutschland auf Datenschutz Wert gelegt, doch da hört es ja bekanntlich auf. Und wieder, anonym.

Entschieden drücke ich den unbekannten Anrufer weg und versuche wieder meinen Gedanken freien Lauf zu lassen. Leider komme ich eher auf Gedanken wie, dass es vor zwanzig Jahren noch gar keine Mobiltelefone gab. Computer waren nur vereinzelt verbreitet und heute kann ein Auto sogar alleine einparken. Verrückte Zeit, wie schnelllebig alles geworden ist. Früher war es undenkbar, Bilder zu verschicken. Das Betätigen des Internetbuttons hieß mindestens eine Woche Hausarrest, da es abartig teuer war. Und heute kennt man nicht mal mehr SMS.

Apropos SMS. Ich habe doch SMS bekommen?! Ich schnappe mir mein Telefon, auf der Suche nach einem SMS-Eingang. Was erschreckend viel Zeit braucht. Endlich gefunden, erscheinen mir unzählige Nachrichten von der gleichen Nummer:

»+1 310... Was bitte ist das denn für eine Vorwahl?«

Entsetzt starre ich auf das Display.

Todesmutig öffne ich die jüngste, an erster Stelle stehende, SMS.

»Forget it. I got it!«

Oh oh, ich ahne Schlimmes! Gespannt öffne ich die weiteren Nachrichten:

»Now take off your fucking phone!!!«

»I think I love you. Mia you´re the one, that I want!!! No one else! I swear!«

»I´ve been looking for you a long time and now you're not reporting. I´m allright?«

»Come on Mia, that´s ridiculous!«

»Why are you running away?!?!?!? I'm so terrible?«

»Where are you?«

Geschockt halte ich das Telefon in der Hand. Es war die ganze Zeit Sebastian. Ich Vollidiot! Wie konnte ich nur nicht ans Telefon gehen? Ich bin wütend auf mich selbst. Unzählige Male schlage ich mir mit der flachen Hand vor die Stirn.

»Sommers du bist so selten dämlich!«

Sofort bekomme ich Lust auf einen großen Schluck Wein und eine Zigarette.

Krampfhaft überlege ich, aus dieser Nummer wieder herauszukommen. Bloß wie, weiß ich nicht.

Ich gehe leise in die Küche, um mir wenigstens einen Tee zu kochen. Angestrengt krame ich im Küchenschrank Bens Teesammlung durch.

»Was haben wir denn da. „Atme Dich frei", „Gute-Nacht-Tee". Was für ein Blödsinn! Als ob Tee was an einer Situation ändern könnte! Und wenn, sollten sie den Tee „geh an dein scheiß Telefon" herausbringen.«

Die Auswahl überfordert mich, weshalb ich mich letztlich für ein Glas Wasser entscheide. Mit dem Wasserglas in der einen und dem Handy in der anderen Hand setze ich mich auf den Küchenschrank.

Ich muss auf die vielen Nachrichten antworten. Offensichtlich meint Sebastian, ich hätte keinerlei Interesse an ihm.

Wobei ich in diesem Moment nicht weiß, ob er nicht sogar Recht hat. Wiederum steht nirgends geschrieben, dass wir sofort eine Beziehung eingehen müssen, nur weil es bei mir mal ein bisschen im Bauch gekribbelt hat.

Just in diesem Moment könnte ich mich ohrfeigen, wieder mit dem Feuer spielen zu wollen. Als hätte es nicht gereicht, Ben zwei Mal zu betrügen. Andererseits geht es hier um Sebastian Cleary. Und ja, ich mag ihn, das ist kein Geheimnis. Nur will ich es mir nicht eingestehen.

Ich höre die Schlafzimmertür aufgehen. Lu ist wach, in dem ungünstigsten Moment überhaupt. Shit! Verschlafen sieht sie mich auf dem Küchenschrank sitzend an:

»Was ist denn los, Süße? Warum bist du nicht im Bett?«

»Ich kann nicht schlafen. Du schnarchst.«

»Ich schnarche nicht! Ich habe nur eine leichte Erkältung.«

»Das wird es sein. Also schnarchst du nicht wirklich, sondern deine Erkältung.«

»Ist wirklich alles Ok? Du wirkst so aufgeregt.«

»Ja alles Ok. Mach dir keine Sorgen. Ich trinke noch ein Glas Wasser, dann geh ich wieder schlafen.«

»Kommst du wieder ins Bett?«

»Nein, ich bleibe auf dem Sofa. Nicht, dass ich mich noch bei dir anstecke.«

»Ok, Süße.«

Lu drückt mich liebevoll und gibt mir einen Kuss auf die Wange, bevor sie wieder im Schlafzimmer verschwindet.

Erleichtert atme ich wieder im gewohnten Rhythmus. Doch was in aller Welt mache ich jetzt mit Sebastian?

Mein Telefon beginnt wieder zu vibrieren. Und wieder, anonym! Ich weiß, dass er es ist. Aber einen Plan habe ich noch nicht. Da ich vor allem an meinen Englischkenntnissen zweifle, entscheide ich mich für meine erste SMS. Allerdings auf Deutsch.

»Hi Sebastian. Tut mir leid. Habe deine Nachrichten eben erst gelesen. Hatte mein Telefon verlegt. Leider kann ich jetzt nicht mit dir telefonieren. Meine beste Freundin wohnt momentan bei mir. Hoffe, dir geht es gut. Es war schön dich wiederzusehen. Auch wenn es mich verwirrt hat. Liebe Grüße. Mia«

Ein weiteres Glas Wasser später beginne ich es zu bereuen, ihm geantwortet zu haben. Er schreibt nicht zurück. Seit Langem wünsche ich mir, dass mein Telefon vibriert, aber nichts! Da Lu ein Zimmer weiterschläft, kann ich den Ton nicht anschalten. Das Risiko, sie zu wecken, ist zu groß.

Nachdem ich das Telefon zwei Mal neugestartet habe, erscheint endlich der lang ersehnte Briefumschlag im Display. Aufregung macht sich breit. Das Herz schlägt mir bis zum Hals. In Windeseile drücke ich auf „Anzeigen".

»Dich anziehen. Ich sein vor deinem Haus.«

Mit offenem Mund starre ich auf die geschriebenen Worte. Ist er wirklich hier? Woher weiß er, wo ich wohne? Ok, dämliche Frage. Schließlich fand er mich auch auf Arbeit. Aber jetzt muss ich cleverer, als gewohnt, sein. Denn Lu schläft ein Zimmer weiter. Anderseits will ich Sebastian sehen.

Ohne weiter groß darüber nachzudenken, renne ich aufgeregt ins Badezimmer. Allein auf der Suche nach halbwegs ansehnlichen Klamotten. An meinen Schrank im Schlafzimmer kann ich schließlich nicht.

Panisch schaue ich mich um. Nicht mal ein frischer Slip ist zu sehen. Wieder erscheint ein Briefumschlag auf dem Display:

»Kommen du?«

Sein deutsch ist fast schon sexy.

Meine Antwort:

»Ja, gleich sofort.«

Kaum habe ich die Nachricht abgeschickt, entscheide ich mich für meine schwarze Yogahose. Wobei ich in meinem Leben noch nie Yoga gemacht habe. Aber die Hose macht eine hervorragende Figur. Ich ziehe meinen Schlafanzug aus und springe dezent widerwillig, ohne Slip, in die Hose. Egal. Unterwäsche wird eh total überbewertet! Links und rechts Deo unter die Achseln und ein bisschen zu viel Parfum an Hals und Nacken versprüht. Zum Glück findet sich noch ein halbwegs akzeptables Tanktop. Hauptsache es riecht frisch und hat keine Flecken.

Auf dem Weg zur Tür schnappe ich mir meine an der Garderobe hängende Lederjacke. Mit halb angezogenen Sneakers, schleiche ich mich wie in meiner Jugend, zum Haus hinaus. Es fühlt sich gut an, so verboten. Blitzartig komme ich mir zehn Jahre jünger vor.

Vorsichtig lasse ich die Tür ins Schloss fallen. Dieses Mal verzichte ich bei den neugierigen Nachbarn auf das Hausflurlicht. So, dass ich mir schier Treppe abwärts das Genick breche.

Die Hauseingangstür schon in Sicht, binde ich meine Haare noch zu einem lässigen Knoten zusammen. Ich spüre, dass ich gut aussehe.

Zumindest gut genug, einen sexy Mann nachts um drei Uhr treffen zu können.

Ein Moment, in dem meine abendliche Faulheit, mich abzuschminken, mehr als belohnt wird.

Langsam öffne ich die Haustür. Ein großer schwarzer SUV parkt direkt hinter meinem Auto. Hoffentlich ist er alleine, denke ich sofort. Nochmal so einen Miesepeter braucht kein Mensch und ich schon zwei Mal nicht. Wobei, fahren Hollywoodstars eigentlich selbst Auto? Und vor allem, können sie sich überhaupt unbemerkt in der Nacht wegschleichen?

Unter ständigen Bitten, ihn alleine vorzufinden, gehe ich auf das große schwarze Auto zu. Es öffnet sich die Beifahrerscheibe. Sebastian strahlt mich an. Sein Gesicht ist lediglich von einer schwarzen NYL Kappe beschattet. Bei seinem Anblick geht für mich die Sonne auf. Zum ersten Mal an diesem Tag.

Extrem nervös steige ich zu ihm ins Auto.

»Hi. How are you?«

»Jetzt besser, Danke. Und dir?«

»Now, I'm happy.«

Sein Lächeln will gar nicht mehr aufhören.

»Du bist verrückt, weißt du das?«

»Ja auf dich!«

»Du kannst ja deutsch?«

»Ein bisschen. Ich wollte lernen, für Moment, wo sehen wir uns.«

Der Satzbau, die Wortwahl, mir geht das Herz auf.

»Wie hast du mich überhaupt gefunden?«

»I´ve got a message for you!«

Verdutzt sehe ich ihm zu, wie er sein Telefon aus

seinem Hoodie kramt. Wild tippt er darauf rum, bis sich ein Video öffnet.

»Marisol« schreie ich voller Freude auf.

»Hola Mia, como estas? Du wirst es nicht glauben, aber Sebastian hat versucht dich zu finden. Aber er hat nur mich gefunden. Ich habe ihm deine Kontaktdaten vom Tauchformular gegeben. Ich weiß, dass ich dir damit eine Freude machen würde. Melde dich oder noch besser, komm mal wieder in die Karibik. 1000 besos, Mia!«

Ich bin platt!

»Dieses verrückte Weib! Klar, ohne ihre Hilfe hättest du mich nie gefunden. Du kanntest ja nicht mal meinen Nachnamen. Sebastian, du bist echt verrückt!«

Schmunzelnd schüttle ich den Kopf und flüstere zufrieden vor mich hin:

»Wenn er dich will, wird er dich finden. Ihre Worte.«

Sebastian aber unterbricht mich in meiner Freude:

»Wir fahren wohin? Oder du möchtest still here?«

»Einfach aus dem Ort raus. Dann kommt nach ein paar Kilometern ein abgelegener Waldparkplatz.«

Fragend schaut er mich an. Offensichtlich reicht sein Deutsch noch nicht, um mich gänzlich zu verstehen. Darum versuche ich es, mit meinem ach so tollen, beschämenden Englisch:

»The road further out of town. Then I say stop!«

Gesagt, getan. Er hat mich sogar verstanden!

Keine fünfzehn Minuten später stehen wir im Dunkeln auf einem verlassenen Waldparkplatz.

Normalerweise parken dort Jogger ihre Autos. Oder auch Leute, die mit ihren Hunden spazieren gehen. Selbst Ben parkt hier oft, um im Wald joggen zu gehen. Zum Glück ist er jetzt in München. Das hätte sonst eine böse Überraschung geben können. Allerdings will ich mich jetzt nicht auf Ben konzentrieren, sondern nur auf Sebastian. Wer weiß es schon, ob er vielleicht an einer Freundschaft interessiert ist. Wer hat schon einen Hollywoodstar in seinem Freundeskreis? Eindeutig eine Tatsache, die mir noch in meinem Lebenslauf fehlt.

Sebastian stellt den Motor aus und schaut mich erwartungsvoll an. Nervös rutsche ich auf meinem Sitz hin und her. Ich weiß einfach nicht, was ich ihm erzählen soll. In meiner Unsicherheit entdecke ich eine Packung Kaugummis in der Ablage.

»Die sind gut!« bemerkt er.

»Natürlich, sind ja Deutsche!« antworte ich kess und genehmige mir einen.

Noch eh ich auf ihn gebissen habe, kündigt sich das Nächste an, was in meinem Mund verschwinden will. Sebastian ergreift die Gunst der Stunde und küsst mich.

Völlig überrascht zucke ich zurück. Er hingegen schaut mich verwirrt an. Jedoch kaum verwirrter, als ich in dem Moment aus der Wäsche schaue.

Enttäuscht lehnt er sich auf seinen Sitz zurück und kramt aus der Beifahrertür eine Packung Zigaretten hervor. Ich schaue ihn entsetzt an:

»Du rauchst?«

»Yeah, Problem?«

Ohne darauf zu antworten, greife ich ebenfalls in meine Jacke und hole eine Schachtel Kippen raus.

»All german women smoke, right?«

»Mir egal. Ich tu es jedenfalls!«

Ich lasse die Scheibe herunter und stecke mir eine an.

Es ist eine angenehme Nacht, nicht zu warm und nicht zu kalt. Die Stille ist herrlich. Weit ab von allem Stadtlärm schließe ich die Augen und lausche der Natur.

»Ok, wir einfach rauchen. Mehr nicht?«

»Was möchtest du denn machen?«

»Ich zeigen dir?«

Augenblicklich fehlt mir der Mut, die Frage zu bejahen. Wobei, was habe ich schon zu verlieren?

Ich schnippe die Kippe aus dem Fenster, schnalle mich ab und lächle ihn auffordernd an. Sobald er es mir gleichtut, nehme ich allen Mut zusammen und rutsche auf seinen Schoß.

Er schlingt seine Arme um mich. Unglaublich fest, als würde er mich nicht mehr loslassen wollen. Sein Gesicht vergräbt er in meinen Brüsten. Lediglich seine Kappe stört ihn, noch intensiver mein Dekolleté zu erkunden, weshalb ich ihm sie absetze.

»Du hast ja die Haare geschnitten?«

»Yeah, habe gehört wie du in Office sagtest, dass nicht gut so. Gefallen besser jetzt?«

Darauf antworten kann ich ihm nicht. Ich will ihm stattdessen einfach nah sein. Da weitermachen, wo wir in der Fußgängerzone aufgehört haben.

Ich beginne ihm die Stirn zu küssen. Weiter auf der

linken Wange, zum Ohr hinüber. Seinen Hals hinunter und wieder hinauf. Ich knabbere ihm leicht am Ohrläppchen. Er beginnt schwerer zu atmen. Ein leichtes Stöhnen verlässt seinen Mund.

Seine sich zwischen meinen Beinen befindliche Manneskraft wächst spürbar. Es steht völlig außer Frage, wie sehr es ihm gefällt. Es ist mir Genugtuung, offensichtlich die Kontrolle über ihn zu haben.

Je mehr ich seinen Hals liebkose und mich auf seinem Schoß bewege, desto mehr wächst merklich seine Lust. Diese Tatsache bringt augenblicklich nicht nur ihn in Fahrt, sondern mich gleichermaßen. Mit seiner linken Hand greift er zum Hebel seines Sitzes. Bevor wir uns versehen, liegen wir auf dem selbigen.

Ich erkenne mich selbst nicht wieder! Ich winde mich auf seinem Schoß, reibe mich an ihm. Grob packt er mich an den Hüften, um den Rhythmus meiner Bewegungen zu kontrollieren. Es vergeht keine weitere Minute und mir entweicht selbst ein heftiges Stöhnen.

Wie unglaublich gut es sich anfühlt. Wie unglaublich gut er sich anfühlt. Wahnsinn!

Seine Hände umfassen meinen Po. Heftig und förmlich bettelnd, nach mehr, beginnt er mich zu küssen. Wilder, immer stürmischer. Er reist mir die Lederjacke vom Oberkörper und hält sie hinter meinem Rücken verschlossen. Durch mein Tanktop hindurch beißt er unkoordiniert in meine Brüste. Ein atemberaubendes, hypnotisierendes Gefühl.

»Ich will dich, jetzt!«

haucht er mir in akzentfreiem Deutsch entgegen.

Ohne meine Antwort abzuwarten, lässt er von meiner Jacke ab und stößt mich auf meinen Sitz zurück. Innerhalb kürzester Zeit entledigt er mich meiner Schuhe und meiner Hose.

»Fehlen Slip?«

»Du hast auf mich gewartet. Es musste schnell gehen!«

Amüsiert zieht er mich weiter aus und lehnt sich anschließend auf seinem Sitz zurück. Nun bin ich dran! Noch während ich seinen Gürtel öffne, hebt er seinen Po an, um das Herunterziehen seiner Jeans und Shorts zu erleichtern. Seine gesamte männliche Pracht liegt nun frei. Innerhalb Sekunden zieht er ein Kondom über. Eine weitere Aufforderung baucht es nicht. Ich rutsche wieder auf seinen Schoß.

Seine Hände fest an meinem Rücken, meine in seinen nunmehr kurzen Haaren vergraben. Ich lasse es geschehen und sinke auf ihn herab. Sebastian stöhnt lautstark auf. Ohne mich groß zu bewegen, bin ich innerhalb weniger Minuten von ihm überwältigt. Von seinem Klang und nicht zuletzt seinem Geruch. Mein Unterleib zieht sich zu dem besten Gefühl der Welt zusammen. Mein Herz rast in unermesslichem Tempo. Mit einem phänomenal klingenden Stöhnen signalisiert er mir, dass nicht nur ich übermannt werde.

Ich verharre auf seinem Schoß. Mein Herz beginnt den gewohnten Rhythmus wiederzufinden. Sebastian greift nach meinem Gesicht und küsst mich. Nicht wild oder stürmisch, nein, ganz im Gegenteil. Er küsst mich liebevoll, fast schon dankbar.

Seine rechte Hand streicht mir die Strähnen aus dem Gesicht. Nahezu wehleidig wiederholt er mit leichter Stimme stetig meinen Namen:

»Mia.. Mia.. Mia…«

Als ich ihn im Mondschein ansehe, ist mir klar, dass es nicht nur Sex ist! Es ist weitaus mehr zwischen uns! Mehr, als ich mir je hätte erträumen lassen. Auch wenn ich kein Experte in Gefühlsdingen bin; es fühlt sich wie Liebe an.

Der Morgen dämmert. Das Radio ertönt, dass es schon 4.45 Uhr ist. Gespannt schaue ich Sebastian von meinem Sitz aus an. Er lächelt und greift hinter den seinen.

»I have an idea! Let´s get out!«

Verunsichert ziehe ich mir meine Jacke und Schuhe wieder an und steige aus. Der richtige Moment, für die Zigarette danach. Gesagt, getan und der Glimmstängel brennt.

Sebastian steigt ebenfalls aus und fordert mich auf, mich auf die Motorhaube zu setzen. Ungläubig schaue ich ihn an:

»Dein Ernst? Da geht doch das Auto kaputt!«

»Well, dann kaufe ich neues. Now Mia, sit down!«

Ich lehne auf der Motorhaube sitzend an der Frontscheibe. Es ist ein sensationeller Anblick. Ein Sternenhimmel, wie er seinesgleichen sucht. Keine Wolke ist zu sehen, lediglich ein Meer an unendlich vielen Lichtern. Ein Anblick, an den man sich nie satt sehen könnte.

Nahezu unbemerkt setzt sich Sebastian neben mich und fordert mich auf, ihn anzusehen. Glauben will ich es in diesem Moment nicht. Hat dieser verrückte Kerl doch tatsächlich zwei Desperados dabei.

»Woher wusstest du« beginne ich den Satz:

»Natürlich, von der Yacht!«

Nachdem wir die Flaschen mit dem Feuerzeug geöffnet haben, prosten wir uns zu. Wir lehnen uns zurück und genießen den Himmel.

»Werde ich dich je wiedersehen?«

»Ich nicht verstehen?!«

»Werde ich dich nach dieser Nacht noch einmal wiedersehen? Oder müssen erst wieder Monate vergehen, bis du dich meldest?«

»Well, I didn't to mean to let you go again.«

Seine Worte sind wie eine Oper in meinen Ohren. Obwohl es mir schwerfällt, sie zu glauben. Er beugt sich zu mir rüber und gibt mir einen Kuss. So gelingt es ihm, mich doch zu überzeugen.

Kaum, dass wir die Desperados geleert haben, vibriert mal wieder mein Telefon in der Jackentasche. SHIT. Es ist Lu. Offensichtlich ist sie wach.

Ich signalisiere Sebastian eindringlich, absolut ruhig zu sein und nehme das Telefonat an:

»Ja? Lu?«

»Mia wo bist du? Willst du, dass ich einen Herzinfarkt bekomme? Ich bin aufgewacht und du warst nicht da. Das Sofa war leer. Spinnst du eigentlich?«

Schmunzelnd höre ich mir ihre Möchte-Gern-

Moralpredigt an. Besser hätten es meine Eltern in meiner Jugend nicht formulieren können.

Sebastian verfolgt gebannt das Gespräch. Wohl in der Hoffnung, verstehen zu können, um was es geht und wer es überhaupt ist.

»Ich konnte nicht schlafen Lu. Keine Sorge. Ich bin nur ein wenig die Straße runtergegangen. Bin gleich wieder da. Chill einfach mal!«

Ich versuche sie zu beruhigen. Allerdings wirkt das alles andere als beruhigend auf sie. Vielmehr fordert es sie heraus, noch an Moralpredigt nachzulegen.

Ihre Ansage beginnt ungemein zu nerven. Ich verdrehe meine Augen im Kreise. Meine Augenbraue droht einen Krampf vom Hinaufziehen zu erleiden.

Entschieden falle ich ihr ins Wort:

»Ich bin gleich zu Hause. Geh wieder ins Bett. Du bist ja schlimmer als meine Mutter!« und lege auf.

»Du musst gehen?« fragt Sebastian traurig.

Offensichtlich will er meine bejahende Antwort gar nicht erst hören.

»Ja, ich muss, leider. Mein Hausdrachen ruft.«

»Hausdrachen?«

»Egal. Würdest du mich bitte noch ein Stück fahren?«

»Sure!«

Wehmütig klettere ich von der Motorhaube herunter und steige wieder ins Auto.

Es ist unglaublich, fast schon eine Frechheit, was sich Lu rausnimmt. Was glaubt sie eigentlich, wer sie ist? Ich bin schließlich eine erwachsene Frau und muss mir von Niemanden etwas sagen lassen. Je mehr ich darüber nachdenke, umso mehr steigt meine Wut auf sie.

Sebastian und ich sprechen auf dem Heimweg kaum ein Wort. Ich fordere ihn auf, ca. 100 Meter vor meiner Wohnung zu halten. Der Abschied steht also bevor. Ich will einfach nicht aussteigen. Am liebsten hätte ich mich krankgemeldet und den Tag mit ihm verbracht.

»Kiss me, Baby!«

Selten bin ich einer Aufforderung so unglaublich gern nachgekommen, wie dieser.

»Bye bye. Bis hoffentlich ganz bald!«

Ich brenne mir eine letzte Zigarette an und laufe die Straße runter. Sebastian überzeugt sich davon, dass ich gut nach Hause komme. Er bleibt so lange stehen, bis ich im Haus zu verschwinden scheine. Ohne Licht fährt er vor, lässt das Fenster herunter und flüstert:

»A last kiss, please!«

Ich renne zurück zu seinem Auto und gebe ihm einen Schmatzer, bevor er in Windeseile davonfährt.

Aus meiner Jackentasche krame ich meinen Wohnungsschlüssel raus. Kaum, dass ich die Tür aufgeschlossen habe, steht auch schon Lu mit in die Hüfte gestemmten Händen vor mir:

»So, Fräulein. Nicht schlafen können! Das kannst du deiner Mutter erzählen aber nicht mir! Wer war das in dem Auto? Sag schon!«

Entsetzt starre ich sie mit zusammengezogenen Augen an.

»Dein Ernst jetzt, oder was?«

»Ja, ist es! Also?!«

»Komm mal runter Luzia. Du bist weder meine Mutter, noch meine Aufpasserin. Genau genommen geht dich das einen Scheiß an, was ich wann, wie oder mit wem mache!«

»Ben wird es sicher interessieren!«

»Vorsicht Lu! Übertreib es nicht!« drohe ich ihr.

»Wer war das, Mia!?«

»Wer war was?«

»Der Typ in dem schwarzen Auto!«

»Woher bitte soll ich das wissen? Glaubst du echt, ich kenne jeden, der durch die Straße fährt, oder was?«

»Lüg mich nicht an. Ich weiß, dass du es weißt!«

»Jup, erwischt. Es war der Zeitungsmann. Er hat mich grad am Briefkasten so richtig rangenommen. Zufrieden?«

Extrem angesäuert schubse ich sie mit meiner Schulter aus der Tür, um mir Zutritt zu meiner eigenen Wohnung zu verschaffen.

»Das Gespräch ist noch nicht beendet, Mia!«

»Und wie es das ist! Krieg dich wieder ein und wenn nicht, nimm deine Sachen und verschwinde. Ich bin dir keinerlei Rechenschaft schuldig und noch dazu geht es dich einen Scheiß an, wenn was gewesen wäre.«

Die Worte klingen wohl härter, als ich es letztlich will. Egal wie unglaublich sauer ich auf Lu bin. Offensichtlich kämpft sie mit den Tränen, will es aber nicht zugeben. Sie fängt an, ihre sieben Sachen zu packen.

»Leg den Schlüssel auf die Kommode, wenn du gehst!« rufe ich ihr nach, aber die Tür ist schneller zugeschlagen.

»Die spinnt ja. Also echt. Da hilft man ihr und ist für sie da und als Dank spielt die sich so auf. Wenn sie sich nicht entschuldigt, braucht sie gar nicht mehr anzukommen! Blöde Kuh, echt!«

Ich bin wild entschlossen, Luzia Delfino endlich ihre Grenzen aufzuzeigen.

SECHS

Mit ohrenbetäubend lauter Musik fahre ich auf den Parkplatz des Büros. Mich nochmal nach letzter Nacht aufs Ohr zu hauen habe ich mir erspart. Zumindest was das Schlafen angeht. Zu sehr kreisen meine Gedanken um Sebastian. Allein der Streit mit Lu trübt meine Stimmung ein wenig. Aber dann denke ich wieder an Sebastian und strahle über beide Wangen.

Ausgiebig war ich duschen. Das Radio lief leise genug, dass die Nachbarn sich nicht beschweren konnten.

Das Schminken ging mir tadellos von den Händen. Sogar meine inzwischen extrem langen dunkelbraunen Haare sitzen tipptopp. Sonst bringen sie mich jeden Morgen beim Frisieren an den Rand der Verzweiflung.

Nicht einmal meine grünen Augen musste ich akribisch schminken. Es scheint, als würde ich einfach von innen heraus strahlen, so dass es selbst mein Make-up nicht mehr toppen könnte.

Entschlossen entschied ich mich heute für ein legeres Outfit. Eine Steuerberaterin kann schließlich auch casual tragen. Kurzer Jeansrock, weiße Bluse und eine schwarze, enge Weste darüber. Ich fühle mich phantastisch, als könnte ich die ganze Welt erobern!

Ich packe mein Telefon in meine Handtasche und bin bereit, den Arbeitstag mit bester Laune zu beginnen. Da klopft es auch schon an meine Fahrerscheibe.

Anni! Meine ultimative Lieblingskollegin ist endlich aus ihrem Sommerurlaub zurück. Wie ein Wellensittich auf der Stange hüpfe ich vor Freude auf meinem Fahrersitz rauf und runter. Anni sieht toll aus. Enorm erholt und braun gebrannt.

Ich steige sofort aus und wir fallen uns in die Arme. So innig, als hätten wir uns ein gesamtes Jahr nicht gesehen.

»Endlich! Es war so langweilig ohne dich!«

kommt es uns synchron über die Lippen.

Wie ich sie mag. Annika Vogel, genannt Anni, ist kaum ein Jahr älter als ich. Gelernte Friseurin, was man ihr auch ansieht. Ihre blonden kurzen Haare sind immer perfekt gestylt und riechen unglaublich gut. Jeder im Büro genießt es, wenn sie vorbeigeht.

Sonst hat man jemands Parfüm in der Nase, bei Anni ist es ihr Shampoo. Eine Mischung aus Himbeere und Vanille. Sie schulte nach ihrer Ausbildung zwangsläufig zum Steuerfach um. Unzähligen, plötzlich auftretenden Allergien geschuldet. Grundsätzlich hasst sie ihre Arbeit. Sie betont aber, dass der Kanzleikaffee zu gut ist, um einfach zu kündigen. Trotz ihrer saloppen Art ist sie der unangefochtene Liebling der Chefs. Sie ist aber auch liebenswert. Ich mag sie sehr!

Sie ist eine der Menschen, die man auf Anhieb nicht leiden kann, bis man sie kennenlernt. Und so war es auch bei uns. Die ersten Wochen schauten wir uns kaum an, nach dem zweiten Monat war es schlagartig anders. Wir sind auf einer Wellenlänge. Sie allein ist der Grund, dass ich nicht unzählige Male alles hingeschmissen und gekündigt habe.

»Denise hat mir von unserem neuen Klienten gemailt. Los sag, ist er echt so heiß, wie sie schreibt?«

»Oh ja, und noch viel heißer! Du kennst doch diesen Schauspieler, der in den schrecklichen Vampirfilmen mitgespielt hat?«

»SEBASTIAN CLEARY? Verarsch mich nicht! Mit Sebastian Cleary macht man keine Witze!«

Direkt nach Lu ist Anni der größte Cleary-Fan.

»Wie stehen die Chancen, dass er mir zugeteilt wird?«

»Nicht so gut. Corinne hat ihn.«

»War ja klar. Immer diese Corinne. Die hat doch sicher eine Affäre mit Chef Schilling, dass sie immer die besten Klienten bekommt.«

So ganz Unrecht hat Anni mit ihrer Vermutung nicht. Alle Mitarbeiter denken ähnlich. Egal ob man Corinne mag, oder auch nicht. Jeder lukrative Großklient wird ausnahmslos ihr zugeteilt. Viele Kollegen können sich somit gar nicht beweisen, als mit der Steuererklärung eines einfachen Dönerbudenbetreibers zu punkten. Eine Gehaltserhöhung bleibt daher oftmals aus. Der allgemeine Unfrieden ist somit vorprogrammiert. Nicht zuletzt bei Anni. Jeder fragt sich zwangsläufig, warum immer Corinne.

Wobei es diesmal einen ganz simplen Grund hat.

»Also Anni, wir sollten dann. Lass uns später über

deinen Urlaub reden. Wir sind schon spät dran.«

Schon beim Betreten der Kanzleiräume stechen uns fünf weibliche und leider auch sehr große Hinterteile ins Auge. Ein Anblick, der auf nüchternen Magen nicht allzu gut verdaulich ist.

»Boa Mädels, euer Ernst?«

posaune ich noch vor dem ersten Guten Morgen heraus.

Aber die Fünf, die an ihren Hinterteilen leider auf Anhieb nicht erkennbar sind, tun überhaupt nicht dergleichen. Sie starren wie gebannt Richtung Konferenzraum 4.

Anni und ich sehen uns sensationsgeil an. Das müssen wir auch sehen! Anstatt uns allerdings zu den Mädels zu stellen, gehen wir demonstrativ am Konferenzraum vorbei.

Da unsere Räume und Büros allesamt aus Glas sind, sichern wir uns somit die Pole-Position.

Als wir vorbei schlendern, dämmert es mir schlagartig, warum sie hypnotisiert sind. Sebastian sitzt mit seinen Anzugträgern darin.

Anni bekommt augenscheinlich einen Schlaganfall. Sie bringt kein Wort heraus und verliert schlagartig ihre Fähigkeit zu laufen.

Noch bevor ich mich selbst vor der Scheibe bemerkbar machen kann, erfasst mich Sebastians Blick. Wieder überflutet ein breites Lächeln sein Gesicht. Verzückt winke ich ihm zu und gehe den Gang weiter. Ich will mir auf keinen Fall etwas anmerken lassen, obwohl mein Grinsen immer dämlicher wird.

»Frau Sommers!« wird nach mir gerufen.

Herr Schilling, mein Chef. Seinen Namen machte er sich zweifelsohne als gnadenloser Wirtschaftsprüfer. Gnadenlos ist er nicht nur in seinem Beruf, sondern vor allem auch als Chef.

Er beginnt mich von oben bis unten mit ernster Miene zu mustern.

»Guten Morgen. Meinen Sie nicht, dass Ihr Rock ein wenig zu kurz geraten ist?«

»Nein ganz und gar nicht! Ein Gürtel wäre wohl wesentlich schmaler geworden.« kontere ich frech.

»Ja, nun gut. Sie haben gesehen, wer in der Vier sitzt?«

»Auch wenn es etwas schwer war, einen Blick zu erhaschen, ja doch, ich hab´s gesehen.«

»Es bleibt doch bei der Absprache, dass Frau Meyers diesen Klienten übernimmt?«

»Selbstverständlich! Alles gut, Herr Schilling.«

»Gut. Der Klient war allerdings nicht begeistert, doch nun ist es so.«

»Herr Schilling, ich muss! Meine Arbeit wartet.«

Ich breche kurzerhand das Gespräch ab und verabschiede mich. Als ich endlich in meinem Büro ankomme, richte ich mich häuslich an meinem Schreibtisch ein. Noch bevor die Software geöffnet ist, steht Anni schon in meinem Türrahmen.

»Oh mein Gott, der Typ ist ja so porno!!!« schwärmt sie in Kniefallmanier.

Ich muss lachen. Wie mir das die letzten drei Wochen gefehlt hat.

»Warum nur in aller Welt hat er sich die Haare geschnitten? Macht er einen neuen Film oder was? Das macht ihn ja grad fünf Jahre älter.«

»Anni, der Kerl ist über 30! Es wurde ja mal Zeit, dass er sich die Haare schneidet. Das konnte man ja nicht mehr mit ansehen.«

Mein Handy vibriert unterdessen munter auf meinem Schreibtisch vor sich hin. Ein kurzer Blick auf das Display, eine SMS!

»Du hast Recht. Kaffee?«

»Ich komme gleich. Geh schon mal vor!«

Ich beginne zu kichern. Der Text kann ja nur von Sebastian sein und so ist es auch.

»OMG! You´re so hot!!! I would like to grad your skirt.«

Es wird schlagartig warm im Büro. Die Luft zum Atmen dünn. Ich presse meine Schenkel vor beginnender Erregung zusammen.

»Mia, Kaffee!«

»Ähm ja, sofort!«

Noch während mein Kaffee aus der Maschine läuft, beschließe ich, noch einmal an den Empfang zu gehen. Natürlich nur um jeden Guten Morgen zu sagen. Grundsätzlich ist es mir zwar egal, meine Kollegen am Morgen direkt zu begrüßen. Aber heute halte ich es für eine gute Idee, das endlich zu ändern.

Zielstrebig mache ich mich also auf den Weg. Zwangsläufig muss ich am Konferenzraum 4 vorbei. Welch Zufall! Als hätte Sebastian mich kommen hören, geht sein Kopf schlagartig in meine Richtung rum.

Ich tu natürlich so, als würde ich mit einer Kollegin reden. Mal ganz davon abgesehen, hätte ich den Mädels vom dritten Weltkrieg erzählen können. Sie hätten mir, dem heutigen Termin geschuldet, sowieso nicht zugehört.

Sebastian hingegen zieht mich mit seinen Blicken durch die Glasscheibe förmlich aus. Ich weiß genau, was er denkt und vor allem will.

Ich drehe ihm den Rücken zu. So hat er ungehinderte Sicht auf meinen Po, den wirklich viel zu kurzen Rock und meine langen Beine.

Wenn ich eins von meiner Mutter geerbt habe, dann sind das zum Glück meine makellosen langen Beine.

Ich wippe leicht mit der Hüfte hin und her. Seine Blicke sind spürbar. Es macht mich an, Kontrolle über seine Gefühle zu haben. Ihn anzumachen, zu erregen.

»Mia, du versperrst mir die Sicht! Was willst du überhaupt hier? Dein Büro ist schließlich auf der anderen Seite der Kanzlei.«

Denise macht mich blöd an. Sie hat Recht. Trotzdem mag ich es nicht, wenn sie so mit mir spricht.

»Denise, da stehen Klienten, die sicher einen Termin haben. Was hältst du denn zur Abwechslung mal davon, wenn du deinen Job machst und fragst, was die Leute wollen?«

Wenn Blicke töten könnten, wäre das zweifelsohne mein sicherer Tod gewesen. Sie erträgt es noch weniger als ich, wenn sie jemand auf Ihre Arbeit hinweist. Kommen dann noch ihre Kompetenzen und Grenzen dazu, eskaliert sie. Dabei ist es ihr egal, wem es an den Kragen geht. So liebenswert sie ist, so gern petzt sie auch. In regelmäßigen Abständen werden alle, und vor allem ich, bei den Chefs angeschwärzt. Nicht einmal vor unserem Personalchef Dominik macht sie mit ihren makabren Anschuldigungen halt. Schon allein deshalb macht es mir Spaß, sie in die Schranken zu weisen. So weiß ich wenigstens, warum ich eine Rüge bekomme.

Noch bevor Denise bei der Kundschaft angekommen ist, spüre ich einen unangenehmen Atem im Nacken. Jedes einzelne Härchen stellt sich mir auf. Unbekannter Männergeruch steigt mir in die Nase. Augenblicklich fühle ich mich unwohl. An dem Versuch, mich diesem zu entziehen, scheitere ich gänzlich. Eine fast schon penetrante Nähe macht es mir unmöglich.

Ich höre stattdessen eine tiefe, maskuline Stimme im rechten Ohr:

»Finden Sie das eigentlich amüsant, Miss Sommers? Was halten Sie davon, wenn Sie mit ihrem Schauspiel ein Ende finden würden, um ausnahmsweise einmal Ihren Aufgaben nachzugehen? Oder sollte ich diesbezüglich mit Ihren Vorgesetzten das Gespräch suchen?«

Mir dämmert es schlagartig, wer es ist! Der Miesepeter persönlich. Mein Herz beginnt zu pochen, mein Kopf auf Hochtouren zulaufen.

Obwohl seine Hände auf dem Tresen vor mir

stützen, löse ich mich gekonnt aus der Enge. Ich drehe mich zu ihm um. Nase an Nase, tief in die Augen schauend, flüstere ich ihm direkt ins Gesicht:

»Schon ärgerlich, wenn man immer nur zusehen muss, nicht wahr? Vielleicht sollte ich Sie mit Denise bekannt machen?! Sie genießt die gleiche Anerkennung wie Sie, nämlich keine!«

Bähm! Der hat gesessen, was mir nicht nur sein bitter böser Blick verrät.

Trotz Allem legt er nach:

»Solche Frauen wie Sie kenne ich zu Genüge. Sie gehen genauso schnell wieder, wie sie gekommen sind. Glauben Sie wirklich, Sie sind die Erste? Nein, natürlich nicht! Sie sind nur die erste alte Frau. Die Vorlieben von Mister Cleary liegen sonst bei den Zwanzigjährigen. Nicht bei Frauen wie Ihnen! Was ihn nun reitet, ist meinerseits schlicht nicht nachvollziehbar!«

Wichser! Eine Aussage, die beleidigender nicht hätte sein können! Eine Frau als alt zu bezeichnen, noch bevor sie die Sechzig erreicht hat, kann ich schlicht nicht auf mir sitzen lassen. Ich fühle mich verpflichtet, die Ehre aller Frauen, und vor allem die jeder Mittzwanzigerin, zu verteidigen. Denn Männer wie er sind das Letzte!

»Ich reite ihn! Finden Sie sich damit ab. Denn der Ritt geht über mehrere Runden. Alte Frauen haben Ausdauer. Wissen Sie das denn nicht?«

Ich grinse ihm dreckig ins Gesicht.

Eine Retourkutsche kommt nicht. Ich werfe einen kurzen Blick in den Konferenzraum. Abcheckend, ob

Sebastian das Gespräch verfolgt hat. Offensichtlich! Sein Grinsen weicht einer ernsten Miene. Ich werfe ihm einen bestimmenden Blick zu und stolziere siegessicher den Gang entlang.

Meine anfänglich gute Laune ist dahin! Ich muss schnell auf andere Gedanken kommen, sonst ist der Tag gelaufen. Sollte mir Denise heute noch einen Spruch reindrücken, würde ich bei den Chefs antanzen müssen. Daher beschließe ich, erst einmal ein wenig frische Luft zu schnappen.

In meinem Büro hole ich meine Zigaretten und schleiche an Annis Büro vorbei. Ich brauche eindeutig einen kurzen Moment für mich, um mich abzureagieren. Spontan entscheide ich mich für eine Raucherpause im Hinterhof. Weitab von allen übrigen Süchtigen.

Ich setze mich auf die kleine Mauer neben dem Haus. Chef Schilling hat Recht. Der Rock ist wirklich viel zu kurz. Mein blanker Po berührt die Mauer.

Ungeachtet dessen zerfressen die Gedanken mein Ego. Es ist erschreckend, wie der Miesepeter mit mir umgeht. Zweifelsohne gehe ich mit großen Schritten auf die Dreißig zu. Allerdings heißt das nicht, dass ich alt bin und es nicht mehr draufhabe.

Es braucht zwei Kippen, bis ich wieder einen nicht aggressiven Gedanken fassen kann. Die ganze Aktion will mir partout nicht runtergehen. Ich bin es nicht gewohnt, dass man so mit mir spricht. Noch dazu ist dem Miesepeter offensichtlich nicht bewusst, was ich mit der Affäre zu Sebastian alles aufs Spiel setze! Meine Beziehung mit Ben wäre sofort beendet. Die Freundschaft zu Lu hat schon einen Knacks. Wüssten meine Chefs von der Liaison, wäre es mit einer Rüge nicht getan. Trotz Allem besitzt er die Frechheit, mir solche Dinge zu sagen. Na warte, Miesepeter! Dir werde ich´s zeigen, flüstere ich vor mich hin.

Ich brenne mir eine letzte Kippe an, als Musik über die Straße hallt.

Neben dem Hinterhof ist eine kleine Sportsbar, die nun offensichtlich geöffnet hat. Aus ihr kommt immer hervorragende Musik. Ein Grund mehr, im Hinterhof rauchen zu gehen. Denn ich liebe Musik, seit frühster Kindheit. Es ist meine Droge, bei der ich so manches um mich herum vergessen kann.

Sobald es das Wetter zulässt, verbringe ich jede Pause dort, um der Playlist zu lauschen.

Sie spielt eines meiner Lieblingslieder; Nelly Furtado mit Promiscuous. Mit der Kippe in der Hand springe ich von der kleinen Mauer herunter und beginne mich im Takt zu bewegen. Als der Refrain sich ankündigt, beginne ich mit zu singen. Wie ein Freak, versteckt hinter dem Haus.

Ein gewohnter Geruch steigt mir in die Nase. Eine warme Wange lehnt an die meine. Hände umschließen meine Hüfte.

»Promiscuous girl, wherever you are, I'm all alone. And it´s you that I want …«

Sebastian! Er beginnt zu singen.

Ein Flashback Richtung Karibik überkommt mich. Seine Worte sind wie Balsam für meine Seele. Obwohl es nur das Mitsingen des Liedtextes ist.

Es ist wie im Film, der hoffentlich nie enden wird:

»Promiscuous boy, you already know, that I'm all yours what your waiting for?«

»Promiscuous girl, you're teasing, you know what I want and I got what you need!«

Wir tanzen eng umschlungen auf dem Parkplatz. An dem Ort, wo sein Auto vor ein paar Tagen meins zugeparkt hat. Und wieder einmal hat er mich gefunden.

Das alles kann doch unmöglich Zufall sein? Ein einfacher One-Night-Stand wird Liebe über tausende von Kilometern hinweg. Schon erschreckend. Noch dazu, da Sebastian mein perfekter Gegenpart zu sein scheint. Er toleriert meine Leidenschaft, tanzt gern, singt sogar. Andererseits macht ihn das eventuell auch so begehrenswert. Es kann durchaus sein, dass der Miesepeter Recht hat. Er wird es schließlich am besten wissen, ob ich nur eine von Vielen bin. Wobei, wenn er mich als alt bezeichnet, muss doch mehr dran sein. Wie sonst sollte Sebastian für eine alte Frau wie mich so viel Interesse aufbringen können? Das Weite hätte er schon längst suchen können. Es zwingt ihn schließlich keiner, bei mir zu bleiben.

Tja, was Sebastian in der Tat von mir will, keine Ahnung! Das kann ich mir beim besten Willen nicht erklären. Insgeheim stelle ich mich darauf ein, dass es nur eine Frage der Zeit ist.

Grundsätzlich gehe ich lieber vom Negativen aus.

Dann ist die Enttäuschung nicht so groß. Trotz Allem steht fest, dass ich jede Minute mit ihm genießen werde. Ganz blauäugig durch eine große, rosarote Brille. Schließlich weiß niemand von uns.

S I E B E N

Zusammengefasst hat sich mein Leben in den letzten Tagen um mehr als einhundertachtzig Grad gedreht. Wenn nicht sogar mehrfach im Kreis. Ich erkenne mich selbst nicht wieder. Mein Tellerrand ist auf ein Minimum geschrumpft. Wenn nicht sogar gänzlich verschwunden. Meine diversen Zwangsneurosen dahin. Ich denke über nichts mehr nach. Ich tu einfach und fühle mich trotzdem wohl. Mir ist beim besten Willen nicht bewusst, wann ich zum letzten Mal dieses Gefühl hatte. Diese unstillbare Neugier auf das Neue und Unbekannte. Nicht zuletzt auf das Verbotene. Ich frage mich ununterbrochen, ob es genauso wäre, wäre Sebastian der typische Junge von nebenan. Nicht berühmt und erst recht nicht reich. Sicherlich setzt diese Tatsache allem noch das Krönchen auf. Macht es für mich vielleicht auch etwas aufregender, aber sicherlich nicht leichter. Doch das Wichtigste ist, dass ich mir zum ersten Mal selbst gefalle. Auch ohne übermäßiges Make-up. Nicht wie sonst, von Kopf bis Fuß perfekt durchgestylt zu sein. Nicht abgeklärt, nichts an mich ranlassend. Es macht mir sogar Angst. Trotz Allem sehe ich mich im Spiegel an und gefalle mir zum ersten Mal selbst! Denn ich bin schön, so wie ich einfach bin! Speckröllchen? Habe ich keine. Stattdessen habe ich eine tolle Hüfte. Weiblich durch und durch. Jede Klamotte sitzt nun tadellos. Ein Rock kann nicht kurz genug sein. Alles, was früher aus Selbstzweifeln verbannt wurde, ist nun willkommen.

Meine Kollegen erkennen mich auch nicht wieder. Wobei, müssen sie das überhaupt? Es ist doch vollkommen ausreichend, wenn ich mich selbst so liebe. Sicherlich müsste mich ein schlechtes Gewissen plagen. Ich betrüge Ben ununterbrochen. Meine beste Freundin ist nicht mehr Teil meines Lebens. Aber nein, es ist mir absolut egal. Ich schaue ausnahmslos nach mir. Und ich genieße es. Alles! Vor allem genieße ich die Zeit mit Sebastian! Wie er mich ansieht. Als wäre ich perfekt.

Zusammenfassend betrachtet ist es wie im Märchen. Und dieses Märchen will ich, so lange es geht, leben. Keine Frage, eine gemeinsame Zukunft mit Sebastian wird es nicht geben. Wie auch? Aber hey, will ich das hören? Nein, das will ich nicht!

Ich schmecke Sebastian, ich spüre ihn und ich rieche ihn jede einzelne Sekunde. Ich schließe meine Augen und sein Gesicht erscheint mir. Wie kaum vor einem Dreivierteljahr nach dem Karibikurlaub. Seine Augen, sein phänomenales Lächeln, es ist einfach Alles perfekt! Zum allerersten Mal in meinem Leben habe ich keinen Plan. Angsteinflößend aber extrem aufregend.

Flux in diesem Moment klingelt es an der Wohnungstür. Ein kurzer Blick von der Terrasse auf den Parkplatz, sehe ich DAS schwarze Auto.

Es parkt im Abendrot neben unserem Haus.

Es ist Sebastian.

Aufgeregt springe ich der Wohnungstür entgegen

und drücke den Türknopf auf der Gegensprechanlage.

Aufreizend und posierend stehe ich im Türrahmen. Bereit, jede Schandtat mit mir anstellen zu lassen.

Wofür sicherlich manch andere in der Hölle schmoren würde. Mein Vorteil, ich bin nicht gläubig. Dafür aber wild entschlossen, alles, aber auch wirklich alles mit mir anstellen zu lassen. Hingebungsvoll und willenlos, wie keine andere Frau zuvor.

»Hello honey!«

Sebastian begrüßt mich und drückt mir lediglich einen freundschaftlichen Kuss auf die Wange. Irritiert und enttäuscht zugleich stehe ich vor ihm. War es doch vor ein paar Stunden noch so aufreizend hinter der Kanzlei.

»Hm Mia, an dem aufreizend Stehen müssen wir nochmal üben!« flüstere ich vor mich hin und drehe mich kopfgesenkt in die Wohnung.

»Komm ruhig rein« fordere ich Sebastian auf, obwohl er schon die Wohnung betreten hat.

Es fühlt sich komisch an, ihn im Reich von Ben und mir zu haben.

Sicherlich muss ich mich nicht für unsere Wohnung schämen.

Wir bewohnen eine tolle Vierzimmerwohnung, erstreckt auf zwei Etagen. Verdammt viel Glas, was mich mehrmals im Jahr beim Fensterputzen fluchen lässt. Großzügige offene Küche mit Essbereich, unmittelbar in ein mehr als großzügiges

Wohnzimmer übergehend. Unübertrefflich die große Dachterrasse, die an schönen Tagen eine atemberaubende Alpensicht bietet. Heute leider nicht in dem gewünschten Maße, da die Sonne bereits am Untergehen ist.

Da steht er nun, Sebastian Cleary, in meinem kleinen bescheidenen Heim. Wobei, 130 Quadratmeter macht mir so schnell keiner nach. Na ja, die monatliche Miete lässt mich auch jeden Morgen aufstehen und arbeiten gehen.

Beeindruckt von dem stattfindenden Sonnenuntergang geht Sebastian unaufgefordert auf die Terrasse, um diesem Naturschauspiel zuzuschauen.

»Wow, nice, wo du wohnst. So etwas sieht man bei uns in Kalifornien leider nicht so oft.«

»Möchtest du ein Glas Wein?«

»Gern!«

»Rot oder Weiß?«

»Weiß und schön kühl bitte.«

»Wird gemacht.«

Auf direktem Wege gehe ich in die Küche, um vom obersten Küchenregal zwei Weingläser herunter zu holen. Ich öffne den Kühlschrank und nehme aus der Tür eine Flasche Chardonnay. Nachdem ich sie entkorkt habe, gehe ich zu Sebastian auf die Terrasse zurück.

»Darf ich?« fragt er ganz gentlemanlike und schenkt uns ein.

»Auf uns!«

»Cheers! Schön hast du es hier. Fühlst du dich eigentlich sehr wohl?«

»Ja doch, ich liebe die Wohnung. Wir haben sie besichtigt und ich habe mich sofort verliebt. Ähnlich wie bei dir damals.«

Ein Moment, wo wieder einmal mein Mund schneller als mein Kopf ist. Ich versuche umgehend abzulenken:

»Die Stadt ist auch toll. Groß und ländlich zugleich. Genauso, wie ich es mag. Zu viele Menschen machen mir ehrlich gesagt Angst.«

»Well, du möchtest immer hierbleiben, verstehe ich das richtig?«

»Na ja, Sebastian, Urlaub ist immer toll, aber ich weiß, wo ich zu Hause bin. Es kommt auch immer darauf an, warum man umzieht. Sooo pauschal kann ich dir das gar nicht beantworten.«

»Wohnst du hier allein?«

Da ist sie, die indirekte eine Million Dollar Frage nach meinem Beziehungsstatus. Für mich ist es selbstverständlich, dass er Single ist. Für ihn offensichtlich nicht.

»Wie meinst du das?«

»Du weißt, was ich meine. Hast du einen Freund oder bist du verheiratet?«

»Warum fragst du so viel? Bist du etwa verheiratet?«

»Nein, bin ich nicht. Ich will dich einfach kennenlernen.«

»Es wäre mir aber lieber, du würdest mich endlich

küssen!«

Verlegen fährt er sich durch die offensichtlich ungewohnt kurzen Haare.

»Und?«

Einer weiteren Aufforderung bedarf es nicht und er küsst mich.

»Wurde ja auch mal Zeit, Cleary!«

Innerhalb Sekunden befinde ich mich auf Wolke Sieben. Die Schmetterlinge im Bauch lassen meine Beine erweichen. Mir wird warm ums Herz.

»Mia, wir müssen auch mal reden.«

Ich schaue ihn entgeistert an.

Kommt nun die Story von dem beziehungsunfähigen Mann? Von dem, der nur Spaß will? Oder ist es ihm tatsächlich Ernst?

Sollte Letzteres der Fall sein, will ich um keinen Preis, dass er von mir einen falschen Eindruck bekommt. Oder viel schlimmer noch, dass er denkt, ich hätte es nötig! Und meine Kontaktnähe sei reine Gier.

Ich muss mich besser in Griff bekommen. Das Offensichtliche mehr überspielen. Challenge accepted, denke ich und fordere ihn auf:

»Ok, lass uns reden. Reden ist gut. Ich stehe auf Reden, zwar nicht immer aber doch, reden ist gut.«

Die Worte haben wirklich in genau der Reihenfolge meinen Mund verlassen. Peinlich!

Ich beginne zu beten, dass er es aufgrund der Sprachbarriere nicht verstanden hat.

Ein Schmunzeln seinerseits, gepaart mit:

»Ich will nicht nur mit dir reden!«

machen mein Gebet überflüssig.

Ich fordere ihn wegweisend auf, in die Wohnung zu gehen:

»Dann lass uns aber zum Reden reingehen. Meine Nachbarn sind sehr neugierig.«

Ich schalte im Wohnzimmer meine kleine Vintagelampe ein. Sie macht ein gemütliches Licht. Ebenso die zwei Teelichter auf dem Sofatisch und setze mich auf die Couch.

»Also, dann lass uns mal reden.« obwohl mir wirklich alles andere als nach reden ist! Aber ich bin wild entschlossen, das nun durchzuziehen. Egal wie unsicher ich wirke, was da wohl folgt.

Sebastian setzt sich natürlich nicht zu mir. Stattdessen beginnt er diverse, im Wohnzimmer verteilte Fotos zu begutachten. Vor allem die mit Ben und mir. Akribisch nimmt er eins nach dem anderen unter die Lupe. Dezent genervt unterbreche ich ihn in seinen offensichtlichen Gedanken:

»Nein, das ist nicht mein Bruder!«

»Das sehe ich auch!« antwortet er genervt.

Zugegeben, in diesem Moment bin ich von der Gesamtsituation enttäuscht. Mal ganz davon abgesehen, dass ich privat nicht der Mensch der großen Worte bin. Dafür hatte ich all die Jahre Lu. Den ganzen Tag mit Klienten reden zu müssen macht mich nach Feierabend redefaul.

Über all die Jahre habe ich mir daher antrainiert, meinen Willen und meine Ansichten durch diverse Gesichtsausdrücke eindrucksvoll zum Ausdruck zu bringen. Es ist sicher nicht immer von Vorteil, erst recht nicht, wenn das unkontrolliert geschieht.

An unzählige Male kann ich mich erinnern, dass meine Mutter mich ermahnte, mein Gesicht unter Kontrolle zu bringen.

Man sieht mir oft deutlich an, was ich denke.

Na ja, nun gehe ich mit großen Schritten auf die Dreißig zu und habe es durchaus perfektioniert. Nur leider scheint es Sebastian nicht ganz für voll zu nehmen. Zumindest geht er nicht darauf ein. Ob es wohl am Licht liegt? Kurz überlege ich, meinen Kopf unter die Lampe zu strecken. Mit der richtigen Beleuchtung würde er bestimmt merken, was Phase ist. Andererseits will ich es nicht übertreiben und entscheide mich lieber für einen Schluck Wein.

Ich bin so gespannt, welche Fragen nun kommen werden.

Sebastian aber konzentriert sich auf die übrigen Bilder.

»Du siehst glücklich aus.«

»Das täuscht!« kontere ich gezielt.

»Seid ihr schon lange in der Beziehung?«

»Ja es sind schon ein paar Jahre.«

Nachdem jedes Bild ausgiebig begutachtet wurde, schenkt er uns nach und setzt sich endlich zu mir aufs Sofa. Er wendet sich mir zu und streicht mir eine Strähne aus dem Gesicht.

»Ach Mia, Mia, Mia… Du weißt, dass wir auch mal reden müssen?«

»Das tun wir doch schon die ganze Zeit.«

Er bricht im schallenden Gelächter aus:

»Nein, das tun wir nicht! Ich spreche und du hörst

nur zu.«

»Manche Männer wären froh, wäre es mal so und du beschwerst dich.«

Ich versuche die Situation in meiner gewohnt sarkastischen Art aufzulockern. Denn ich will nicht reden. Mir ist durchaus bewusst, was er sicherlich anzusprechen hat. Nämlich die ausführliche Version vom Miesepeter heute Morgen. Wobei Sebastian das sicher um einiges netter ausdrücken wird.

So sitzen wir nun, nebeneinander auf meinem Sofa. Wir schauen uns an, unsicher.

Er streichelt mein Gesicht. Sein Handrücken liebkost meine Wange. Am Ohr entlang, den Hals hinunter und wieder hinauf zum Mund. Sein rechter Daumen streift mehrfach über meine Unterlippe. Er sieht mich dabei an, wie ein kleiner Junge, der sein neues Spielzeug bestaunt.

Angespannt lasse ich seine Liebkosungen zu und beobachte ihn ganz genau. Es verunsichert mich. Selten wurde ich so angesehen. Noch dazu habe ich in den ganzen Gefühlsdingen überhaupt keine Erfahrung und gehe grundsätzlich immer von dem Schlimmsten aus.

Kaum ist seine rechte Hand wieder an meiner Wange angekommen, lege ich die meine in seine Hand. Ich schaue ihn mit weit geöffneten Augen an. Doch wieder tut er nichts. Er sieht mich nur an, gedankenversunken.

Verunsichert löse ich mich aus seiner Liebkosung und nehme einen großen Schluck Wein. Ich versuche mir einen Reim darauf zu machen, was in seinem

Kopf vorgeht. Will er Sex? Will er mich wirklich kennenlernen oder ist er vielleicht auch nur unsicher?

Ich lehne mich wieder zurück und schaue ihn an. Meine Unsicherheit ist wohl nun auch in meinem Gesichtsausdruck erkennbar.

Sebastian beginnt zu schmunzeln. Er schaut zu Boden, fährt sich ein weiteres Mal durch die Haare, bevor er mich wieder ansieht.

»Scheiß auf Reden! Du machst mich wahnsinnig mit deinen Augen!«

Er drückt mich in die Sofakissen und lässt sich gänzlich auf mir fallen. Endlich!

Mein Herz beginnt zu rasen, das Blut zu kochen. So sehr verzehre ich mich nach ihm. Hingebungsvoll macht er mich heiß. Stets seinen harten Penis gegen mein Heiligstes gepresst.

Er bewegt sich rhythmisch zu seinen Küssen. Augenblicklich vergesse ich die Welt um mich herum. Sebastian hingegen fällt es schwer, sich entscheiden zu müssen, welchen Teil meines Körpers er als Erstes drücken, küssen, beißen oder daran knabbern soll.

Die Reizüberflutung bringt mich der Verzweiflung nahe. Er reist mir mein Shirt samt Brusthalter hinunter und widmet sich meinen Brüsten. Unter der stetigen Bewegung seiner Hüften zu meinen. Er scheint mich eindeutig um den Verstand bringen zu wollen.

Kurzerhand zieht er mir meine Jeans, meinen Slip und zu guter Letzt meine Socken aus.

Behutsam beginnt er meinen linken Fuß zu küssen, den Knöchel entlang, die Wade hinauf, am Knie vorbei. Sein Bart kitzelt ungemein. Jedes noch so kleine Härchen stellt sich auf. Ich genieße, und genieße und genieße.

»Mia, look at me! Tell me if you don´t want something!«

Erschrocken sehe ich ihn an. Was soll ich nicht wollen?

Als hätte ich darauf keine Antwort finden können, spüre ich schon seine Zunge zwischen meinen Beinen. Die Gefühle überkommen mich wie ein Tsunami. Seine Zunge kreist, seine Zähne knabbern.

Warum in aller Welt soll man so etwas nicht wollen?

Jede weitere Bewegung seiner Zunge raubt mir mehr und mehr den Verstand. Ich beginne zu schwitzen, meine Ohren glühen, meine Wangen werden heiß. Meine Gedanken überschlagen sich. Mein gesamter Körper krampft. Ich will ihn, jetzt sofort, ohne Widerworte! Entschieden fordere ich meinen Willen ein und ziehe ihn an seinem Kopf zu mir hinauf.

Er küsst mich wild. Ich schmecke nicht ihn, sondern mich. Er schaut mir tief in die Augen. Will er eine Aufforderung oder die Erlaubnis von mir? Kaum, dass ich mir die Frage gestellt habe, dringt er behutsam in mich ein.

Von einem durch die Straße rasenden Motorroller wache ich auf. Sebastian liegt eng angeschmiegt an meinem Rücken. Seine Arme umschlingen mich gänzlich. Mir bleibt kaum Raum zum Atmen.

Da ihn meine Bewegungen irritieren, dreht er sich auf den Rücken. Die rechte Hand auf seinem Bauch, die Linke hinter seinen Kopf gelegt. Diesen in den Nacken geneigt.

Wie friedlich und verletzlich er aussieht, in seinem gesamten Dasein.

Egal wie lange ich ihn anschauen würde, nicht ein Fehler wäre an diesem Mann zu finden. Alle Entschlüsse, diese Liaison unverbindlich zu sehen, sind endgültig dahin. Von nun an beginne ich, auf eine gemeinsame Zukunft zu hoffen.

Der Gedanke schockiert mich und lässt mich nach Luft schnappen. Ich lege die Sofadecke um mich und gehe auf die Terrasse in die Nacht hinaus.

Es ist frisch, aber nicht ansatzweise genug, um mich abkühlen zu können. Der Sommer scheint sich allmählich zu verabschieden.

Ich lehne mich an das Geländer und schaue in die Sterne. Die Stille ist beruhigend. Müßig beginne ich die letzten Monate Revue passieren zu lassen. Ich fasse das Geschehene zusammen, wiege die Tatsachen gegeneinander ab.

Überraschend haucht es mir ins Ohr:

»Komm mit mir, Mia!«

Sebastian legt seine Arme um meinen Bauch, sein Kopf auf meine Schulter, Wange an Wange.

»Wie meinst du das?«

»Komm mit mir, lebe bei mir! Lass uns Deutschland gemeinsam verlassen!«

»Ich kann nicht!«

»Warum?«

»Weil das nicht funktionieren wird!«

»Doch, das wird es. Ich verspreche es dir.«

»Wie kannst du denn etwas versprechen, auf was du keinen Einfluss hast?«

»Wenn wir es nicht probieren, werden wir es nie erfahren.«

Nachdenkliche Stille kommt auf. Auch wenn alle Tatsachen dagegensprechen, hat er irgendwie Recht.

»Ich weiß, dass wir es schaffen. Bitte komm mit mir.«

»Ich kann nicht so einfach alle Zelte abbrechen. Ich habe einen Job und einen Freund. Wie soll ich ihm das erklären? Sebastian, mein Zuhause ist hier und nicht irgendwo anders. Außerdem kennen wir uns doch gar nicht!«

Ich drehe mich Sebastian zu und sehe ihm tief in die Augen:

»Es geht einfach nicht! Tut mir leid.«

»Aber ich liebe dich!«

Schockiert sehe ich ihn an. Da sind sie. Die drei magischen Worte! Sie klingen ernster, als jedes zuvor gesprochene Wort. Intuitiv weiß ich, dass sie wahr ist.

»Bitte, Mia! Lass es uns versuchen!«

Anstatt ja oder nein zu sagen, küsse ich ihn. Das ist Antwort genug.

Vor Freude hebt er mich hoch, trägt mich zurück auf das Sofa und wir lieben uns ein weiteres Mal. Doch dieses Mal ist es anders, denn es ist reine Liebe.

Zwischen meinen Beinen liegend, ruht sein Kopf auf meiner Brust. Ich streichle ihm durch sein Haar:

»Wohin geht es als Erstes?«

»London. Ich muss Ende der Woche am Filmset sein.«

»Hm, ich werde Urlaub brauchen und natürlich eine gute Ausrede für meinen Mitbewohner.«

»Wo ist der überhaupt? Ich würde dich ja nicht mit mir alleine lassen.« schmunzelt er auf meiner Brust, weiterhin ruhend.

»Er ist auf Messe in München und kommt am Wochenende zurück. Ich spreche mit ihm.«

»Was willst du ihm sagen?«

»Wenn ich das nur wüsste.« stelle ich wehleidig fest.

Ich kann nicht einfach gehen. Es wäre nicht fair. Wobei nichts gegenüber Ben fair ist, was ich die letzten Stunden und Tage angestellt habe. Ich bin ihm eine Erklärung schuldig. Welche weiß ich allerdings nicht.

»Lass uns Morgen eine Lösung finden, wenn wir gemeinsam zu deiner Arbeit fahren.«

»Wie, gemeinsam zu meiner Arbeit fahren?«

»Ich unterschreibe morgen einen Vertrag für einen Hauskauf. Ich habe ein kleines Anwesen gefunden, dass ich dir schenken will. Du wirst es lieben.«

»Ja klar!« schreie ich laut auf.

»Du willst mir ein Haus schenken?! Du spinnst ja!«

»Es wird dann unser Zuhause!«

Hm! So betrachtet klingt es schon wieder ganz anders. Trotzdem:

»Sebastian ich mag dich nicht deines Geldes wegen. Ich mag dich, weil du so bist, wie du bist! Ich brauche kein neues Zuhause. Ich liebe meine Wohnung, nicht irgendein fremdes Haus.«

»Ok dann kaufe ich dir eben diese Wohnung und keine Widerrede!«

Er schaut förmlich väterlich ermahnend zu mir auf.

»Ich mag es nicht, wenn wir streiten!«

»Wir streiten doch nicht! Wir reden, wie du es wolltest! Außerdem passt das doch nicht zusammen. Du willst mit mir aus Deutschland verschwinden und trotzdem ein Haus kaufen?«

»Wir brauchen doch ein Zuhause, wenn wir in Deutschland sind.«

Wieder klingt es sehr logisch. Ohne mir einen weiteren Spielraum für eine weibliche Rebellion zu geben, beendet er das Gespräch kurzerhand:

»Gut, haben wir das auch geklärt.«

ACHT

Sebastian hat noch vor mir das Haus verlassen. Im morgendlichen Berufsverkehr schicke ich Anni eine Voicemail:

»Kommst du in der Mittagspause mit shoppen? Ich brauche dringend neue Klamotten, vor allem Unterwäsche! Das Elend kann man nicht mehr mit ansehen!«

Wenn ich wirklich mit Sebastian ein paar Tage nach London gehe, muss ich ihn umhauen. Nicht nur mit mir selbst, sondern auch mit meinen Klamotten. Schließlich ist er ja Models und Püppchen gewöhnt. Die Tatsache, an seiner Seite eine einfache Frau zu sein, jagt mir ungemeine Angst ein. Denn ich habe offensichtlich nichts Besonderes aufzuweisen. Deshalb muss ich es wenigstens schaffen, mit meinen Outfits zu überzeugen.

Es ist mehr als ärgerlich, dass ich nicht, wie gewohnt, in Lu´s Laden einkaufen gehen kann. Schließlich kann ich Sebastian wohl kaum mit H&M Klamotten beeindrucken. Da müssen schon Designersachen her, was aber meinen Verdienst im richtigen Handel mehr als übersteigen würde. Schon allein deshalb bin ich stets auf das Outlet von Lu ausgewichen.

Nun brauche ich einen Plan B. Hoffentlich weiß Anni Rat. Ihr Style ist immer perfekt. Vielleicht kann sie mir ein wenig unter die Arme greifen.

Mit einem einfachen Daumenhoch-Emoji stimmt sie via WhatsApp-Nachricht meinen Shoppingabsichten zu.

Die Mittagspause naht. Den gesamten Vormittag habe ich mir darüber den Kopf zerbrochen, was Sebastian wohl am besten an mir gefallen könnte.

Mit meiner Figur brauche ich mich nicht zu verstecken. Aber ich habe mir noch nie Gedanken darübergemacht, wie ich auf einen Mann wirke. Ben gefällt schließlich alles an mir. Oder er hat einfach keine Lust, mit mir darüber zu reden. Auf jeden Fall muss ich zurück sein, bevor Sebastian seinen Termin in unserer Kanzlei hat.

Ich lege mir eine meterlange to-do-Liste parat und hole Anni schlag 12 Uhr von ihrem Büro ab.

»Was brauchst du denn alles?« fragt sie direkt beim Verlassen des Büros Richtung Auto.

»Ich fahre!« unterbreche ich sie.

»Auf jeden Fall Unterwäsche und irgendwas, was so richtig heiß ist, aber auch zu mir passt!?«

»Ah! Ich verstehe! Ben kommt dieses Wochenende zurück, stimmt´s?«

Womit Anni absolut Recht hat. Nur ist die Shoppingtour nicht im Entferntesten zu seinem Vergnügen gedacht.

Als wir in der Fußgängerzone ankommen, geht der erste Abstecher zu Hunkemöller.

Eine geschlagene Stunde werden unzählige

Dessous anprobiert. Nicht nur ich schlage zu. Anni steht mir im Shoppingwahnsinn in nichts nach.

Wir gehen gern zusammen shoppen. Es ist nicht mit Lu zu vergleichen. Lu traut sich nie etwas und greift grundsätzlich zu eher unterdurchschnittlichen Sachen. Absolut unverständlich, da sie eine hervorragende Figur hat.

Wir laden unsere Errungenschaften ins Auto.

»Was willst du denn noch? Wollen wir noch zu Luzia in Laden fahren? Sie hat sicher etwas Tolles auf der Stange hängen.«

»Ehrlich gesagt will ich nicht zu ihr. Wir haben uns furchtbar gestritten.«

»Arbeitet sie heute überhaupt?«

Schulterzuckend antworte ich, ohne ein einziges Wort zu verlieren.

»Das checken wir jetzt! Lass uns noch zu ihr. Ich schaue zuerst, ob sie da ist. Ok?«

»Klasse Idee! Also los geht's!«

Insgeheim bete ich, dass sie heute wirklich frei hat. Auch wenn wir uns kaum vor einem Tag gestritten haben, habe ich schon jetzt das Gefühl, nicht mehr Teil ihres Lebens zu sein.

Sonst weiß ich immer, was in ihrem Leben vor sich geht. Schließlich wurde sie nie müde, mir davon zu erzählen.

»Die Luft ist rein! Sie hat heute frei.«

»Hä? Sie hat doch sonst nie frei!«

»Sie hat sich krankgemeldet. Also komm jetzt, bevor sie doch noch im Laden aufschlägt.«

Innerhalb kürzester Zeit sind zwei Abendkleider, ein paar extrem sexy Oberteile und ein paar Herbststiefeletten gefunden. Meine Kreditkarte glüht. Aber wann investiert man schon einmal so bewusst in sich selbst?!

Auf dem Rückweg ins Büro hadere ich mit mir. Ich überlege krampfhaft, wie ich Anni nach Urlaub fragen könnte. Schließlich ist sie meine Vertretung.

Wir fahren auf den Parkplatz. Ich stelle den Motor aus. Jetzt oder nie!

»Allerliebste, unglaublich intelligente und am besten aussehende Kollegin der Welt…«

»Oh je! Was willst du jetzt noch?«

»Ich brauche kurzfristig zehn Tage Urlaub. Bitte, bitte! Es liegt auch nichts Besonderes an! Versprochen!«

»Was hast du denn vor?« fragt sie natürlich nach.

»Zwischen Ben und mir läuft es gerade nicht so besonders. Darum möchte ich mal ein paar Tage raus. Verreisen.«

»Du warst schon immer eine schlechte Lügnerin!«

Mist! Sie hat mich erwischt. Nichts sagend gehen wir Richtung Kanzlei.

Unmittelbar vor der Tür dreht sich Anni zu mir um:

»Also los jetzt! Erzähl! Wer ist er?«

»Wer ist wer?«

»Ich sehe es dir doch an! Du hattest Sex und Ben ist in München. Los jetzt, raus mit der Sprache! Ich bekomme es sowieso raus!«

»Hatte ich nicht!«

Ich brülle Anni mehr schlecht als recht an. Denn kaum ist der Versuch, es abzustreiten, über meine Lippen gekommen, setzt mein verliebtes Grinsen wieder ein. Ein weiterer Versuch wäre so was von sinnlos gewesen.

Anni sieht mir wirklich jedes verdammte Mal an, wenn ich Sex hatte. Auch wenn er noch so schlecht war. Sie meint immer, dass meine Augen noch Tage danach so glänzen würden. Natürlich habe ich jedes Mal abgestritten, aber geglaubt hat sie mir nie.

»Mia sag jetzt! Mit wem schläfst du?! Ist er gut? Los komm schon, ich muss es wissen!«

Die Kanzleitür öffnet sich von innen und schubst Anni beiseite; Denise. Zum ersten Mal freue ich mich über ihr Timing.

»Man hört euch bis rein und der Spitzenkunde ist schon da. Wisst ihr eigentlich, wie die da drinnen jetzt alle geschaut haben?«

»Peinlich!« ist alles, was mir dazu einfällt.

»Wir gehen da jetzt nicht rein, bevor du mir nicht gesagt hast, wer er ist! Verstanden? Und das mit deinem Urlaub kannst du dir auch abschminken! Los jetzt! Wer wird dich in diesen extrem heißen Dessous sehen?«

»Ihr wart Dessous shoppen?« mischt sich Denise ein.

»Ja, waren wir! Und jetzt lasst mich endlich durch!«

Ich stoße die Beiden beiseite und trete über die Schwelle. Gestoppt von den Anzugträgern inklusive Sebastian. Wie vom Blitz getroffen starre ich alle an.

Anni beobachtet das Schauspiel wie Sherlock Holmes.

»Du Miststück!«

Sie fährt mich lautstark an und zieht mich am Arm vom Eingangsbereich weg. Sie schmeißt die Küchentür auf und schleudert mich hinein:

»Du schläfst mit Sebastian Cleary??? Das darf doch nicht wahr sein!!! Wo? Hier in der Küche? In deinem Büro? Auf dem Klo?«

Ich sage kein Wort, denn ich bin entlarvt.

»Du verreist mit ihm, hab´ ich Recht? Wo geht es hin? M i a?«

Anni wird ihrer unzähligen Fragen nicht ansatzweise müde. Darum werfe ich ihr einen einzelnen Brocken zum Fressen hin:

»Nach London!«

»Ich glaub´s ja nicht! Du bist auch die Tussi aus der Fußgängerzone. Wusste ich es doch! Die Bluse hat nicht jeder. Verflucht bin ich gut! Ich sollte Detektiv werden!«

Anni springt selbstsicher durch die Küche. Als hätte sie das größte Staatsgeheimnis überhaupt gelüftet.

»Sag es bitte keinem. Außerdem ist ja noch gar nichts sicher. Ich muss schließlich noch Dominik nach Urlaub fragen. Du willst mich ja nicht vertreten!«

»Ach der, das machen wir schon. Ja und? Seid ihr jetzt so richtig zusammen oder was?«

Anni will es mal wieder ganz genau wissen. Einerseits tut es gut, endlich mit jemanden darüber reden zu können. Denn Anni ist diesbezüglich ganz anders. Nicht so ein Moralapostel wie Lu. Andererseits besteht sie auch darauf, jedes noch so kleine Detail zu hören. Manchmal hat man das Gefühl, sie bräuchte solche Storys wie die Luft zum Atmen.

»Es ist nur Sex, also bis jetzt.« hüpfe nun auch ich schrecklich aufgeregt durch die Küche.

»Er hat mich gefragt, ob ich ein paar Tage mit nach London komme. Er muss da zu irgendeinem Set seines neuen Films.«

»Oh mein Gott!!! Etwa zu dem Mittelalterdrama?«

Anni hyperventiliert und reist das Fenster auf, um krampfhaft nach frischer Luft zu schnappen.

»Keine Ahnung. Das habe ich ehrlich gesagt gar nicht gefragt.«

»Ok, Mia! Das machen wir. Ich vertrete dich aber ey, da habe ich echt was bei dir gut, klar?«

Natürlich stimme ich zu und falle ihr vor lauter Dankbarkeit um den Hals. Trotz Allem hakt Anni nach:

»Mal was Anderes. Wie willst du das überhaupt Ben verkaufen? Weiß er von Sebastian? Du kannst ja nicht so einfach verschwinden. Und jetzt wo du dich mit Luzia gestritten hast, wer wird dann dein Alibi?«

»Sag nichts! Ich habe keine Ahnung, wie ich ihm das verklickern soll! Eigentlich müsste er spätestens Sonntag aus München zurück sein und jetzt haben wir schon Freitag. Ich brauche dringend einen Plan! Wir fliegen nämlich schon morgen.«

»Hm, und wenn du ihm sagst, dass du kurzfristig zu einem Kundentermin musst? Keine Ahnung, vielleicht nach Berlin oder so? Klingt ja gar nicht so blöd!«

Im Grunde genommen ist es eine hervorragende Idee. Denn es ist keine Seltenheit, dass wir hin und wieder weiter weg zu irgendwelchen Klienten müssen. Wobei das meist Corinne vorbehalten bleibt.

»Hauptsache du postest nichts auf Instagram oder Facebook! Was aber nicht heißt, dass ich nicht über alles auf dem Laufenden gehalten werden will, klar? Und wenn es länger geht, komme ich auch nach London. Das ist meine Chance, auch mal ein Filmset zu sehen. Versprochen?«

»Deal!« schlagen wir uns die Hände.

»So, du Luder! Und jetzt kümmern wir uns um deinen Urlaub.« fordert mich Anni Richtung Dominiks Büro auf.

»Dominik Schätzchen, Mia braucht kurzfristig Urlaub. Ich vertrete sie. Das passt ja, oder?«

Dominik schaut uns beide verwirrt an. Zusammengekniffene Augen, gerunzelte Stirn. Das heißt nichts Gutes!

»Und Mia hat das Fragen verlernt, dass du das jetzt übernehmen musst oder wie?«

»Zehn Tage bitte! Aller, aller, allerliebster Personalchef. Es ist wirklich wichtig! Ich muss etwas Familiäres klären.«

Clever von mir, solche Argumente ziehen schließlich bei Dominik immer! Da er selbst sehr weit weg von seiner Familie wohnt. Genau wie meine, ist sie in Berlin.

Komisch, dass wir uns früher nicht schon mal über

den Weg gelaufen sind, aber egal. Der Urlaub ist genehmigt. Offiziell geht es nach Berlin zu meiner Familie. Da ich mir Lügen nie sonderlich gut merken kann, beschließe ich spontan, die Story auch Ben zu verkaufen. Einen anderen Ausweg sehe ich nicht. Vor allem weiß ich nicht, wie ich ihm hätte erklären sollen, dass ich schon am Samstag fliege.

Wenn wir von der Arbeit weiter wegmüssen, gehen die Flieger sonst immer am Sonntagabend oder Montagmorgen. Noch nie an einem Samstag.

»Ok, dann räume ich jetzt noch meinen Schreibtisch auf und starte in den Urlaub, gelle?«

Dominik stimmt zum Glück zu:

»Viel Spaß und grüß mir die Heimat!«

Anni organisiert uns zwei Kaffees. Es ist glasklar, dass heute sicher nichts mehr im Büro aufgeräumt oder sogar aufgearbeitet wird. Denn Anni wird im Leben nicht lockerlassen, bis ich ihr ALLES bis ins kleinste Detail erzählt habe.

Sie rollt umgehend mit ihrem Schreibtischstuhl auf direktem Wege über den Flur in mein Büro:

»Bitte. Ist ein Bailys drin! Den hatte ich noch im Schreibtisch. Nun erzähl mal, wie habt ihr euch überhaupt kennengelernt? Hier im Büro, oder? Ist er echt so ein Hecht im Bett, wie man es in Filmen sieht?«

Puh, das kann jetzt länger dauern! Ich lehne mich in meinem Stuhl zurück und überlege, wo ich anfangen soll.

Überraschend klopft es an meine Bürotür. Es ist der Miesepeter höchstpersönlich.

»Shit! Was will der jetzt?«

»Wer ist das denn?«

Ich stehe sofort auf und gehe mit großen Schritten auf meine Bürotür zu.

Mit kalter Stimme frage ich:

»Was ist?«

»Ihnen auch einen guten Tag, Miss Sommers. Können wir unter vier Augen reden?«

Bevor ich zustimmen kann unterbricht uns Anni:

»Wir haben keine Geheimnisse voreinander. Erzähl nur Hübscher!«

»Anni!«

»Ma´am, Mister Cleary hat mich davon in Kenntnis gesetzt, dass Sie uns nach London begleiten werden. Ich gehe davon aus, nur Sie oder auch sie?«

Er richtet seinen Blick in Annis Richtung. Ohne auf seinen Kopfschwenker einzugehen:

»Das hat er Ihnen erzählt?«

»Selbstverständlich! Ich bin Mister Clearys persönlicher Assistent und Leibwächter. Ich weiß immer, was er zu welchem Zeitpunkt tut. Auch, dass er bei Ihnen war. Ich habe selbstverständlich auf ihn im Auto gewartet und das Haus bewacht.«

Anni reist es Kaffee verschüttend aus ihrem Stuhl:

»Er war bei dir zu Hause???«

»Verzeihen Sie, offensichtlich haben die Ladys doch Geheimnisse voreinander. Das war mir nicht bekannt.«

Überfordert, wen ich als erstes Rechenschaft ablegen soll stimme ich an:

»Herr? Wie heißen Sie überhaupt?«

»Nennen Sie mich bitte Jason, Ma´am.«

»Ok, Jason. Sebastian hat ihnen wirklich ALLES erzählt?«

Mein Kopf beginnt bei dem Gedanken sofort zu erröten. Meine Ohren glühen vor Scham.

Jason hingegen schmunzelt.

»Selbstverständlich keine Details!«

Gott sei Dank, mir fällt ein Riesenstein vom Herzen. Das hätte sonst richtig peinlich werden können.

»Wann darf ich Sie denn Morgen abholen? Wünschen Sie eine bestimmte Uhrzeit?«

»Keine Ahnung, darüber habe ich mir noch keine Gedanken gemacht. Wann geht denn der Flieger?«

Erneut beginnt er zu schmunzeln.

»Wir fliegen mit Mister Clearys Privatjet! Es gibt keine festen Abflugzeiten.«

»Wir haben halt noch nicht die Details besprochen, Jason! Ich weiß es nicht. Das geht jetzt auch alles ein bisschen schnell.«

»Entschuldigen Sie, ich werde es Mister Cleary ausrichten. Meine Empfehlung, die Damen!«

So schnell wie Jason vor meinem Büro stand, so schnell war er auch wieder weg.

Ich schließe die Tür und setze mich wieder an meinen Schreibtisch.

Zum ersten Mal realisiere ich, dass ich wirklich nach London fliege. Mal ganz davon abgesehen, dass mich die Freundlichkeit von Jason mehr als irritiert hat.

Gestern hat er mir noch versucht, klare Grenzen

aufzuzeigen. Er hat mir unmissverständlich zu verstehen gegeben, wo genau ich mich seiner Meinung nach in der Gesellschaft befinde. Nun diese übertriebene Freundlichkeit. Hm, komisch!

Anni unterbricht mich in meinen Gedanken:

»Den würde ich aber auch nicht von der Bettkante stoßen, höchstens ins Bett hinein!«

»Wen?«

»Na Jason natürlich! Hast du mal gesehen, wie heiß er ist? Dem würde ich gern mal durch die Haare streicheln.«

»Ist mir nicht aufgefallen, sorry.«

»Also Mia, das kommt mir so vor, als wärst du gar nicht bei der Sache und vor allem scheinst du ja mal überhaupt keinen Plan zu haben.«

»Wundert´s dich? Sebastian taucht hier nach Monaten einfach wieder auf und bringt mein gesamtes Leben gewaltig durcheinander. Wegen ihm habe ich mich mit Lu gestritten. Sie hat uns angeblich erwischt, als er mich gestern früh nach Hause gefahren hat.«

»Luzia weiß davon?«

»Nein!!! Bist du verrückt? Sie würde ausrasten, wüsste sie, wem der schwarze SUV gehört hat. Sie ahnt nur, dass ich jemanden neben Ben habe.«

»Schwarzer SUV? Ist ja mal gar nicht auffällig! Na ja, da kannst du ja noch froh sein, dass sie sich mit Ben nicht versteht und es ihm steckt.«

»Ha ha!« lache nun ich süffisant.

»Das glaubst aber auch nur du. Das Miststück hat mir echt gedroht, es Ben zu erzählen, wenn ich ihr nicht die Wahrheit sage. Sie hat sich schlimmer aufgeführt, als meine Mutter! Kannst du dir das vorstellen?«

»Nicht dein Ernst?! Du hast es ihr aber nicht erzählt, oder?«

»Nein, im Leben nicht! Ich habe sie aus meiner Wohnung geschmissen und seither ist Funkstille.«

»Cool, dann bin ich ja die Einzige, die dein kleines dreckiges Geheimnis kennt, Sommers!«

Wieder jubelt Anni auf ihren Stuhl umher.

»Ja und ich hoffe, dabei bleibt es auch!« füge ich ihrem Siegestanz hinzu.

»Ich komme dich nächstes Wochenende in London besuchen. Das muss ich sehen. Als ob du Landei wirklich so lange durchhalten würdest. Und Jason wird ja auch da sein, stimmt´s? Den kralle ich mir!«

»Den kriegst du nie rum! Der hat doch einen Stock im Arsch. Weißt du überhaupt, wie asi der gestern zu mir war? Mich wundert es, dass er jetzt so freundlich ist. Der Idiot hat doch echt zu mir gesagt, dass ich alt bin!«

»Ich sehe aber jünger aus als du!« kontert Anni frech.

»Sebastian kannst du gern behalten, ich will Jason!«

Diese verrückte Nudel. Immer nur das Eine im Kopf. Zumindest hat sie Jason von meiner Story abgelenkt.

Irgendwie ist es auch süß von ihr. Ich weiß, dass ich ihr vertrauen kann. Sie würde es im Leben nicht an die große Glocke hängen, mit wem ich schlafe.

Nicht nur, da sie sich sonst Jason abschminken kann. Sondern auch, da sie auf das Filmset scharf ist. Am Ende profitieren alle von meiner Liaison.

Erneut klopft es an meine Bürotür. Ich will es schier nicht glauben, welch Andrang heute ist. Nur, dass der jetzige Anklopfende mir die Sonne aufgehen lässt, Sebastian!

Unaufgefordert streckt er seinen Kopf durch den Türrahmen.

Neugierig muss ich sofort wissen:

»Hat alles geklappt? Hast du dein Wunschobjekt kaufen können?«

»Es gab eine kleine Planänderung, aber alles gut. Wir sehen uns später?«

»Ja klar.«

Ich strahle ihn verliebt an.

»Schön, bis dann!«

»Jetzt brauch ich einen Wodka. Ich glaub's ja nicht. Er war es wirklich! Aber das mit den Haaren, nee, das gefällt mir nicht! Los Mia, lass uns einen Kurzen nehmen und Rauchen gehen. Der Tag ist sowieso gelaufen. Das kann ich ja nicht mal jemanden erzählen. Das glaubt mir ja kein Schwein!«

Gesagt, getan, einen Kurzen genommen.

Ein wohl ungeschriebenes Gesetz, dass in Großraumbüros hin und wieder gern mal ein Schnaps oder ein, zwei Gläser Sekt getrunken werden. Bei uns jedoch eher die überdurchschnittliche Menge. Wir sind 25 Angestellte. Bis jeder auf seinen Geburtstag einen in der Mittagspause ausgegeben hat, oder die Chefs selbst auf einen erfolgreichen

Geschäftsabschluss, sind natürlich Reste im Überfluss da.

Oftmals hat man auch einen Absacker nach einem verdammt harten Tag bitter nötig. Andere gehen dazu in Bars, wir alle bevorzugen die hiesige Küche.

Anni verabschiedet mich am Nachmittag auf dem Parkplatz in meinen spontanen Urlaub:

»Ich wünsche dir verdammt viel Spaß! Lass es ordentlich krachen aber tu nichts, was ich tun würde!!! Und melde dich. Ich will auf dem Laufenden sein! Verstanden Süße?«

»Versprochen und Danke. Ich melde mich.«

Wir drücken uns einen freundschaftlichen Kuss auf die Wangen und ich steige ins Auto.

Wie ein Huhn auf LSD springe ich durch meine Wohnung. Koffer hier, Beauty Case da. Meine geshoppten Habseligkeiten jage ich im Kurzprogramm durch die Waschmaschine, bevor ich sie schnelltrocknend auf der Terrasse aufhänge.

Ich konzentriere mich ausnahmslos auf die bevorstehenden Tage und versuche krampfhaft keinen Gedanken an Ben zu verschwenden. Der Plan steht, ich fliege spontan nach Hause.

Meine Familie mag Ben nicht sonderlich. Obwohl ich wegen meiner Berufsausbildung Berlin verlassen habe, suchen sie die Schuld bei ihm. Ihrer Meinung nach ist er der Grund, dass ich nicht wieder nach Hause ziehe. Dass das natürlich absoluter Blödsinn ist, bringe ich nicht über die Lippen. Nicht mal im größten Streit, den es immer gibt, sobald wir uns sehen.

Meine Eltern sind einfach nur anstrengend und egozentrisch. Eine Horrorvorstellung, wieder in der gleichen Stadt wie sie zu wohnen. Wohl nicht alleiniger Grund, warum ich mir als Ausbildungsort eine schöne Stadt am Bodensee ausgesucht habe. Quasi am anderen Ende Deutschlands. Wäre die Republik größer gewesen, wäre ich auch noch weiter weggezogen.

Na ja, schon ein wenig unglaubwürdig, jetzt freiwillig so kurzfristig hinzufliegen. Aber zur Not hätte ich mal wieder nicht ausreichend Netz, um es Ben genauer erklären zu können.

Anni hat Recht, ich bin wirklich ein Luder, aber geschenkt. Das wird die Zeit meines Lebens!

»Mia du wirst noch verrückt hier, jetzt konzentriere dich doch endlich mal!« ermahne ich mich selbst.

Nachdem alles gepackt ist, sieht es in der Wohnung aus, als hätte eine Bombe eingeschlagen.

Ich bilde mir ein, dass es organisiertes Chaos ist, da ich es oft nicht ertragen kann, wenn Unordnung ist.

Zu guter Letzt fehlt noch mein Reisepass. Ich gehe auf direktem Wege an dem Sofa vorbei, Richtung Kommode. Dabei fallen mir die beiden Weingläser vom letzten Abend ins Auge. Schlagartig beginne ich wieder verliebt zu grinsen. Der augenblickliche Flashback bestärkt mich darin, genau das Richtige zu tun.

Ich drapiere die Sofakissen bei der Gelegenheit wieder in Reih und Glied und lege die Decke zusammen. Beim vorherigen Aufschütteln bekomme ich Gänsehaut. Alles riecht nach Sebastian. Pacco Rabanne gepaart mit seinem körpereigenen Geruch. Diese Kombination sollte man in Flaschen abfüllen und verkaufen. Sicherlich ein Kassenschlager.

Während ich die beiden Weingläser in die Spülmaschine räume, beschließe ich, mir einen Schluck Chardonnay aus der gestrigen Flasche einzuschenken. Für einen kurzen Moment setze ich mich auf die Terrasse in die Abendsonne.

»Ich tu das Richtige, ganz sicher!« spreche ich immer und immer wieder vor mich hin, bis ich selbst vollends davon überzeugt bin.

Das Klingeln an der Wohnungstür reist mich aus meinen Gedanken. Ich ahne intuitiv schlimmes. Schließlich ist es noch nicht dunkel und Sebastian scheint sich nur ab der beginnenden Nacht unter Menschen zu trauen. Ein wenig verständlich nach dem Kuss in der Innenstadt. Von der anschließenden Medienflut mal ganz abgesehen.

Irritiert gehe ich zur Gegensprechanlage:

»Ja?«

»Die Zeugen Jehovas. Frau Sommers, wir würden uns gern einen kurzen Moment mit Ihnen unterhalten.«

Echt jetzt? Ich habe mit dem Schlimmsten überhaupt gerechnet. Wobei, die Zeugen Jehovas fast so anstrengend sind, wie Kindergartenkinder, die ihre Kekse für ihr nächstes Sommerfest verkaufen wollen.

Mir liegen unzählige böse Kommentare auf der Zunge. Eventuell dem kleinen Schluck Wein geschuldet entscheide ich mich für:

»Ich breche Ehen, ich betrüge, ich lüge, sie kommen eindeutig zu spät.« und hänge den Gegensprecher auf.

Es klingelt wieder an der Tür. Sie scheinen heute hartnäckig zu sein:

»Was denn noch?«

»Bist du etwa doch verheiratet?«

Eine gefühlte Ewigkeit später realisiere ich, dass es Sebastian ist.

»Nein, natürlich nicht! Komm rein! Was willst du denn schon hier? Es ist doch noch gar nicht dunkel?«

Sebastian gibt mir einen Begrüßungskuss und tritt ein.

»Ich wollte mal schauen, wie weit du mit packen bist oder ob du es dir schon anders überlegt hast.«

»Nein, natürlich nicht und fast fertig. Ich mache gerade eine Pause auf der Terrasse. Magst du auch? Es hat noch einen Schluck Wein von gestern.«

»Gern.«

Er stimmt zu und geht auf die Terrasse.

»Ich kann verstehen, warum du diese Wohnung liebst. Sie ist wirklich toll, vor allem die Aussicht.«

»Du hast doch so gut wie noch nichts von der Wohnung gesehen!«

»Sie scheint wie du zu sein, perfekt! Mehr muss ich nicht sehen.«

Sebastian weiß immer genau das Richtige zu sagen, damit ich mich besser fühle.

»Und, hast du schon mit deinem Mitbewohner gesprochen?«

Voller Stolz hole ich aus:

»Ich habe einen Plan.«

Fragend schaut er mich von der Abendsonne geblendet an.

»Ich schreibe ihm einfach vom Flughafen aus, dass ich nach Hause fliegen muss. Familiärer Notfall quasi.«

»Wie meinst du das, dass du nach Hause fliegen musst?«

»Ich komme ursprünglich aus Berlin und bin für die Arbeit hierhergezogen.«

Sebastian beginnt zu lachen.

»Wer sind Sie überhaupt, Frau Sommers?«

»Finde es heraus!«

»Und das wird er dir glauben?«

»Na ja, ein bisschen ungewöhnlich ist es schon. Ich habe mit meiner Familie so gut wie keinen Kontakt. Aber was bleibt ihm anderes übrig? Schließlich werde ich dann schon im Flieger sitzen, wenn er Widerworte geben will. Und Ben mag meine Familie nicht besonders. Ok, mein Fall sind sie auch nicht, da sie einfach nur anstrengend sind. Aber Ben wird sicherlich keinen Flug buchen und nach Berlin kommen. Soviel steht fest! Wir hatten jedes Jahr zu Weihnachten tierisch Streit, wenn es hieß, wir fliegen zu meinen Eltern. Deshalb ging es eigentlich auch letztes Weihnachten zum ersten Mal weiter weg in

Urlaub. Ein Kompromiss quasi. Ich konnte ja nicht wissen, was mir der Weihnachtsmann in der Karibik schenkt. Sonst wäre ich sicher schon früher mal dahingeflogen.«

»Dito, Mia. Aber ok, dann ist es beschlossene Sache! Wir fliegen morgen zusammen nach London.«

NEUN

Von klirrendem Geschirr wache ich auf. Irritiert schaue ich mich im Schlafzimmer um. Die Seite neben mir ist leer. Offensichtlich ist Sebastian der Grund für den Lärm. Neugierig wie ich bin, was er wohl in meiner Küche anstellt, fällt es mir trotzdem schwer aufzustehen.

Das Bett ist kuschelig warm und die Sonne noch nicht richtig aufgegangen. Es ist eindeutig zu früh, um aus dem Bett zu kriechen. Noch dazu ist es Samstag. Einer der wenigen Tage, an denen ich ausschlafen kann. Kurzerhand beschließe ich, dem Krach keine Beachtung zu schenken. Ich rutsche auf Sebastians Seite. Alles riecht nach ihm. Meine Droge schlechthin. Noch bevor ich zwei Mal Luft geholt habe, schlafe ich wieder ein.

Die Sonne scheint mir durch das Schlafzimmerfenster ins Gesicht. Sie wärmt an diesem letzten Sommertag ungemein. Vor meinem inneren Auge wird es hell. So sehr ich mich auch weigere, in den Tag zu starten, scheinen mich ein paar liebe Worte doch zu wecken:

»Guten Morgen schöne Frau. Ich habe Kaffee gekocht beziehungsweise es versucht. Wusstest du eigentlich, dass deine Kaffeemaschine ein Miststück ist?«

Ich muss schmunzeln und öffne die Augen. Große blaue Augen, gepaart mit dem wohl schönsten

Lächeln der Welt sehen mich an. Es gibt wirklich nichts an diesem Gesicht, was ich ändern wollen würde. Vor allem wenn er lächelt, scheint die Zeit stillzustehen. Er ist einfach unglaublich, ganz so, wie er nun mal ist.

Verliebt schaue ich ihn an.

»Komm schon, Mia. Aufstehen. Jason kommt bald, um uns abzuholen.«

»Ich will aber nicht. Außerdem, musst du nicht noch packen?«

»Dafür habe ich Angestellte.«

»Dann haben wir ja noch ein wenig Zeit, oder?«

Ich hebe meine Decke an. Will, dass er wieder ins Bett kommt.

»Wir sind schon spät dran! Wir verpassen sonst unseren Flug!«

»Jason meinte, dass es dein Flugzeug ist. Darum kann man es unmöglich verpassen. Und erst recht nicht, wenn der Kapitän noch ein Schäferstündchen einlegen will.«

Keine Chance, Sebastian ist nicht zu überreden, noch einmal unter meine Bettdecke zu kriechen.

»Jason hat Brötchen geholt. Los, steh bitte auf!«

Ich bin schlagartig putzmunter.

»Jason ist schon hier?«

»Jason ist immer da, wo ich ihn haben will. Du musst noch viel lernen.«

»So was will ich gar nicht lernen, Leute rumkommandieren.«

Widerwillig stehe ich auf und öffne sämtliche Fenster im Schlafzimmer zum Lüften. In Shorts und

Footballshirt beginne ich meinem alltäglichen Trott unter die Dusche. Wie einstudiert schalte ich das Badezimmerradio an und lasse in der Dusche das Wasser warmlaufen.

Kaum, dass ich mich ausgezogen habe, stehe ich auch schon darin. Das Gesicht dem Wasserstrahl entgegengestreckt.

Zwar entzog sich Sebastian zuvor einem Schäferstündchen, aber nun nicht seiner Körperpflege.

»Hallo Fremder, was machen Sie denn hier?«

»Einer schönen Frau beim Duschen zuschauen! Was glauben Sie denn?« antwortet er knapp und beginnt meinen Hals zu küssen.

Seine Liebkosungen lassen mir sämtliche Härchen am Körper aufstellen.

Das Wasser prasselt auf uns hinab. Ich lehne mich an die Duschwand. In ungemeiner Ausdauer liebkost er meinen Hals, meine Schultern und meinen Rücken. Seine Hände gleiten zwischen meinen Armen entlang, den Bauch hinauf bis hin zu meinen Brüsten. Er knetet sie sanft.

Sein Mund sucht sich seinen Weg meinen Wangen entlang, bis zu meinem Mund. Mit seiner rechten Hand dreht er meinen Kopf, um mich leichter küssen zu können.

Nur zu gern komme ich diesem Willen nach und küsse ihn unter dem warmen Wasserregen.

Er presst mich gegen die Duschwand. Meine Brüste schützt er mit seinen Händen. Seine wachsende Lust ist deutlich an meinem Po spürbar.

Er hätte unmöglich noch härter werden können. Ein weiteres Mal tut er einfach, was er will, ohne zu fragen. Sanft dringt er zwischen meine Beine auf direktem Wege in mich ein. Mein Atem stockt, meine Haut wird warm. Das Gefühl, ihn zum ersten Mal ohne Verhüterli vollends zu spüren, zwingt mich förmlich in die Knie.

Sebastian lässt von meinen Brüsten ab und greift nach meinen Händen an der Duschwand. Er umschließt sie fest. Mit jedem Stoß fester, sein Mund an meinem Ohr. Ich höre ihn, sein Stöhnen, seinen schweren Atem. Ein unbeschreiblicher Genuss.

Mit schwerer Stimme haucht er:

»Komm für mich!«

Eine weitere Aufforderung braucht es nicht. Sebastian stößt mich kurzerhand zum Höhepunkt.

Ich hülle mich nach dem Duschen in meinen Bademantel. Meine Haare schnüre ich zu einem Turban über dem Kopf zusammen. Mit frisch aufgelegtem Tages-Make-up gehe ich durch das Wohnzimmer der Küche entgegen.

Irritiert von Männergerede stehe ich am Küchentresen und staune nicht schlecht. Jason versucht sich an meiner Kaffeemaschine. Leider reichen meine Englischkenntnisse nicht annähernd aus, um das Fluchen der beiden Männer zu verstehen.

Belustigt setze ich mich auf einen der Barhocker und sehe ihnen zu.

Selten hat meine Kaffeemaschine solche widerwilligen Geräusche von sich gegeben. Sie knackt, der Motor heult auf, Dampf anstatt Kaffee kommt raus.

»Männer und Technik, was?«

Erschrocken drehen sie sich zu mir um.

»Lasst mich mal Jungs! Ihr könnt das halt nicht. Die Maschine ist schließlich sensibel! Sebastian? Mit Milch und Zucker?«

»Ja, aber das geht nicht, wir haben es schon probiert.«

Ich fädele den Schlauch in das Milchpack und drücke auf Café Latte. Gewohnt beginnt sie ihre Arbeit.

Zufrieden und zynisch grinsend wende ich mich nun Jason zu:

»Sie können Sebastian vielleicht beschützen und seine Koffer packen, aber das mit dem Kaffee kochen müssen Sie noch lernen!«

Er schnappt nach Luft. Ich hingegen frage siegessicher:

»Auch mit Milch und Zucker?«

»Nein Danke Miss Sommers, ich muss wieder…«

»Hinsetzen!« befehle ich beiden und sie sitzen. Anerkennend und verwundert zugleich am Küchentresen.

Nachdem ich ihnen den Kaffee hingestellt habe, realisiere ich das Chaos in meiner Wohnung:

»Sorry Jason, normal ist es bei mir ordentlicher, aber ich bin im Urlaubsstress.«

»Kein Problem, Miss Sommers! Meine Leute können ja dann…«

»Ja genau! Soweit kommt´s noch! Wagen Sie es ja

nicht! Das ist mein Chaos und ruckzuck aufgeräumt, noch bevor ihr einen weiteren Kaffee gekocht habt. Aber jetzt wird erst mal gefrühstückt.«

Jason ist mit der Situation alles andere als zufrieden. Offensichtlich ist er es nicht gewohnt, mit seinem Chef an einem Tisch zu sitzen.

»Hier bin ich der Chef. Also Männer, essen!«

Fragend schauen sie sich an und merken, dass Widerworte auch nicht nur im Ansatz toleriert werden.

»Sir, Miss Sommers, planmäßig sollten wir um 12 Uhr zum Flughafen aufbrechen. Wir werden uns pünktlich zur Abfahrt vor dem Haus einfinden. Miss Sommers, Danke für das Frühstück. Es hat sehr gemundet.«

»Gern Jason. Ich begleite Sie noch zur Tür.«

»Ich kenne den Weg!«

Eine hochgezogene Augenbraue meinerseits macht ihn erneut darauf aufmerksam, dass ich der Chef in meiner Wohnung bin. Den Takt angebe und nicht er.

»Bis später, Ma´am, Mister Cleary.«

Kopfnickend verabschiedet Sebastian ihn. Noch bevor die Tür hinter ihm ins Schloss gefallen ist flüstere ich Jason nach:

»Nennen Sie mich Mia, Ok?«

Ein Lächeln macht den Anschein, dass er es verstanden hat. Machen aber wird er es wahrscheinlich nicht.

Punkt zwölf Uhr klingelt es an meiner

Wohnungstür. Die Autokolonne ist zur Abfahrt bereit. Jason betritt meine Wohnung und nimmt kommentarlos mein Gepäck und verlädt es in eines der Autos.

»Hast du alles?« fragt Sebastian ein letztes Mal beim Verlassen der Wohnung.

»Ja ich denke schon. Es ist ja nicht für immer.«

Alles ist so wahnsinnig aufregend. Ein persönlicher Assistent, eine Autokolonne. Nicht zuletzt die unzähligen Männer in schwarz mit Sonnenbrillen und Headsets hinter den Ohren.

Das Gesamtpaket flößt mir Angst ein. Denn ich bewege mich nun auf einem Territorium, das mir absolut fremd ist. Ich weiß nicht, was mich erwartet und schon gar nicht, wie ich damit umzugehen habe. Schon zwei Mal nicht, was es für Auswirkungen nach sich ziehen wird, sobald die Presse von uns erfährt. Sie würden sich sicherlich ganz schrecklich das Maul zerreißen. Der Kuss in der Innenstadt wäre nur der Anfang gewesen, oder schlimmer noch, eine Lappalie.

Ich starre in das von Jason geöffnete Auto. Schwarze Ledersitze samt getönten Scheiben. Nicht gerade beruhigend!

Wie angewurzelt stehe ich da. Ich kann keinen Schritt vor und zurückgehen. Ich weiß, sobald ich einsteige, ist nichts mehr so, wie es mal war. Und vor allem wird es nie wieder so sein, wie es mal gewesen ist. Ausnahmslos alles! Der Schritt fällt ungemein schwer.

Zweifel machen sich breit. Mache ich denn wirklich das Richtige? Habe ich darüber lange genug nachgedacht? Und wenn es mit mir und Sebastian nicht funktioniert? Was mache ich dann?

Die blanke Panik steigt mir zu Kopf. Hilfesuchend schaue ich mich um. Mein Puls geht in unermessliche Höhen.

»Ma´am? Wir müssen!« fordert mich Jason erneut auf.

Hilfesuchend schaue ich nun auch ihn an.

»Ich weiß nicht, Jason.«

»Keine Angst, ich passe auf Sie auf.«

»Sie mögen mich doch gar nicht! Geben Sie es doch einfach zu! Warum sind Sie jetzt auf einmal so nett zu mir?«

Er stellt sich nah zu mir. Sein Mund neben meinem Ohr.

Jason beginnt zu flüstern:

»Mia, es wird alles gut. Er liebt Sie. Zum ersten Mal liebt er eine von den vielen Frauen. Vertrauen Sie mir. Alles wird gut, ganz sicher. Ich verspreche es Ihnen.«

Ich höre zwar was er sagt, aber es kommt nicht bei mir an. Wieder schaue ich in das offene Auto. Sebastian sitzt schon darin und streckt mir seine Hand entgegen.

»Mia?«

Ich hadere mit mir. Quasi Kopf gegen Bauch. Am Ende aber habe ich nichts mehr zu verlieren. Mein Leben ist längst nicht mehr das, was es einmal war. Eine Alternative gibt es aber nicht, wenn ich Sebastian will.

Ein letztes Mal hole ich tief Luft. Wild entschlossen, ein neues Leben zu beginnen, steige ich in das Auto. Jason schließt hinter mir die Tür und wir fahren in Richtung Flughafen Zürich ab.

Unzählige Male bin ich schon vom Zürcher Flughafen abgeflogen. Aber heute ist es anders! Eine komplett neue Erfahrung.

Anstatt zu den üblichen Abfluggates fahren wir eine Tiefgarage hinunter. Innerhalb kürzester Zeit springen sämtliche Anzugträger aus den Autos und verfrachten unser Gepäck auf diverse Wägen. Sebastian und ich bleiben bis zur letzten Minute sitzen. Er nimmt aus der vor ihm befindlichen Tasche ein Etui heraus und streckt es mir entgegen. Verdutzt öffne ich es. In ihm befindet sich eine sehr große und dunkle Sonnenbrille. Natürlich von Chanel, nicht wie meine von H&M.

»Was soll ich damit?«

»Setz sie auf!«

»Warum?«

»Auch wenn das ein VIP-Eingang ist, wird die Presse warten. Oder willst du, dass sofort die ganze Welt von uns erfährt?«

Allmählich realisiere ich, was wirklich auf mich zukommen wird.

Einen kurzen Moment zögere ich, setze die Brille aber auf.

Sebastian gibt mir einen letzten Kuss hinter den verdunkelten Autoscheiben.

»It´s showtime Baby! Das rockst du schon. Einfach

cool bleiben und fass mich bitte nicht an, Ok? Sonst stehen wir heute noch auf der Titelseite jedes Klatschblattes.«

Nickend gebe ich ihm zu verstehen, alles zu beachten. Logisch ist es mir aber nicht.

Jason öffnet Sebastians Seite und schon geht es los. Das Blitzlichtgewitter bricht über uns herein. Es ist erschreckend! Ohne die Sonnenbrille würde ich wahrscheinlich nicht einmal sehen, wohin ich gehen muss. Oder hätte den Weg aus dem Auto gefunden.

Sebastian lenkt sämtliche, gefühlte hundert Photographen auf seine Person und steht etwas abseits unseres Autos. Geduldig lässt er das Ablichten über sich ergehen.

Nun bin ich an der Reihe. Wieder überkommt mich die blanke Panik. Was mache ich nur, wenn mich hier tatsächlich jemand erkennt? Ich wäre ruiniert, könnte nie mehr so leben, wie bisher.

Der Gedanke lässt mich auf der Rückbank anwurzeln. Jason hält mir seine Hand entgegen und schaut mich mit bestimmendem Blick an.

»Showtime Miss Sommers, Sie schaffen das. Schauen Sie immer nach unten. Wie ich es Ihnen bereits in der Innenstadt gesagt habe. Schauen Sie nie direkt in die Kameras.«

Ich muss Jason vertrauen. Ich habe keine andere Wahl! Ich ergreife seine Hand und steige ebenfalls aus.

Die Photographen hören schlagartig auf, Sebastian für sämtliche Magazine abzulichten und schauen mich entgeistert an.

Ein Mann schreit aus der Masse heraus:

»Das ist sie!«

Das Stichwort schlechthin, jedes Kameraobjekt auf mich zu richten. Sebastian stellt sich schützend vor mich und ruft den Paparazzi mir unverständliche Dinge zu. Jason nimmt mich unterdessen unter seine Fittiche und schleift mich förmlich zum Gate. Mir bleibt nicht mal die Möglichkeit, nach Sebastian Ausschau zu halten. Egal wie sehr ich es auch versuche. Jason und die übrigen Anzugträger kreisen mich ein.

In diesem Moment, unwichtig wie grob die Aktion von ihnen ist, bin ich ihnen über alle Maßen dankbar. Vor allem Jason hält, was er versprach. Er beschützt mich. Von nun an beginne ich ihn mit ganz anderen Augen zu sehen. Scheint er doch das Potenzial für einen guten Freund und Vertrauten zu haben.

Nach der Pass- und Sicherheitskontrolle befinde ich mich in einem kleinen Separee, allein. Keiner ist da. Mein Herz rast, als sich die Schiebetüren des Separees überraschend öffnen. Zum Glück ist es Sebastian.

»Lief doch gut, findest du nicht?«

Er lacht mich förmlich aus, amüsiert von meiner absolut überforderten Gesamterscheinung.

»Ist das etwa immer so?«

»Nein, es ist normal noch schlimmer. Schließlich sind wir hier nur in Zürich. Warte mal ab, wie es in London oder Amerika ist. Da war das ein

Kindergeburtstag dagegen.«

»Sebastian, ich glaub ich kann das nicht. Ich will wieder nach Hause. Das ist einfach nichts für mich.«

Entschlossen gehe ich auf die Schiebetür zu.

»Mia, warte! Willst du da jetzt wirklich wieder raus? Die warten doch nur darauf, einen Schnappschuss von dir machen zu können. Wenn du mich willst, musst du damit klarkommen. So leid es mir tut. Mich gibt es nur mit diesem ganzen Trubel!«

Ihn wollen? Ja, keine Frage. Aber dieses Theater? Nein, das will ich definitiv nicht und glaube auch nicht, dass ich mich je daran gewöhnen werde.

Von nun an interpretiere ich diverse Fotos in der Regenbogenpresse ganz anders. Die Prominenten sind gewiss nie einer Trennung nah oder stehen am Existenzminimum. Sie sind einfach extrem von diesen Paparazzi gestresst. Gewiss nicht mehr und nicht weniger.

Trotz Allem schafft es Sebastian, mich zu beruhigen. Er nimmt mich fest in den Arm, streichelt mir den Rücken. Küsst meine Stirn. Wohltuend und beruhigend zugleich.

»Alles wird gut! Du hast das super gemacht!«

Mit Engelszunge spricht er auf mich ein. Was genau man an dieser Situation aber hätte so super machen können, leuchtet mir nicht ein. Es war einfach nur Horror. Wie man um jeden Preis im Rampenlicht stehen will, werde ich sicher nie verstehen. Privatsphäre ade.

Je mehr ich darüber nachdenke, umso mehr kraut

es mir vor der Landung in London.

Ein weiteres Mal öffnet sich die Tür, es ist Jason. Selten habe ich mich so über ein vertrautes Gesicht gefreut. In seiner gewohnt gefühlsneutralen Art wendet er sich Sebastian zu, der mich nach wie vor im Arm hält:

»We are ready!«

Beide schauen mich an.

»Hab´s verstanden.«

Ich ziehe ein letztes Mal tiefatmend meine neue schicke Sonnenbrille auf. Die Türen öffnen sich, es geht wieder los…

Diesmal nehme ich meine Beine in die Hand und gehe vor den Photographen voraus. Nur nicht nachdenken, einfach laufen, rede ich mir ununterbrochen ein.

Einen kurzen Moment passe ich nicht auf und bin von den Photographen eingekreist. Ich verliere schlagartig die Orientierung. Die Tränen schießen mir in die Augen. Hilfesuchend schaue ich mich um. Schon allein wegen der getönten Brille gelingt es mir nicht, ein vertrautes Gesicht zu erkennen.

Ich scheine in der Masse unterzugehen. Wild und desorientiert drehe ich mich im Kreise. Die Paparazzi aber sind gnadenlos und schießen ein Foto nach dem Anderen. Mir wird alles zu viel. Die Panik klopft ein weiteres Mal an meinen Kopf. Mir ist es nun egal, würde mich jemand erkennen. Ich will nur noch aus diesem Horror raus und fasse zu meiner Brille, um sie abzunehmen.

Bevor sie gänzlich von meinem Gesicht genommen

ist, sehe ich Sebastian. Wie aus dem Nichts kommend. Er reist mich an sich, hebt mich hoch und trägt mich aus der Masse einem Auto entgegen.

Wild atmend sitzen wir auf der Rückbank.

»Geht´s wieder?« fragt er besorgt.

»Ging eindeutig schon mal besser.«

»Das war´s! Jetzt kommt dir keiner mehr zu nah. Wir fahren jetzt zum Flieger und steigen ein.« erklärt Sebastian kurz und bündig und steckt sich eine Zigarette an.

»Auch eine?«

»Darf man hier überhaupt rauchen?«

»Nimm eine und frag nicht so viel!«

Offensichtlich ist er gereizt.

Irritiert schaue ich zu Jason auf den Fahrersitz. Da er nur süffisant lächelt, greife ich natürlich zu. Die Zigarette ist besser als nach jedem Sex. Das Nikotin flutet spürbar meinen Körper. Scheiß Sucht, ich weiß, aber gut tut sie allemal.

»Wir sind da, Sir!«

Die Kippe fällt mir schier aus dem Mund, als ich aus dem Fenster sehe.

»Ist das echt deiner? Der ist ja riesig!«

»Braucht man, hast du ja gesehen, dass es nicht mehr anders geht!«

Ein riesiger, aber wirklich riesiger weißer Flieger steht vor uns. Auf Hochglanz poliert. Man sieht sich sogar in ihm, so glänzt er.

Ich bin sprachlos, absolut geflasht von dem Anblick. Allmählich dämmert es mir, was für einen Mann ich tatsächlich an meiner Seite habe.

Gestern war ich noch stolz Dessous im Sale ergattert zu haben. Und heute liebt mich ein Mann, bei dem Geld offensichtlich keine Rolle spielt. Er hat es einfach.

Meine Blicke wandern von Sebastian zu dem Flugzeug, von dem Flugzeug zurück zu Sebastian. Es geht mir einfach nicht runter. Jason öffnet mir die Autotür.

»Darf ich bitten?«

»Gern! Danke.«

Hypnotisiert folge ich Sebastian die Treppe hinauf in den Flieger. Am Eingang erwarten uns bereits einige Personen. Ihren Outfits zufolge sind es offensichtlich vier Stewardessen und zwei Kapitäne.

Das Innere des Fliegers ist in schlichtem Weiß gehalten. Die Einrichtung besteht neben diversen Flachbildschirmen vor allem aus einer Bar, die am Ende der Kabine steht.

Ich weiß gar nicht, wo ich zuerst hinschauen soll! Die ultimative Reizüberflutung. So hat sich wohl Julia Roberts in Pretty Woman gefühlt, als sie Richard Gere mit nach San Francisco in die Oper nahm. Nur, dass ich eine einfache Steuerberaterin und keine Nutte bin.

Sebastian fühlt sich sofort zu Hause. Nachdem er mir einen Platz zugewiesen hat, fordert er eine Stewardess auf, einen Drink zu mixen.

Ich nehme leicht verschüchtert auf einem sehr gemütlich aussehenden Sessel Platz und sehe mich mit großen Augen weiter um. Mein Blick bleibt unweigerlich bei Sebastian hängen. Ihn amüsiert es, wie ich mich verhalte.

Da steht er nun, wieder eine Kippe im Mundwinkel und zwei Gläser Undefinierbares in den Händen. Seine Haare, wie immer zerzaust, als wäre er gerade erst aufgestanden. Eine kaputte Jeans an den Beinen, ein schwarzes Businesshemd darüber und schwarze Doc Martens darunter. Keine Frage, er hat echt Style!

In Slowmotion begutachte ich ihn von oben bis unten und ja, ich platze schier vor Stolz. Ich habe so einen Mann beeindruckt. Offensichtlich sogar mehr als vorerst gedacht.

Ich wünsche mir, dass Jason tatsächlich Recht hat. Nämlich, dass Sebastian mich liebt. So wie er es selbst auch sagt.

»Cheers, Mia.« reist er mich aus meinen Gedanken.

»Zum Wohl, Sebastian.«

»Sir, wir können planmäßig starten. Ma´am, würden Sie sich bitte anschnallen?« fragt eine überaus freundliche Stewardess.

»Fliegen wir jetzt direkt nach London?«

»Nein, wir müssen leider über München fliegen, die Besatzung austauschen und noch mal tanken. Aber keine Angst, aussteigen müssen wir nicht.«

»Können wir denn nicht hier tanken? Warum müssen wir nach München?«

»Darauf habe ich ausnahmsweise mal keinen Einfluss, Mia.«

Eine halbe Stunde später befinden wir uns auch schon wieder im Landeanflug auf München.

Ich hasse die Starts und Landungen bei Flügen. Nur mit größter Anstrengung dreht es mir nicht den Magen um.

Auf dem Rollfeld des Münchener Flughafen gelandet, wechselt man nicht nur den Tankinhalt, sondern auch die Besatzung. Jeder einzelne verabschiedet sich persönlich und wünscht uns alles Gute. Auch ich wünsche ihnen alles Gute und bedanke mich für den Flug.

Wieder einmal amüsiert es Sebastian königlich, wie ich mich verhalte.

»Mia, das musst du nicht. Das sind Angestellte. Sie werden dafür bezahlt, dass sie so nett sind.«

Ich ziehe meine linke Augenbraue bis zum Anschlag hinauf. Muss man es Sebastian wirklich erklären? Man bricht sich schließlich keinen Zacken aus der Krone, wenn man einfach mal zu seinen Angestellten nett ist. Schließlich werden sie es einem bestimmt mal danken, spätestens, wenn man abstürzt.

»Ja ja!« tut er meine Rede ab.

Dass mein Angebeteter ein Arsch als Arbeitgeber ist, ärgert mich. Diskussionen anfangen, will ich aber nicht. Schließlich geht es quasi in den Urlaub. Stattdessen starre ich lieber aus dem Fenster.

Der Flughafen ist wirklich riesig. Ich bin beeindruckt von dem Umschlagplatz, der unzählige tausend Menschen jeden Tag in den Urlaub und auch wieder nach Hause befördert.

Spontan fällt mir ein junges Pärchen in der Abfertigungshalle auf. Einmal dahin geschaut, ein zweites Mal und auch ein drittes Mal.

Wie vom Blitz getroffen springe ich aus meinem

Sessel auf und renne zum Ausgang. Wie eine Furie schreie ich auf:

»Das darf doch jetzt echt nicht wahr sein!!! Das kann unmöglich sein!«

In der Tür des Fliegers stehend sehe ich eindeutig besser, als aus dem kleinen Fenster.

Mich trifft der Schlag. Das Paar sind Ben und Lu. Mein Herz rutscht mir bis in die Füße hinunter. Meine Welt bricht augenblicklich zusammen. Die Last erdrückt mich förmlich und zwingt mich in die Knie.

Da hocke ich nun, auf der Flugzeugtreppe eines Multimillionärs, meinen Freund und meine bis dato beste Freundin beim turteln beobachtend.

Ich verstehe die Welt nicht mehr! Wie können sie mir das nur antun? Von wegen Lu ist krank. Dieses Miststück! Das läuft doch sicher schon ewig mit den Beiden.

Ich will weinen. Ich will schreien. Ich will ihnen am liebsten mitten ins Gesicht schlagen. Ich will, dass es nicht wahr ist. Die beiden wichtigsten Menschen haben mich hintergangen.

Gebrochen sitze ich im Flugzeugeingang und schaue zu ihnen hinüber.

Umso länger ich sie beobachte, desto mehr macht sich eine ungemeine Wut in meinem Bauch breit. Ich fange an, die Beiden zu verachten. Sie fast schon zu hassen, mir so was anzutun. Vor allem richtet sich meine Wut auf Lu. Hat mich mein Bauchgefühl doch nicht im Stich gelassen, dass sie hinter Ben her ist. Diese Enttäuschung, hätte sie ihm alles ausnahmslos erzählt, was ich ihr all die Jahre anvertraut habe. Es ist klar, die Freundschaft ist für allezeit vorbei.

Sebastian setzt sich zu mir auf den Boden.

»Was ist los? Geht es dir nicht gut?«

Kein Wort bringe ich heraus. Zu sehr schmerzt der Anblick. Ich fühle mich so schlecht, so wertlos und nutzlos, so hintergangen. Es ist gar nicht in Worte zu fassen! Jetzt will ich sie einfach nur noch verletzen! Genauso zusetzen, wie sie mir!

»Lasst mich vorbei. Ich brauch mein Telefon!« ranze ich nicht nur Sebastian, sondern auch Jason an.

Da das Handy auf Anhieb in meiner viel zu großen Handtasche nicht zu finden ist, schütte ich sie auf dem Boden aus, bis ich mein Telefon endlich sehe. Auf direktem Wege gehe ich zurück zur Flugzeugöffnung. Sebastian und Jason sehen mir irritiert zu.

»So meine Herren, das wird jetzt was fürs Familienalbum.«

Ich drücke unzählige Male auf den Fotobutton.

»Dieses Dreckstück mache ich fertig! Was glauben die eigentlich, wer sie sind? Nicht mit mir!«

Unberechenbarer, als jeder Paparazzo, füttere ich den Telefonspeicher mit Fotos. Da es noch nicht ansatzweise genug zu sein scheint, nehme ich noch rein vorsorglich ein Video auf. Ach was sage ich! Es sind natürlich Drei.

Sebastian schaut mich irritiert an:

»Was machst du da überhaupt?«

Ich bin stocksauer. Ich koche vor Wut.

»Wenn du dich nützlich machen willst, hol mir was

zu trinken. Oder schick eine deiner Angestellten! Für was hast du überhaupt so viele? Fickst du die etwa auch?«

Ohne Zweifel, je mehr ich auf Ben und Lu mein Kameraobjekt richte, umso mehr koche ich vor Wut. Sebastian hingegen resigniert:

»Ok, Wodka.«

Kaum zehn Sekunden später, stehe ich mit einer brennenden Kippe in der einen und einem doppelten Wodka in der anderen Hand wieder in der Flugzeugtür. Allmählich geht mein Puls wieder runter.

»Miss Sommers, Sie dürfen hier nicht rauchen.« weist mich Jason kleinlaut hin.

»Das ist mir jetzt so was von dermaßen scheißgleich. Jetzt piss mir bloß nicht ans Bein. Klar?« blaffe ich auch Jason an.

Kurzerhand öffne ich WhatsApp und gehe auf den letzten Chat mit Ben.

»Könntest du uns jetzt mal sagen, was das werden soll?«

Auf diese Frage reagiere ich erst gar nicht. Stattdessen:

»Also meine Herren, nun bitte sämtliche Aufmerksamkeit auf das Paar unmittelbar vor uns in der Abfertigungshalle. Der große Mann mit den kurzen schwarzen Haaren und die kleine Frau mit dem gelockten Haar. Ihn erkennt man an seiner hellblauen Reisetasche.«

»Wer bitte ist das?«

»Das, Sebastian, ist mein nun ehemaliger

Mitbewohner und meine ehemalige beste Freundin.«

Innerhalb Sekunden schicke ich sämtliche Bilder an Ben hinüber. Selbstverständlich kann ich mir einen bösen Kommentar nicht verkneifen. In Windeseile schreibe ich unter das erste Bild: »Schieb einen schönen Gruß mit rein!« und schicke es ab.

Wie Ben nun mal ist, lässt er schlagartig von einer Frau ab, sobald es klingelt. Dabei spielt es keine Rolle, wer die Frau ist. Lu steht gespannt neben ihm. Wohl in der Hoffnung einen Blick erhaschen zu können, wer denn schreibt. Trotz gut 50 Metern Abstand zwischen allen Beteiligten kann man das Wechseln von Bens Gesichtsfarbe live miterleben.

Mir gefällt was ich sehe und schnappe mir eine Stewardess:

»Junge Frau, entschuldigen Sie! Bitte noch einen Wodka aber machen Sie das Glas ruhig voll!«

»Das sind dein Freund und deine beste Freundin?« Sebastian ist schockiert.

»Nein, Exfreund und Exfreundin!«

Völlig desorientiert schaut sich Ben in der Abfertigungshalle um. Der Verzweiflung offensichtlich nah. Er weiß nicht, aus welchem Blickwinkel die Bilder aufgenommen wurden. Eine Tatsache, die mir glatter den Buckel hinunterläuft, als eine morgendliche Dusche. Sebastian übersetzt nun auch Jason die freudige Botschaft, beide In flagranti verwischt zu haben. Er kommentiert die Situation in verblüffend ehrlicher, trotzdem ungewohnter Wortwahl:

»Karma fucks everyone!«

Auch wenn Ben augenblicklich zu realisieren scheint, dass er, auf gut Deutsch gesagt, am Arsch ist tut er nichts. Vor allem klärt er die arme, verwirrte Luzia Delfino nicht auf. Im Dunkeln will ich Lu nicht stehen lassen. Sie tut mir ja fast schon leid. Ich öffne ein weiteres Mal WhatsApp bzw. jetzt den Chat mit ihr. Sämtliche, zuvor an Ben verschickte Bilder, blubben nun auch bei ihr auf. Sie beginnt wild zu gestikulieren. Das Versteckspiel hat nun offiziell ein Ende.

Es ist mir eine perverse Genugtuung, dass ich sie als erstes erwischt habe. Vor Freude stecke ich mir eine weitere Kippe an und exe mein Glas. Mein Lächeln findet sich augenblicklich in meinem Gesicht wieder. Ja, ich wollte ihnen wehtun. Und ich habe es auch geschafft! Auch wenn es noch nicht im Ansatz genug zu sein scheint.

»Jason? Können Sie mir einen Gefallen tun, wenn es Ihnen nicht zu viele Umstände macht?«

»Jeden!«

»Fein. Würden Sie bitte dafür sorgen, dass die Schlösser meiner Wohnung ausgewechselt werden? Das wäre hervorragend. Denke, ich wohne nun alleine und brauche sicherlich keine ungebetenen Gäste oder Untermieter.«

»Kein Problem, wird sofort erledigt.«

»Herzlichen Dank! Und bitte, falls es sich anbietet, lassen Sie den Beiden doch ausrichten, dass meine Wohnung ab sofort tabu ist, für BEIDE versteht sich!

Dankeschön.«

»Du kannst ja richtig fies sein. So kenne ich dich ja gar nicht! Aber irgendwie macht es mich an!«

Sebastian zieht mich an sich und küsst mich stürmisch.

»Lass das! Wenn das ein Paparazzo sieht!«

»Look there! Besser als jeder Paparazzo.«

Unseren Kuss beobachten diesmal keine Photographen, sondern Ben und Lu. Sie stehen offenen Mundes in der Abfertigungshalle und schauen zu uns herüber. Beide blass vor Neid. Offensichtlich haben sie uns erkannt. Freudestrahlend winken wir ihnen zu, eh wir uns vor ihnen verneigen. Dankbar für die ernüchternde Darbietung. Einen letzten filmreifen Kuss und wir verschwinden im Flieger. Ab sofort ohne jegliches schlechte Gewissen. Auf direktem Wege nach London und in eine gemeinsame Zukunft.

ZEHN

Ich bin gescheitert. Egal wie sehr ich es versuchte. Nach kaum drei Tagen in London wurde mir bewusst, dass Sebastians Welt einfach nichts für mich ist. London ist zwar traumhaft schön, aber viel zu sehen bekam ich nicht. Lediglich die Eindrücke, die ich auf der Fahrt vom Flughafen zu seiner Wohnung inmitten des Londoner Stadtteils Whitechapel erhaschen konnte. Ich saß Tag ein, Tag aus auf seinem Sofa. Direkt vor einer großen Fensterfront in der obersten Etage eines mittelgroßen Hochhauses.

Unter strenger Bewachung eines Bodyguards beobachte ich die Menschen auf den Straßen. Sebastian selbst ist ununterbrochen an seinem Filmset. Zeit hat er nicht für mich. Selbst meine Versuche, die Stadt auf eigene Faust zu erkunden, schlagen fehl.

London ist für eine Frau alleine zu gefährlich, heißt es. Von den vor dem Haus wartenden Paparazzi einmal ganz abgesehen. Sie warten Tag und Nacht darauf, ein Bild von Sebastian schießen zu können.

Es wird darauf beharrt, dass ich auf ihn warte, bis er nach Hause kommt. Eine Tatsache, welche die ersten zwei Tage sogar aufregend war, aber er kam nicht. Er schläft sogar am Set.

Seit unserer Landung haben wir keine fünf Stunden zusammen verbracht. Ich wurde wie ein Sessel abgestellt.

Schon am dritten Tag muss ich mir eingestehen,

dass ich mir so mein neues Leben nicht vorgestellt habe.

Ich bekomme furchtbares Heimweh, nach allem, was mir lieb ist. Nicht einmal zu Anni kann ich ehrlich sein. Denn ich schäme mich, so behandelt zu werden. Weil ich natürlich die Schuld bei mir selbst suche. Ich rede mir ein, dass ich nicht gut genug bin. Nicht besonders, um ihn in meiner Nähe halten zu können. Eine Tatsache, die ungemein weh tut. Unwichtig, ob sie der Wahrheit entspricht. Sie nimmt einem regelrecht die Luft zum Atmen.

Am vierten Tag in London beschließe ich meine Sachen zusammenzupacken und nach Hause zu fliegen. Allerdings weiß ich noch nicht, wie ich den abgestellten Bodyguard Steve von meinen Plänen überzeugen soll. Nicht einmal zum Zigaretten holen lässt er mich aus der Wohnung.

Nach einer großen Portion Kaffee am Morgen nehme ich nun allen Mut zusammen. Ich will ihn von meinen Abreiseplänen überzeugen. Schließlich soll er mich einfach nur gehen lassen. So schwer kann das ja nicht zu verstehen sein.

Der Flug ist schon gebucht, das Taxi bestellt. Mir bleibt also keine andere Wahl! Mit all meinem Mut gehe ich auf ihn zu. Bevor mir aber ein Wort über die Lippen kommt, steigen mir die Tränen in die Augen. Ich mache auf dem Absatz kehrt.

Aber ich muss mich jetzt zusammen reisen! Von der Terrasse sehe ich schon das Taxi vor dem Haus warten. Ich nehme also meinen Koffer, ziehe mir meine Jacke an und gehe wieder auf Steve zu.

Diesmal brauche ich nichts erklären. Als er mich sieht, weiß er sofort, worauf es hinauslaufen wird.

Ich greife neben ihm vorbei auf den Fahrstuhlknopf. Er lässt mich kommentarlos passieren.

Die Fahrt zum Ausgang scheint eine gefühlte Ewigkeit zu dauern. Meine Gedanken überschlagen sich. Ob ich wirklich das Richtige tue? Es steht völlig außer Frage, dass mich Sebastian nicht liebt. Doch ob meine Gefühle ausreichend sind, daran zweifele ich gewaltig. Dieses Vermissen auf Dauer aushalten zu können, dazu bin ich offensichtlich nicht im Stande. Ich bin verliebt in die Liebe. Dachte, nun wird alles anders, besser als jemals etwas zuvor. Aber da irrte ich gewaltig. Mein Tellerrand wuchs über Nacht zu der gewohnten Schutzmauer empor. Trotzdem zerreißt es mir das Herz bei dem Gedanken, Sebastian könnte jetzt leiden, da ich ihn verlassen habe.

Der Fahrstuhl hält im Erdgeschoss. Kaum nachdem sich dessen Türen öffnen, bricht das Blitzlichtgewitter über mich herein. Diesmal tangiert es mich reichlich wenig. Es ist mir egal, würden die Medien erfahren, wer ich bin. Ich habe schließlich ganz andere Sorgen. Ich schaue mich ein letztes Mal um, schließe die Augen und hole tief Luft. Ich weiß, sobald ich in das Taxi gestiegen bin, ist der Rummel endlich vorbei.

Selbstbewusst kämpfe ich mich durch das Foyer. Der Taxifahrer steigt aus, nimmt mir meinen Koffer ab und verlädt ihn im Kofferraum.

»Miss Sommers! Mia!«

Jason steht plötzlich neben mir.

In einer Hinsicht hat mir Steve offensichtlich einen Gefallen getan. Er hat Sebastian noch nichts von meiner Abreise erzählt. Stattdessen rief er Jason zur Hilfe.

Er schließt die Taxitür und schaut mich an:

»Ich kann Sie nicht gehen lassen!«

»Das spielt keine Rolle, Jason! Ich reise ab. Bitte lassen Sie mich einfach nur gehen!«

»Ich habe Sie nicht angelogen, Mia. Sie sind die erste Frau, an der ihm wirklich etwas liegt! Er wird es nicht verkraften!«

Meine Zehenspitzen stützen mich, um ihm einen freundschaftlichen Kuss auf die Wange geben zu können. Liebevoll und verzweifelt zugleich sehe ich Jason an.

»Doch das wird er! Danke für alles, Jason.«

»Mia, bitte!!!«

Mein Entschluss steht fest! Ich besteige das Taxi und fordere den Fahrer auf:

»Heathrow Airport, please!«

Durch die Scheibe sehe ich ein letztes Mal zu Jason hinüber:

»I´m so sorry!« spreche ich, ohne einen Ton zu verlieren in seine Richtung.

Jason lässt den Kopf fallen und das Taxi nimmt seine Fahrt auf.

Wie sehr man von sich selbst enttäuscht sein kann, war mir bisher nicht bewusst. Die Schuld für mein

Versagen suche ich nicht bei Sebastian, sondern nur bei mir.

Ich hätte von Anfang an mit offenen Karten spielen sollen. Meine Blauäugigkeit ernster nehmen müssen. Stattdessen sah ich alles als ein Spiel an. Ich überschätzte mich selbst; war der Meinung, was andere können, kann ich schließlich auch. Doch da irrte ich gewaltig! Spätestens bei den letzten Panikanfällen hätte ich in mich gehen müssen. Ich hätte wirklich einmal darüber nachdenken müssen, dass die ganze Aktion auch gnadenlos in die Hose gehen kann. Aber nein, ich war einfach zu stolz. Das Resultat, ich habe den Mann verletzt, den ich wirklich von Herzen liebe. Und dabei habe ich nicht einmal die Courage, es ihm ins Gesicht zu sagen. Stattdessen reise ich wie ein Feigling ab.

Ich schäme mich. Überlege die ganze Fahrt zum Flughafen kehrtzumachen. Vielleicht zu seinem Set zu fahren und einfach nur mal ehrlich zu ihm zu sein. Sebastian überhaupt die Chance zu geben, etwas ändern zu können. Doch auch dazu fehlt mir der Mut.

Gesenkten Hauptes besteige ich den Flieger nach Hause.

Ich schiebe meinen neuen Wohnungsschlüssel in das Schloss. Was mich nun erwarten würde, ist mir alles andere als klar. Definitiv steht die Trennungsbürokratie mit Ben unmittelbar bevor. Dass er seine Sachen holt und man den Haushalt aufteilt.

Ich bin so froh, dass der Mietvertrag nur auf

meinen Namen läuft. So fällt es doch ein wenig leichter, einen klaren Schlussstrich zu ziehen.

Meinen Koffer stelle ich im Flur ab. Auf den ersten Blick scheint sich nichts verändert zu haben. Alles ist wie ich es vor ein paar Tagen verlassen habe.

Um ein bisschen Luft zu schnappen, öffne ich alle Fenster im Wohnzimmer. Frische kühle Luft zieht durch die Wohnung. Der Herbst hat nun Einzug gehalten. Die Last der letzten Tage scheint mich nicht mehr gänzlich zu erdrücken.

Ich lehne eine gefühlte Ewigkeit auf dem Geländer meiner Terrasse und schaue in den Himmel, nachdenklich.

Wie gern würde ich die Zeit um ein paar Monate zurückdrehen, nochmal von vorne anfangen? So sehr ich es mir auch wünsche, es gibt keinen Reset-Knopf.

Ich allein bin für alles verantwortlich. Ich allein habe Alle verletzt, die mir etwas bedeutet haben. Und nun bekomme ich dafür die Quittung.

Jason hatte Recht. Karma fucks everyone! Sich diese Tatsache vor Augen führen zu müssen, tut ungemein weh. Aber mir bleibt nichts Anderes übrig. Es bringt nichts, in Selbstmitleid zu verfließen. Jetzt muss ich die Zähne zusammenbeißen und meinen Alltag so schnell wie möglich wiederfinden.

Frisch geduscht werfe ich mich in Trainingssachen und hole eine Flasche Wein aus der Küche. Als Glas ein Messbecher. Am liebsten hätte ich aus der Flasche getrunken.

Ich setze mich aufs Sofa und schalte den Fernseher an. Es läuft eine Promisondersendung. In der Hauptrolle meine Wenigkeit.

»Steuerberaterin serviert Sebastian Cleary ab.«

Hm, denke ich. Ging ja schneller als erwartet. Sie wissen nun, wer ich bin.

Unzählige Großaufnahmen von mir laufen über den Bildschirm mit den wildesten Spekulationen. »Von einem Model betrogen. Vergewaltigt und geflohen« und und und.

Die Medien haben doch echt einen Schuss, bemerke ich und exe den ersten Becher.

So viel Phantasie kann man unmöglich in die Wiege gelegt bekommen. Denn wie es wirklich war, davon sind die Reporter meilenweit entfernt. Ihre Ansichten und Meinungen haben nichts mit der Realität zu tun. Vor allem nicht, wie eine Beziehung hätte funktionieren können.

Gedankenverloren starre ich auf den Fernseher. Dem ganzen Müll Beachtung zu schenken, habe ich längst aufgegeben. Trotz, dass alle Welt nun weiß, wer ich bin, gibt mein Telefon kein Geräusch von sich. Nicht einmal eine Nachricht von Sebastian kommt.

Entweder hat er noch nicht bemerkt, dass ich abgereist bin, oder es ist ihm egal. Eins steht aber fest, er wird mich dafür hassen.

Es braucht unzählige Versuche, bis ich das Klingeln an der Wohnungstür realisiere. Ohne die Gegensprechanlage zu benutzen drücke ich den

Summer und öffne die Tür. Anni.

Sie schaut mich an, mir steigen die Tränen in die Augen. Je fester sie mich auch drückt, umso mehr laufen sie mir. Je mehr sie mich versucht zu beruhigen, desto größer werden meine Schluchzer.

»Ich habe versagt!«

»Nein, das hast du nicht! Rede dir das bloß nicht ein!«

»Ich habe mich noch nicht mal von ihm verabschiedet. Das wird er mir nie verzeihen!«

»Komm, lass uns aufs Sofa gehen und dann erzählst du mir alles wenn du willst.«

Erzählen tue ich ihr vorerst nichts. Dazu bin ich einfach noch nicht in der Lage. Vielmehr genieße ich es, nicht alleine zu sein. Anni streichelt mir über den Rücken und sagt ebenfalls kein Wort. Sie lässt mir die Zeit, die ich brauche. Wohl noch nie hat man mich so gebrochen gesehen, wie an diesem Tag. Vorwürfe macht mir Anni aber nicht, ganz im Gegenteil:

»Du brauchst einen Plan! Und dabei helfe ich dir. Es wird alles wieder gut, ganz sicher! Die Welt wird nicht untergehen, auch wenn diese Moderatorin im Fernsehen das Gegenteil behauptet. Warum schaust du dir so einen Mist überhaupt erst an?«

Mit verheulten Augen sehe ich sie an. Die Mascara brennt schrecklich.

»Jetzt hör doch mal auf zu weinen! Du solltest lieber sauer sein. Darf ich dich an Ben und Luzia erinnern? Schließlich ist das die Höhe! Ich wollte es erst gar nicht glauben, als du mir davon geschrieben hast. Da hätte jeder so reagiert, wie du. Sie haben dich eiskalt hintergangen. Dass man damit erst mal klarkommen muss, ist ja wohl logisch und wird auch ein Sebastian Cleary verstehen. Du hättest ihn halt an deiner Seite gebraucht. Das steckt man nicht so einfach weg! Und Sebastian ist auch nur ein Mann. Dem muss man es regelrecht mit einer Schaufel ins Gesicht schlagen. Von alleine verstehen Männer sowieso nichts. Das war einfach zu viel für dich! Soll ich mal mit Sebastian reden?«

»Er hat sich nicht mal gemeldet. Wahrscheinlich bin ich komplett unten durch bei ihm.«

»Ach quatsch, das glaube ich nicht! Schließlich hat er gesagt, dass er dich liebt. Also komm jetzt, Kopf hoch!«

Anni versucht mich mit allen Mitteln aufzumuntern. Mit Engelszunge spricht sie auf mich ein:

»Außerdem kommt Luzia bestimmt wieder angekrochen. Hallo? Die Nachrichten sind voll von dir und Sebastian. Davon will die Kuh doch auch ein Stück abhaben. Wetten? Wahrscheinlich glaubt sie sogar, dass du sie jetzt mit ihm verkuppelst, jetzt wo du Schluss gemacht hast!«

Anni hat es geschafft, ich muss lachen. Aber sie hat auch Recht. Genauso tickt Lu und weh tut ihr das mit Sebastian sicher. Schließlich ist er immer ihr Sebastian Cleary gewesen! Und es war ihrer Meinung nach nur eine Frage der Zeit, bis er es auch schnallt. Dass ich ihn mir gekrallt habe, ist wie das Messer nach dem Stich noch einige Male in der Wunde umzudrehen.

»Also Süße und was Ben angeht, dem helfen wir

jetzt beim Packen? Oder was?«

Verwirrt sehe ich Anni an:

»Wie meinst du das?«

»Seinen Mist packen wir jetzt erst mal zusammen und stellen es vors Haus. Wenn es jemand mitnimmt oder er es holt, kann uns ja dann egal sein, stimmt´s? Wundert mich sowieso, dass er seine Sachen noch nicht geholt hat.«

»Jason hat die Schlösser austauschen lassen, nachdem wir sie ihn München gesehen haben.«

»Echt jetzt? Ach Jason ist schon ein Mann, den man gebrauchen kann.« stellt sie schier sabbernd fest.

»Also hoch jetzt mit dem Hintern! Los geht's!«

Anni zieht mich ohne ein Widerwort zu dulden, vom Sofa.

Wir räumen wirklich ausnahmslos alles von Ben zusammen und packen es in Kartons. Jede noch so kleine Kleinigkeit von ihm. Zugegeben, es tut wirklich gut. Eine hervorragende Idee von Anni aufzuräumen, Allem Luft zu machen und Platz zu schaffen. Das Non-Plus-Ultra bei schlechter oder deprimierter Laune.

Kaum sind die ersten Kartons verpackt, die Musik ein wenig lauter gedreht, finde ich wieder zu einem Lächeln zurück. Nun bin ich bereit und kann Anni endlich die Story von Sebastian und mir erzählen. Angefangen von der Yacht im Urlaub. Weiter gemacht bei dem ersten Termin in der Kanzlei, bis hin zu Marisols Verkupplungsversuch. Dem darauffolgenden frühmorgendlichen, gigantischen Parkplatzsex sowieso. Es tut abartig gut, sich endlich mal alles von der Seele reden zu können. Eine andere Meinung zu hören. Anni kommt vor lauter Luft schnappen gar nicht nach.

»Und wo ist jetzt dein Problem? Du spinnst ja jetzt so down zu sein! Ich würde ein Fest machen!«

Sie baut mich ununterbrochen auf.

»Wenn du ja jetzt mit Sebastian durch bist, wie ist das eigentlich mit Jason? Hat er mal nach mir gefragt?«

Ich weiß genau, worauf sie hinauswill.

»Willst du seine Nummer? Er ist aber echt ein Langweiler, das komplette Gegenteil von dir!«

Anni wirft einen Karton beiseite und rennt zu mir.

»Du hast seine Nummer?«

»Ja klar, da schau!«

Ich halte ihr mein Telefon vor die Nase.

»Wie ein kleines Kind musste ich mich in London melden. Was ich wann, wie, wo, mache. Sogar wenn er mich auf Anhieb in der Wohnung nicht gefunden hat, rief er sofort an. Kannst sie haben. Ich schick sie dir.«

»Oh mein Gott, oh mein Gott, oh mein Gott!!!«

»Na, doch nicht so cool, Frau Vogel?«

Ich lache sie aus und drücke auf senden.

»Hast du echt schon auf senden gedrückt? Irgendwie kommt bei mir nichts an!? Dieses scheiß Internet!!! Wenn man es mal braucht, läuft es nicht!«

Anni tänzelt mit ihrem hoch gehobenen Telefon wild durch die Wohnung. In der Hoffnung, einen kleinen Balken Empfang erhaschen zu können.

»Oh oh.«

»Was ist? Hast du auch kein Netz?«

»Ich habe aus Versehen deine Nummer an Jason geschickt, anstatt dir seine zu schicken.«

»MIA echt jetzt??«

Sie reist mir mein Telefon aus der Hand.

»Was kannst du eigentlich?«

Normalerweise mein Spruch! Noch bevor ich darauf eine Antwort finden kann, vibriert ihr Telefon.

»Shit, ist er das? Mia schau schnell! Ist das Jason, der da anruft? Was soll ich ihm denn jetzt sagen?«

»Geh einfach ran. Der lässt eh nicht locker, bis er weiß, wem die Nummer gehört!«

Ich lasse mich aufs Sofa fallen und beginne zu schmunzeln. Zum ersten Mal seit ich Anni kenne, sehe ich sie so. Es ist ein reiner Genuss, wie unsicher sie auf einmal ist. Sie hat zum ersten Mal keine Antwort oder Masterlösung parat. Ist sie doch sonst immer die Abgeklärte, die nie etwas aus der Fassung bringen kann. Und nun? Hochgradig nervös und angestrengt, was sie als Nächstes tun soll.

»Verdammt, er hat aufgelegt. Und jetzt?«

»Ruft er natürlich bei mir an...« vollende ich den Satz und nehme, ohne sie zu fragen, natürlich den Anruf entgegen.

»Jason?«

Ich begrüße ihn am Telefon als wäre es das Normalste der Welt.

»Miss Sommers, Sie haben mir eine Nummer geschickt!?«

Bestimmend falle ich ihm ins Wort:

»Ja das ist meine Arbeitskollegin. Da ist etwas

schiefgelaufen. Ich wollte Ihnen die Nummer gar nicht schicken.«

Anni versucht krampfhaft ein paar Brocken unseres Telefonates mitzubekommen. Aber wie sehr sie ihren Kopf auch gegen meinen drückt, es gelingt ihr nicht.

»Na ja, sie mag Sie, drum…« hole ich aus.

Doch in dem Moment versetzt mir Anni einen derben Schlag gegen die Schulter. Autsch!

»Ja… ja sonst ist alles gut! Die Schlüssel haben gepasst. Machen Sie sich bitte keine Sorgen. Ich bin schon groß.«

Ich versuche ihn abzuwürgen.

»Was? Wann?« stoße ich heraus.

»Ok, dann weiß ich Bescheid. Vielleicht sieht man sich ja dann noch mal in diesem Leben. Alles Gute und Danke nochmal für alles.«

Ich lege entschlossen auf.

»Was hat er gesagt? Weiß er, wer ich bin? Mia!!! Los sagt schon!«

Anni fordert mich ununterbrochen auf, endlich zu antworten.

Irritiert schenke ich ihr vorerst keine Beachtung, sondern starre wie gebannt auf mein Telefon.

»MIA!«

»Ja ähm Jason ist demnächst nochmal in Deutschland und kommt auch in unsere Kanzlei. Irgendwas Notarielles meinte er.«

»Oh mein Gott ich sterbe! Hat er auch gesagt wann?«

»Nein, nur, dass er alleine kommen wird.«

»Oh, Ok, ich verstehe.«

»Egal jetzt. Komm, ich will endlich fertig werden!«

Ich wechsle abrupt das Thema und packe weiter Bens Sachen zusammen. Anni hingegen verharrt den restlichen Abend auf dem Sofa. Nichtssagend. Lediglich einen Schluck Wein nach dem anderen in sich reinschüttend. Die Rauchwolken über ihrem Kopf sind nicht zu übersehen. So sehr strengt sie sich an, die richtigen Worte in der ersten Nachricht an Jason zu finden.

Ihr Anblick erinnert mich an mich selbst, als ich noch vor einigen Tagen auf dem Küchenschrank saß und Sebastian die erste SMS schrieb. Endlich ist der letzte Karton gepackt. Ich nehme mein Telefon und schreibe Ben eine Nachricht via WhatsApp.

Als Erstes fällt mir sofort auf, dass er sein Profilbild geändert hat. Nun ist lediglich noch er darauf zu sehen und nicht, wie all die Jahre zuvor, ein gemeinsames Bild von uns.

Offensichtlich hat er sich damit abgefunden, dass unsere Beziehung vorbei ist. Schätzungsweise hat auch er sich besser gefühlt, dass das Versteckspiel mit Lu nun endlich ein Ende hat. Wir haben wohl alle beide wesentlich dazu beigetragen. Man könnte auch sagen, dass wir uns einig waren. Bloß nicht den Mut hatten, es auszusprechen. Allerdings will ich noch um jeden Preis wissen, wie lange das zwischen den Beiden schon läuft.

»Wenn es dir mal passt, ich habe deine Sachen soweit zusammengepackt. Kannst sie dann mal abholen. Grüße. Mia«

Nachdem zwei Haken hinter meiner Mail erscheinen, geht er auch schon online und schreibt zurück:

»Ich komme jetzt vorbei, wenn es Ok ist. Habe frei.«

Lediglich mit einem Daumenhoch-Emoji geantwortet mache ich mich nun auf das größte Drama gefasst.

Sicherlich ist auch ihm nicht entgangen, was ich die letzten Tage getrieben habe. Lu wird es ihm medientechnisch brühwarm präsentiert haben, obwohl er solche Sendungen hasst.

»Ben kommt gleich seine Sachen holen.« setze ich Anni in Kenntnis, die noch immer wild auf ihrem Telefon herumdrückt.

»Soll ich gehen oder bleiben?«

»Kannst ruhig bleiben. Das sollte ja nicht so lange dauern!«

Keine zehn Minuten später klingelt es an der Tür. Offensichtlich weiß Ben schon, dass seine Schlüssel nicht mehr passen, so dass er es erst gar nicht probiert. Ich betätige den Summer und öffne die Tür.

Innerhalb kürzester Zeit steht Ben vor mir. Schlecht sieht er aus. Tiefe Augenringe, fahles Gesicht, offensichtlich verweinte Augen. Mir ist es aber egal. Es ist zwar ein komisches Gefühl, ihn nach der Zeit wiederzusehen. Aber emotional tangiert es mich null. Das Bild von Lu und ihm in der Abfertigungshalle hat sich förmlich in meine Netzhaut gebrannt. Das kann und will ich ihm einfach nicht verzeihen, auch wenn ich kein Deut besser bin.

»Hi Babe.« begrüßt er mich gewohnt.

»Für dich wieder Mia! Die Kartons dort und dann müssen wir mal schauen, was du eventuell an Möbeln mitnehmen willst. Du kannst alles haben, bis auf das Sofa! Das behalte ich!«

Entsetzt sieht er mich an:

»Das war´s dann also?«

»Ja natürlich! Ich mein, du und Luzia. Ich bin doch nicht das fünfte Rad am Wagen!«

»Und was ist mit dir und diesem Schauspieler?«

»Da ist nichts mehr. Es ist vorbei, auch wenn es nie wirklich angefangen hat.«

»Ok. Ja, können wir dann nicht nochmal reden?«

Ben sieht mich mit tränenunterlaufenden Augen an.

Es ist kein Geheimnis, dass ich Menschen nicht weinen sehen kann. Ob es daran liegt, dass ich es für eine Schwäche halte, weiß ich nicht. Mit Ausnahme der letzten Wochen, weine ich sonst nie. Er weiß darum. Sobald er anfängt zu weinen, werde ich einknicken. Schließlich hat er es so schon unzählige Male geschafft, mich weich zu kochen. Auch diesmal merkt er, wie ich zusehends einknicke. Er unternimmt daher den ersten Versuch und geht auf mich zu.

»Wage es ja nicht, mich anzufassen!« schreie ich ihn an.

Selbst Anni schaut einen kurzen Moment von ihrem Telefon zu uns herüber.

»Mia komm schon, zwischen mir und Lu ist nichts. Das musst du mir glauben!«

Mit hochgezogener Augenbraue schaue ich ihn lächelnd an. Als ich zum Gegenschlag ausholen will steht Anni schon bei uns. Sie hält ihm ein Bild von Lu und ihm unter die Nase.

»Echt jetzt, das ist nichts?«

Er senkt seinen Kopf vor Scham, bevor er anfängt sich zu verteidigen:

»Lu hat damit nichts zu tun! Sie war halt einfach da. Mia, du weißt doch, wie sie ist. Sie ist immer da, auch wenn man es gar nicht will!«

Das ist allerdings wahr; der Punkt geht an ihn.

»Hast du mit ihr geschlafen?«

»Ach komm schon, das spielt doch keine Rolle mehr. Schließlich warst du mit dem Typ in London und ich will auch nicht wissen, was da gelaufen ist.«

»Hast du, Ben? Sag es mir! Hast du mit Luzia geschlafen?«

»Sie stand auf einmal in München vor meinem Hotelzimmer und hat mir von einem schwarzen Auto erzählt. Dass du sie rausgeschmissen hast, nachdem sie dich erwischt hat. Was sollte ich denn machen? Ich habe ihr geglaubt, dass du schon längst einen anderen am Start hast. Und es ja dann kein Fremdgehen mehr wäre. Sie hat euch doch gesehen, wie ihr es getrieben habt. Warum soll ich jetzt der Böse hier sein?«

Ben wird zusehends gereizter.

»Wir sind jetzt quasi quitt. Komm schon, willst du echt die ganzen Jahre einfach so wegschmeißen?«

Erstaunlicherweise bleibe ich mehr als ruhig.

»Also hast du?«

»Ja aber nur ein paar Mal. Ich war so fertig, weil du

einen anderen hattest.«

Anni mischt sich in das Gespräch ein.

»Ben, Luzia hat dich angelogen. Sie hat diesen Typ in dem schwarzen Auto nicht mit Mia sehen können, wie sie Sex hatten! Glaubst du echt, dass Mia so dämlich ist und es in der Sichtweite von Luzia treibt? Sie hat dich angelogen, mein Freund! Und du Idiot bist drauf reingefallen.«

Respekt! Anni fasst die Tatsachen kurz und knapp zusammen. Dem gibt es nichts mehr hinzuzufügen. Sie geht zurück auf das Sofa und widmet sich wieder ihrem Telefon.

Die anfänglichen Tränen in seinen Augen wandeln sich in blanke Wut. Und ja, Lu hat mich offensichtlich eiskalt verraten. Ich will gar nicht wissen, was sie Ben noch alles erzählt hat. Schließlich weiß Lu fast alles über mich, sofern ich es ihr anvertraut habe. Sicherlich hat sie daraus eine super Geschichte kreiert und es ihm brühwarm aufgetischt.

Keine Frage, ich bin gewiss kein Unschuldslamm. Ich habe mich nicht nur auf einer Yacht, sondern bei jeder möglichen Gelegenheit von Sebastian bumsen lassen. Aber so hintergangen habe ich sie nicht.

Ich bin von Luzia Delfino über alle Maßen enttäuscht. Es ist so klar, wie das Amen in der Kirche, dass sie für alle Zeiten für mich gestorben ist.

»Alle Kartons bitte! Wegen den Möbeln reden wir ein anderes Mal. Das Schlafzimmer kannst du mitnehmen. Ich will kein Bett, in dem du Luzia gefickt hast. Da wird mir schlecht.«

Verachtend und angewidert sehe ich Ben an.

»Jetzt lass mal die Kirche im Dorf! Wir lagen nicht mal auf deiner Seite!« entweicht ihm bei dem Versuch, zu retten, was noch hätte eventuell gerettet werden können.

Wie vom Blitz getroffen, dass ich wirklich Recht zu haben scheine, wende ich mich ihm zu:

»Es sind neue Schlösser drin! Wie hättest du mit Lu in unserem Bett ficken können?«

Ben errötet, offensichtlich realisierend, sich nun endgültig verraten zu haben.

»Wie lange geht das schon mit euch? Demnach ja länger als eine Woche!«

»Ist doch jetzt auch egal.«

Er bricht das Gespräch ab und nimmt den ersten Karton, um ihn aus der Wohnung zu tragen. Derweilen geselle ich mich wieder zu Anni aufs Sofa. Krampfhaft versuchend, mich abzulenken, um nicht vollends zu eskalieren.

Anni hat bei der ganzen Aufregung zwischenzeitlich wirklich eine Nachricht an Jason zusammengebracht und wartet nun gespannt auf seine Antwort. Trotzdem frage ich sie gezielt:

»Hast du das jetzt gehört?«

»Ich habe dir doch schon immer gesagt, dass Luzia auf Ben scharf ist. Hast es mir ja nicht geglaubt.«

Ihre kurze und zutreffende Zusammenfassung ist ernüchternd.

»Dieses Dreckstück!« brumme ich in meinen nicht vorhandenen Bart und nehme einen großen Schluck Wein.

Bevor Anni ein weiteres Mal ihre neunmalklugen

Sprüche kundtun kann, vibriert ihr Telefon. Es ist Jason. Sie nimmt den Anruf, wie ein verliebter Teenie, dieses Mal sofort an und verdrückt sich ins Schlafzimmer.

»Viel Glück, Süße!« rufe ich ihr nach.

»So das waren alle.« erklingt es von der Wohnungstür. Ich stehe auf und gehe zu Ben.

»Wohin soll ich dir deine Post schicken oder hast du schon einen Nachsendeauftrag?«

Ben kann mir nicht einmal in die Augen schauen, um mir die Frage zu beantworten.

»Ok, alles klar. Dann weiß ich Bescheid. In diesem Sinne, alles Gute für dich.«

Ich verabschiede mich gefühlskalt von ihm und weise ihm armhebend den Weg aus der Wohnung. Ohne ein weiteres Wort zu verlieren geht er und lässt die Tür hinter sich in das Schloss fallen. Rücklings gegen diese gelehnt bemerke ich:

»Was für ein Tag.« und hole tief Luft.

Ab sofort heißt es, dem Leben wieder alleine in den Hintern zu treten. Quasi: Alles auf Anfang.

ELF

Die kommenden Tage verlaufen ganz nach meinem Geschmack. Ich bin fest entschlossen, meine restliche Urlaubszeit vollends auszunutzen. So mache ich mich bereits in aller Früh auf den Weg in Richtung Baumarkt. Neue Farbe soll her! Allgemein soll alles in der Wohnung nun genau nach meinem Geschmack sein. Ohne dass ich in der Farbwahl oder Einrichtung auf Irgendjemand Rücksicht nehmen muss.

Das Wohnzimmer soll einen grünen und die Küche einen hellgrauen Anstrich bekommen. Für die übrigen Zimmer fällt mir spontan nichts ein.

Mal ganz davon abgesehen, dass ich grundsätzlich kein spontaner Mensch bin. Solche Dinge müssen gut durchdacht sein. Eine Tatsache, die ich leider in den letzten Wochen viel zu sehr schleifen ließ. Wo es mich letztendlich hingebracht hat, ist allseits bekannt.

Nun, trotz Allem bin ich wild entschlossen und hoch motiviert, wie seit vielen Jahren nicht mehr.

Online bestelle ich ein neues und vor allem weiches Bett nebst zwei Nachttischen, was man im Expressverfahren liefern lassen kann. Alles, was hinsichtlich der Dekoration an Ben erinnert, stelle ich kurzerhand auf Ebay, um es meistbietend zu verhökern. Gleiches gilt auch hinsichtlich seines gesamten Schlafzimmers. Ben hat sich nicht gemeldet, ob er es haben will, darum habe ich es verkauft. Ganz einfach. Noch am gleichen Tag kam ein junges Pärchen. Sie bauten alles ab und nahmen es mit.

Das Geld wechselte den Besitzer. Eine willkommene Abwechslung für mein Konto. Denn ich habe Großes vor.

Bens ehemaliges Büro im Obergeschoss der Wohnung wird spontan mein neues Schlafzimmer. Das kleine Gästezimmer nebenan zum Ankleidezimmer. Mein neues Bett wird so ausgerichtet, dass ich morgens bei schönem Wetter direkte Alpensicht habe.

Wobei mich die vom Erd- bis Obergeschoss durchgehende Fensterfront mit schmutzigen Scheiben schon beim Pläneschmieden von dem Zimmertausch fast abgebracht hat.

Genau genommen ist das Obergeschoss lediglich von einer Wendeltreppe zum Erdgeschoss getrennt. Es gleicht eher einem verglasten Balkon. Mein Renovierungswahn zieht sich weiter über diverse Bilderrahmen in weiß und schwarz, bis hin zu neuen Sofakissen. Nicht zuletzt neue Bettwäsche.

Der Gedanke, in Laken schlafen zu müssen, in denen Ben und Luzia mal Sex hatten, widert mich maßlos an. Allerdings treiben mich solche Tatsachen auch an, diesen Rundumschlag in der Wohnung zu vollbringen. Egal wie anstrengend alles ist. Denn nun weiß ich, dass alles meins ist.

Ich rede mir ruckzuck glaubend ein: „Wer braucht schon Männer, wenn er glücklich ist!"

Ich war jetzt jahrelang in einer Beziehung. Es wird endlich Zeit, auf andere Gedanken zu kommen. Den ganzen Gefühlskram wieder weit weg von mir zu schieben! Und endlich meine restliche Jugend zu genießen. Soviel Zeit bleibt mir ja mit Ende Zwanzig nicht mehr.

Das Wohnzimmer und die Küche erfreuen sich noch am gleichen Tage einer neuen frischen Farbe. Die ebenfalls neuen weißen Bilderrahmen machen sich hervorragend an den grauen und grünen Wänden.

Zufrieden sitze ich auf dem Boden und begutachte mein Tageswerk. Mehr als erschöpft sowie über und über mit Farbe bekleckert öffne ich mir eine Flasche Desperados.

Mei, bin ich stolz auf mich! Und vor allem glücklich über die von meiner Mutter geerbte Gabe, handwerklich geschickt zu sein.

Offensichtlich bin nicht nur ich stolz auf meine Arbeit. Vor der Terrassentür sitzt eine kleine schwarzweiße Katze und schaut zitternd zu mir herein. Herzallerliebst sieht sie aus, aber auch offensichtlich frierend und miauend.

Grundsätzlich bin ich kein Freund von Tieren in der Wohnung. Aber, da ich mein Leben ja nun wirklich in jeglicher Hinsicht ändern will, beschließe ich dem jungen Fellknäul die Terrassentür zu öffnen. Ohne jegliche Umschweife schaut sie sich in meiner Wohnung um. Ihre Art, alles miauend zu begutachten lässt mir das Herz aufgehen. Sie schwänzelt mir um die Beine, reibt ihren Kopf an meiner Hand; wohl in der Hoffnung, so einen kleinen Leckerbissen von mir ergattern zu können. In der Küche finde ich eine kleine Dose Thunfisch im Vorratsschrank und stelle sie ihr auf den Boden. Ohne nach links oder rechts zu schauen, putzt sie den Teller blitzeblank.

Ein schönes Tier, denke ich. Vier weiße Pfoten und eine weiße Schwanzspitze, im Übrigen vollumfänglich schwarz. Große blaue Augen, die auf das enorm junge Alter des Tieres schließen lassen.

Auch wenn sie sicherlich einen Besitzer hat, taufe ich den ungebetenen, aber willkommenen Gast, wegen ihres prall gefüllten Bauches ´Möpschen´.

Ein letztes Mal streiche ich ihr über den Rücken, bevor ich mich wieder meinem Wohnzimmer widme. Ich bin natürlich überzeugt, dass die Katze den Weg alleine wieder aus der Wohnung finden wird. Darum schenke ich ihr keine weitere Beachtung. Vielmehr fange ich an, das Chaos zu beseitigen.

Als Erstes nehme ich die Folien vom Sofa und den Kommoden und ziehe die Klebebänder von den Scheuerleisten. Mein Wohnzimmer erstrahlt in einem neuen Bild!

Bis tief in die Nacht putze ich bei dieser Gelegenheit das gesamte Wohnzimmer. Die Küche wird auf Hochglanz poliert. Das Sofa bekommt einen neuen Platz, gleiches hinsichtlich der Kommoden und Pflanzen. Fix und fertig lasse ich mich auf das Sofa fallen. Meine Füße landen ausnahmsweise auf dem Couchtisch.

Normalerweise ein absolutes No-Go, das mir bei Ben immer das Blut kochen ließ. Aber hey, nun bin ich es und es ist mein Tisch.

Am nächsten Morgen schlafe ich für meine

Verhältnisse recht lang. Schließlich habe ich keine Termine. Außerdem steht längst der Plan hinsichtlich der weiteren Renovierung meiner Wohnung. Die Kaffeemaschine und das Radio angestellt, gehe ich erst einmal duschen.

Die Dusche tut unglaublich gut. Zum ersten Mal seit langem denke ich an nichts Anderes, als an meine Wohnung. Mit einem großen Pott Kaffee vor mir verfolge ich trotzdem gespannt die Nachrichten im Radio. Man höre und staune, endlich mal keine News von Cleary und Aschenputtel. So sensationsgeil die Medien auch sind, so schnell verlieren sie an einem Thema wieder das Interesse.

Verdammt, denke ich ironisch. Habe ich mir doch nicht genug Mühe gegeben, um dauerhaft die Klatschpresse zu beschäftigen.

Einen weiteren Kaffee später beschließe ich, seit langem mal wieder meine Social-Media-Seiten zu begutachten. Mal schauen, was sich so getan hat.

Ich bin erstaunt! Auf Facebook bekam ich weit über 500 Freundschaftsanfragen. Allesamt von mir unbekannten Leuten.

Einen kurzen Moment bleibe ich auf den Nachrichten im Messenger hängen. Einige nett, einige alles andere als nett. Teilweise sogar Hassreden. Wie ich es wagen kann, so mit Sebastian umzugehen.

Hm, denke ich. So sieht also ein Shitstorm aus. Wieder was gelernt und schließe den Messenger umgehend.

Die Kaffeetasse unmittelbar vor dem Mund

haltend schaue ich mich ein weiteres Mal in der Wohnung um. Was mache ich denn jetzt zuerst, frage ich mich selbst. Das Wohnzimmer sieht perfekt aus, die Küche ebenfalls.

Spontan beschließe ich, weil das Wochenende unmittelbar bevorsteht, zuerst Lebensmittel einkaufen zu gehen.

Somit steht der Plan. Das ganze Wochenende vor der Glotze hängen, sobald die Renovierungsarbeiten fertig sind. Und nichts, wirklich überhaupt nichts, soll mich von diesem Plan abbringen können.

In meiner Entschlossenheit schaue ich raus auf die Terrasse, um abschätzen zu können, was ich zum Einkaufen anziehen soll. Blitzartig mache ich die Terrassentür auf, als ich zusammen gekrümmt das Möpschen liegen sehe. Auf leisen Sohlen nähere ich mich ihr. Sie ist eiskalt und scheint die ganze Nacht auf meinem Liegestuhl geschlafen zu haben. Mit verklebten Augen sieht sie mich miauend an. Mir blutet das Herz, sie so zu sehen.

Wobei, ist es überhaupt eine sie? Man sagt ja die Katze, aber vielleicht ist es auch ein Kater.

Ich stelle meine Kaffeetasse ab und nehme sie hoch. Sie ist wirklich völlig durchgefroren, so klein wie sie ist. Spontan beschließe ich, meinen Plan zu ändern und ihr vorerst und natürlich nur vorübergehend, ein kleines Plätzchen im Wohnzimmer herzurichten. Gerade lang genug, bis sie wieder warm ist. Ich drapiere die Couchdecke zu einer Art Mulde und lege sie hinein. Mit großen, blauen Augen sieht sie mich an.

Erstaunlich, der gleiche Blick wie Sebastian. Sogar die gleiche Augenfarbe, stelle ich amüsiert fest und knuddle sie einmal liebevoll.

Ununterbrochen beginnt sie zu niesen. Können Katzen etwa allergisch sein? Kann sie mich nicht riechen? Entsetzt sehe ich sie an.

Ich google den nächsten Tierarzt. Zuvor habe ich online gelesen, wie schnell Babykatzen krank werden.

Kaum zehn Minuten später liegt sie auch schon in meinem Einkaufskorb auf der Beifahrerseite meines Autos.

»Also Möpschen, lieb sein! Wir fahren jetzt erst mal zum Doktor. Mal schauen, was der zu dir sagt, gell?«

Ich rede wie eine Irre ununterbrochen auf das Tier ein. Ist es nun wirklich so weit gekommen? Bin ich zu einer Endzwanzigerin geworden, die mangels Sozialleben mit Tieren spricht? Der Gedanke belustigt mich zwar zum einen, zum anderen sehe ich mich aber schon tot auf dem Wohnzimmerboden liegen, wie sie mich isst. Die Horrorvorstellung schlechthin!

»Ach Mia, du spinnst ja!!!« ermahne ich mich selbst und fahre weiter.

Der Tierarzt begutachtet das Kätzchen eingehend. Sie ist in der Tat eine sie und kaum acht Wochen alt. Laut Tierarzt wohl eher ausgesetzt, als in einem kuschligen Zuhause daheim.

Wieder spreche ich auf die Katze ein:

»Ach Möpschen, dann bleibst du halt erst mal bei mir, gelle? Das kriegen wir schon hin!«

Der Tierarzt beginnt zu schmunzeln.

»Sie hat Ihr Herz wohl schon im Sturm erobert was?«

Kopfnickend stimme ich zu.

»Kann ich sie jetzt wieder mitnehmen? Wobei, ich bin gar nicht auf eine Katze eingerichtet. Was braucht so ein Tier überhaupt alles?«

»Fressen, einen Kratzbaum, eine Schlafgelegenheit und natürlich viel Fürsorge. Eine Katze ist eine Entscheidung für die nächsten 15 Jahre!«

»Wie lang?«

Ich schaue ihn entsetzt an.

»Ich habe erst eine Beziehung hinter mir! Na ja, genau genommen zwei… Ich wollte mich noch nicht wieder fest binden.«

Der Tierarzt beginnt zu lachen.

»Ja das kenne ich. Ich bin auch frisch geschieden. Da sucht man zuerst eher etwas Unverbindlicheres, richtig?«

Moment mal, flirtet er etwa mit mir? Blonde Männer sind zwar gar nicht meine Vorliebe, aber dieser Arzt hat etwas. Braune Augen, ein sehr entzückendes Lächeln. Sofort beginne ich ihn unbewusst von oben bis unten zu mustern.

»Katzen sind Einzelgänger. So viel Zeit wie ein Mann wird das kleine Tier sicher nicht in Anspruch nehmen. Trotzdem muss es gut überlegt sein. Ich kann sie auch dem Tierschutz übergeben? Das sollte kein Problem sein. Dann findet sie sicher ein schönes Zuhause.«

»Und wenn nicht? Nein, ich nehme sie wieder mit. Allerdings muss ich erst mal einkaufen. Kann ich sie eventuell so lange hierlassen und sie auf dem Rückweg abholen? Meine Wohnung wurde gerade renoviert. Da möchte ich sie ungern alleine lassen.«

»Ja natürlich. Meine Angestellte ist durchgehend da, auch über Mittag. Sollte ich nicht anwesend sein, gebe ich Ihnen vorsichtshalber mal meine Karte. Auch mit meiner privaten Nummer. Nur falls Sie noch weitere Fragen haben.«

Geschmeichelt lasse ich mir die Karte geben und packe sie sicher in meine Handtasche. Man weiß ja nie!

»Ok, dann sehen wir uns später.«

Ich verabschiede mich nicht nur vom Tierarzt, sondern auch von Möpschen. Schon auf dem Weg zum Auto studiere ich nicht über den attraktiven Arzt. Vielmehr darüber, wo man am besten alles für eine Katze zu kaufen bekommt. Schließlich hatte ich noch nie eine Katze.

Da ich mir darauf keinen Reim machen kann, nehme ich erst mal die Fahrt Richtung Einkaufszentrum auf.

Kaum, dass ich die Einfahrt passiere, sehe ich schon unmittelbar neben dem Supermarkt einen großen Tierladen.

Ha, als ob das nicht Schicksal ist, stelle ich fest.

Zuerst kaufe ich Lebensmittel ein, dann geht es auf direktem Wege in den Tierladen.

Ich bin geflasht, was es alles für Katzen gibt! Unzählige Spielzeuge, Kratzbäume in unterschiedlichen Höhen, Farben, Ausführungen, einfach Wahnsinn! Näpfe mit Fischgrätenmuster oder

Namen. Alles was das Herz begehrt. Kurzerhand schnappe ich mir einen gelangweilten Verkäufer, der heute sicher ein kleines Vermögen an mir verdienen wird.

Der Einkaufswagen quillt über. Katzentoilette, natürlich zwei, da man die für eine große Wohnung braucht. Kackhaufenschaufeln, wobei der Gedanke echt widerlich ist. Näpfe, Leckerlis, Nass- und Trockenfutter, natürlich für Babykatzen. Spielzeug, zwei Körbchen zum Schlafen, eine Transportbox für Tierarztbesuche. Eine Schnuffeldecke und und und.

Da Möpschen aber eine Lady ist, werden diverse Utensilien natürlich auf die Dame abgestimmt. Nicht zuletzt farblich auf den vorgesehenen Standort in der Wohnung.

Die Rechnung steigt ins unermessliche. So dass mir der zwischenzeitlich fröhliche Verkäufer als kleines Dankeschön einen Katzenratgeber schenkt. Welch Ironie.

Mein Auto knict nieder vor lauter Einkäufen. Der Kofferraum, die Rückbank und auch der Beifahrersitz sind voll mit unzähligen Tüten. Spontan beschließe ich, erst einmal zu Hause vorbeizufahren, um alles auszuladen.

Ich hätte Möpschen ja so mangels Platzes nicht mehr ins Auto bekommen.

Mühselig trage ich eine Tüte nach der Anderen in die Wohnung. Meine Nachbarin, dieses neugierige Biest, mit ihrem kläffenden Köter, beobachtet mich argwöhnisch. Anstatt mir einfach einmal unter die

Arme zu greifen, stimmt sie an:

»So, Frau Sommers, Ihr Mann ist weg und dafür zieht jetzt eine Katze ein?«

Dieses schnippische Weib!

Hochgradig genervt von dieser Kuh versuche ich mir nichts anmerken zu lassen. Trotzdem holt sie zum nächsten Schlag aus:

»Sie wissen aber schon, dass man für ein Haustier die Zustimmung des Vermieters braucht, oder?«

Entsetzt wende ich mich ihr zu:

»Echt jetzt? Auch für eine Katze?«

»Na ja, bei Ihnen sollte das ja kein Problem sein. Schließlich gehört Ihnen die Wohnung ja, wie die Nachbarschaft munkelt.«

Irritiert schaue ich sie an. Um weiteren Diskussionen aber aus dem Weg zu gehen tue ich das mit einem kurzen »stimmt!« ab und schließe hinter mir die Tür.

Wer weiß, was diese Hexe schon wieder alles gehört oder sich zusammen gesponnen hat. Schließlich ist sie für ihre übertriebene Neugier in der Straße bekannt.

Kaum, dass ich alle Tüten ausgeräumt und die Lebensmittel versorgt habe, sitze ich auch schon wieder im Auto. Auf direktem Wege meine neue Mitbewohnerin abzuholen.

Möpschen fühlt sich augenblicklich in der Wohnung wohl. Ihr erstes direkt neben dem Sofa stehende Körbchen, will sie aber nicht akzeptieren.

Sie ist eine sture Katze, die immer daliegen will, wo

ich liege. Das geht mir zwar gehörig gegen den Strich, aber SIE hat das größere Durchhaltevermögen.

So schließen wir den Kompromiss, dass eins ihrer Körbchen einen Platz auf dem Sofa findet.

Von da an schläft und schläft und schläft sie.

Katzen scheinen wirklich Einzelgänger zu sein. Die meiste Zeit des Tages ist sie überhaupt nicht zu bemerken. Obwohl sie noch ein wenig kränkelt, ist sie eine angenehme Mitbewohnerin. Lediglich ihr Geschäft auf dem Katzenklo ist alles andere als gesellschaftstauglich.

Während sie so friedlich auf dem Sofa schläft, räume ich derweilen weiter um. Das Bett und die neuen Nachttische stehen. Die weißen, ebenfalls neuen Kunstfelle drapiere ich um das Bett. In der vorderen linken Ecke findet einer der beiden, neuen Kratzbäume von Möpschen seinen Platz. So hat sie beim chillen ungehinderte Sicht nach draußen.

Die in unserem ehemaligen Schlafzimmer auf dem Boden verteilten Klamotten, finden ihren neuen Platz im obigen Ankleidezimmer. Das ehemalige Schlafgemach bietet nun ausreichend Platz für mein zukünftiges Büro.

Die Betten werden frisch bezogen. Natürlich vorher mit neuem Waschmittel gewaschen. Schließlich soll absolut nichts mehr an Ben erinnern, auch kein lumpiges Waschmittel.

So ist das Schlaf- und Ankleidezimmer endlich fertig. Yeah! Endlich!

Leise gehe ich wieder in das Wohnzimmer, um per Anruf Abendessen zu ordern. Asiatisch. Einer meiner absoluten Lieblingsessen. Und das nicht erst, seit Ben und ich vor zwei Jahren über fünf Wochen hinweg Asien bereisten.

Ich mag die Länder, die Leute und vor allem das Essen.

Wobei das in Deutschland zu bekommende, asiatische Essen, eher eine Interpretation der tatsächlichen Küche ist.

Um die Lieferzeit zu überbrücken, springe ich ein weiteres Mal unter die Dusche.

Die Haare binde ich mir zu einem lässigen Knoten zusammen. Bevor ich in meine heiß geliebte Yogahose und ein übertrieben großes Baseballshirt schlüpfe. Ferner richte ich meiner Mitbewohnerin das Abendessen. Alles ist nun fertig für einen perfekten Fernsehabend unter Mädels.

Vor uns auf dem Sofatisch stehen Unmengen von asiatischem Essen. Es fällt schwer, sich für etwas als Erstes zu entscheiden. Nicht selten habe ich die Karte einmal rauf und wieder runter bestellt. So wie auch heute.

Möpschen liegt wieder in den tiefsten Träumen und beginnt allen Ernstes zu schnarchen. Ich kann es nicht fassen! Kaum habe ich alle Schnarcher aus meinem Leben verbannt, fängt sie mit schnarchen an.

Amüsiert über die Tatsache, kommt mir der Tierarzt wieder in den Sinn. Ausführlich aufgeklärt hat er mich, aber nicht über das Schnarchen.

Sicherlich hätte er sich denken können, dass ich es mir dann eventuell anders überlegt hätte.

Ich schmunzele vor mich hin. Im Fernsehen beginnt via Streamingdienst der zweite Teil der Batman Dark Knight Trilogie zu starten.

Eigentlich kann mich nichts, und damit meine ich absolut nichts, von dem Hauptdarsteller Christian Bale in seiner Rolle ablenken. Außer vielleicht meine wachsende Lust, da er in den Filmen der Inbegriff von Sex für mich ist.

Doch diesmal, Fehlanzeige! Ich stehe auf und wühle in meiner Handtasche nach dem Visitenkärtchen des Tierarztes. »Daniel Rogge, Veterinärmediziner«

Penibel studiere ich seine Karte.

Tatsächlich, eine Handynummer wurde handschriftlich ergänzt. Allerdings mit den Worten „für Notfälle“. Diese Anführungszeichen lassen mich grübeln. Was er wohl unter Notfälle versteht? Eine hustende Katze? Eine schnarchende Katze, die jeden Moment von ihrer neuen Besitzerin ausgesetzt wird? Oder sogar Notfälle des Frauchens selbst?

Nur der Neugier geschuldet gebe ich seine Nummer in mein Telefon ein. Einfach und ausnahmslos um zu wissen, ob er auch WhatsApp nutzt. Und ja, natürlich, wie wahrscheinlich jeder auf der Welt, außer Sebastian.

Ich stopfe mir eine Gabel mit Nudeln in den Mund, lehne mich auf dem Sofa zurück und beginne zu tippen:

»Katze schnarcht. Notfall?« und schicke es ab.

Keine Sekunde später geht Herr Daniel Rogge, Veterinärmediziner, online. Gebannt starre ich auf mein Telefon. Online wechselt sich in schreibt, zurück in online und wieder in schreibt. Leider kommt keine Antwort an, so dass ich es schon bereue, überhaupt geschrieben zu haben.

Ich schäme mich und werfe das Telefon in die Sofakissen. Nun gut, zurück zum Film und esse weiter. Mit einem Ohr aber hinhörend, ob der Vibrationsalarm angeht. Und ja, er tut es. Gespannt öffne ich wieder den Messenger-Daniel Rogge:

»Ja, Notfall. Katze aufwecken oder Mann suchen, der lauter schnarcht.«

Keine Emoji, nichts. Will er jetzt mit mir flirten oder mich lächerlich machen? Challenge accepted schreib ich zurück:

»Kein Mann in Sicht, nur Unmengen an asiatischem Essen und Batman in der Glotze.«

»Absoluter Notfall! Das bedarf ärztlichem Beistand!!!«

Oh oh Mia, dämmert es mir. Will er jetzt etwa vorbeikommen? Und wenn ja, dann bestimmt nicht, um Möpschen beim Schlafen zuzuschauen. Andererseits, es würde sicher ein netter Abend werden. So ganz allein unter Mädels ist ja auch blöd. Und das Essen würde ich sicher das ganze Wochenende nicht schaffen. Na ja, und ganz so schlecht sieht er auch nicht aus. Was soll´s, ich bin schließlich ein Single, warum also nicht? Wir sollten uns kennenlernen!

Ein weiteres Mal unüberlegt schreibe ich zurück:

»Tatort bekannt?«

Allmählich frage ich mich wirklich, wer ich überhaupt bin.

»Ja, aus Akte.«

»Hä, ist der etwa noch in der Praxis, dass er meine Anschrift parat hat? Also Katzentier, wenn ich heute Abend mit diesem fremden Mann schlafen sollte, bist du schuld, ist ja wohl klar! Er ist dein Arzt und nicht meiner!«

Ich spreche mal wieder wie blöd auf Möpschen ein. Ein kurzes Miauen ihrerseits signalisiert mir, dass sie rein gar nichts verstanden hat und einfach ihre Ruhe will.

Sympathisches Tier, denke ich und gebe ihr einen Kuss auf den Kopf, bevor es schon an der Wohnungstür klingelt.

Ich wische mir den Mund ab und gehe schnellen Fußes zur Gegensprechanlage.

»Ja?«

»Veterinärmediziner im Einsatz!«

Ein Lachen kann ich mir nicht verkneifen und sage:

»Links, bitte. Es ist ernst.«

Ich öffne die Wohnungstür. Vor mir steht ein hoch gewachsener Mann. Schätzungsweise Mitte Dreißig. Der noch am Morgen angelegte weiße Kittel weicht einem schwarzen Hoodie über einer hellblauen Jeans und schwarzen Adidassneakers. Keine Frage, er sieht wirklich zum Anbeißen aus.

»Guten Abend Frau Sommers.«

»Mia, bitte.«

»Daniel! Wo ist der Patient?«

»Auf dem Sofa!«

Ich zeige ihm handhebend den Weg.

»Jesses Maria!« schreit er auf.

»Was ist, was ist? Geht es ihr nicht gut?«

Ich laufe entsetzt hinterher.

»Das ist echt verdammt viel Essen!«

»Ha ha.«

Daniel nimmt unaufgefordert auf dem Sofa Platz und stellt seinen Koffer unter den Couchtisch. Uns beiden ist sicherlich klar, dass er nicht wegen Möpschen hier ist. Trotzdem beginnt er ohne weitere Umschweife, sie zu untersuchen.

»Alles in Ordnung. Das Schnarchen kommt von dem Schleim. Das sollte sich in den nächsten Tagen wieder legen.«

»Gut.« erwidere ich.

»Gut.« schaut er mir in die Augen.

Irgendwie habe ich das Gefühl, er wolle mich jeden Moment küssen. Absolut unvorbereitet, darum lenke ich ab.

»Magst du asiatisches Essen?«

Grinsend senkt er den Kopf und schaut erneut zu mir rüber.

»Ja, sehr gern sogar.«

»Ok, ähm dann bediene dich. Desperados dazu?«

»Sehr gern.«

Auf dem kürzesten Weg gehe ich in die Küche. Nicht nur um ihm ein Bier zu holen. Sondern vor allem, um mir einen Reim darauf zu machen, was ich jetzt echt getan habe.

Ich habe einen wildfremden Mann zu mir

eingeladen, um ihm asiatische Essen und ein Bier anzubieten. Man Mia, wie jämmerlich bist du eigentlich?! Er muss ja denken, dass ich nicht ganz dicht bin!

Verunsichert gehe ich zurück zu Daniel ins Wohnzimmer. Er hat es sich schon neben Möpschen bequem gemacht und beginnt die erste Asia-Box zu leeren.

»Die Batmanreihe ist klasse. Kenne sie alle. Ich kann da schon mitspielen. Krass echt! Ich habe noch nie eine Frau kennengelernt, die auf Bier und Batman steht.«

Um ein Vielfaches beruhigter setze ich mich zu ihm und wir stoßen an.

Daniel und ich scheinen wirklich auf einer Wellenlänge zu sein. Es ist förmlich Freundschaft auf den ersten Blick. Auch wenn er, zugegeben, echt heiß ist.

Zweieinhalb Stunden später ist der zweite Teil auch schon vorbei. Da sitzen wir nun, nebeneinander auf den Fernseher starrend.

Schätzungsweise wartet er darauf, dass ich entscheide, wie es weitergehen soll.

Die Ruhe ist unheimlich. Anstalten zu gehen macht er aber auch nicht. Schließlich ist Freitagabend. Normalerweise sollte man etwas Besseres oder Aufregenderes zu tun haben, als bei einer Wildfremden vor der Glotze zu hängen.

Da die Chemie zwischen uns aber stimmt, entscheide ich mich, die Situation zu klären:

»Lust auf den dritten Teil?«

Er schaut mich verdutzt an. Ich lege nach:

»Du kannst auch gern bleiben, wenn du noch ein oder zwei Bier trinken willst. Außerdem weiß ich ja nicht, was Möpschen heute Nacht zustoßen könnte. Da wäre es schon besser, einen Fachmann an der Seite zu haben. Also natürlich nur, wenn du noch keine anderen Pläne hast?«

Ich lächele ihn erwartend an.

»Weißt du was? Das machen wir so! Aber vorher, wo ist denn dein Badezimmer?«

»An der Küche vorbei rechts.«

Während Daniel im Bad verschwindet hole ich zwei Bier aus der Kälte von der Terrasse. Bei der Gelegenheit rauche ich auch noch eine.

Wobei, das Rauchen macht mir schon eine längere Zeit keinen Spaß mehr. Sogar daran hängen blöderweise Erinnerungen.

Daniel kommt zu mir auf die Terrasse und nimmt mir die zwei Flaschen ab.

»Du rauchst?«

»Ja, blöde Angewohnheit, ich weiß.«

»Finde es ja erstaunlich, was Frauen alles in den Mund nehmen…«

What the fuck!?!? Hat er das jetzt echt gesagt? Um mich zu vergewissern, frage ich vorsichtshalber nach:

»Bitte was?«

»Nichts nichts… Wohnst du hier ganz alleine? Die Wohnung scheint ja riesig zu sein!«

Daniel lenkt grinsend vom Thema ab.

»Ja, seit neustem wieder. Sie geht oben noch weiter. Willst du sie sehen?«

»Gern.«

An ihm vorbei gehe ich die Wendeltreppe zu meinem frisch eingerichteten Schlafreich hinauf, er mir folgend. Daniel schaut sich beeindruckt um.

»Wow. Respekt.«

»Danke. Habe es erst vor kurzem neu eingerichtet.«

Mit vor Stolz schwellender Brust stehe ich vor ihm. Ohne ein weiteres Wort des Lobes, kommt er mir immer näher.

»Also ist das Bett quasi noch jungfräulich?«

Das Herz rutscht mir in die Hose doch scheiß drauf, ich will unabhängig und frei sein, darum:

»Ja, noch!«

Keine Sekunde später springen wir uns um den Hals. Viele Worte wechseln wir nicht mehr. Herr Veterinärmediziner Daniel Rogge gibt es mir in dieser Nacht in meinem neuen Bett dreckiger, als er es wohl jedem Vieh im Stahl hätte geben können. Es wird gebissen, geknabbert, gesaugt und geleckt. Schlicht unverbindlicher, harter Sex. Ohne jegliche Tabus oder peinliche Stellungswechsel. Genau das, was ich jetzt gebraucht habe und er allein, der Fremde, war Derjenige, der es mir geben konnte.

ZWÖLF

Mein Urlaub ist nun vorbei. Der, der offiziell als Kurztrip zu meiner Familie nach Berlin geplant war und letztlich in einem einzigen großen Desaster endete.

Sozialtechnisch bin ich nun vollkommen auf mich allein gestellt. Nur Anni steht mir bei. Auf einmal habe ich verdammt viel Zeit zum Nachdenken. Nur meine neue, haarige Mitbewohnerin lenkt mich ab.

Weder Daniel, noch Sebastian oder Ben und Luzia haben noch mal etwas von sich hören lassen. Wobei ich nicht mal weiß, was ich gern von jedem Einzelnen gehört hätte.

Der unverbindliche Sex mit Daniel war hervorragend. Ich ziehe ernsthaft in Erwägung, aus dieser ganzen Aktion eine Freundschaft-Plus-Geschichte zu kreieren. Schließlich sind wir absolut auf einer Wellenlänge. Schätzungsweise ist das auch in seinem Interesse.

Mit Ben und Lu werde ich zwangsläufig noch einmal das Gespräch suchen müssen. Vor allem mit Lu. Die ganze Geschichte will ich so nicht auf mir sitzen lassen.

Na ja, und Sebastian? Den kann ich unter dem Kapitel »kurz, intensiv, heftig und auf jeden Fall eine Erfahrung wert gewesen« abheften. Das einzig Gute an Allem ist, dass ich wirklich was gelernt habe. Ich will definitiv so bleiben, wie ich bin. Eine zwangsgestörte Steuerberaterin, die ihren Beruf liebt und nun endlich wieder auf eigenen, unabhängigen Beinen steht. Mit einem meterhohen Tellerrand und einer emotionslosen Lebenseinstellung.

Einen Rückschritt in die Glamourwelt schließe ich gänzlich aus. Mal ganz davon abgesehen, besteht auch nicht im Entferntesten Aussicht darauf.

Ein letztes Mal schaue ich mich im Rückspiegel an, bevor ich aus dem Auto steige. Ein neuer Arbeitstag soll beginnen.

Anni war so nett und hat mir gestern noch einen neuen Look verpasst. Es ist schließlich ein ungeschriebenes Gesetz, dass Frauen gern ihr Aussehen nach einer Trennung verändern.

So schnitt sie meine zwischenzeitlich viel zu lang gewordenen braunen Haare. Sie reichen nun bis unter die Schultern. Sie verpasste mir einen Ombrestyle zwischen Mokkabraun bis hin zu den Spitzen blond, getoppt von leichten Wellen. Genau mein Geschmack! So hätte ich mich den unzähligen Photographen präsentieren sollen. Da hätten sie mich sicher nicht mit einem Landei verglichen, eher mit einem Model. Auch die Schlagzeile, dass Steuerberaterinnen sexy sind, hätte ich mir vorstellen können. Zumindest hätte man sich keine Gedanken mehr über Nachwuchskräfte in unserem Fach machen müssen.

Ich nehme einen letzten Zug an der Kippe und schnippe sie aus dem Fenster. Ich schnappe mir meine Handtasche und laufe Richtung Kanzlei. Das wird nun echt eine Herausforderung! Nicht nur, da Dominik mich des Lügens bezichtigen wird. Er hat leider auch absolut Recht damit. Auch, da diverse Tratschbasen, die ich auch liebevoll meine Kolleginnen nenne, sich das Maul zerreißen werden. Um zu erfahren, wie es gelaufen ist. Selbstverständlich werde ich nie im Leben mit der Sprache rausrücken.

Ich öffne die Kanzleitür und sehe schon alle in Reih und Glied am Empfangstresen stehen. Ihren Gesichtern sieht man die Spannung an. Jede Einzelne starrt in meine Richtung.

Bevor die Erste aber Luft holen kann, werfe ich in die allgemeine Runde:

»Bevor ihr fragt; ja, das war ich! Nein, wir kennen uns schon länger! Ja, es ist vorbei und NEIN, ich will nicht darüber reden!«

Alle Mädels offensichtlich mundtot gemacht gehe ich selbstbewusst den Gang zu meinem Büro runter. Kaum, dass ich um die Ecke gebogen bin, sehe ich durch die Glasscheiben unzählige rosa Margeriten in meinem Büro. Man sieht weder einen Schrank, noch einen Schreibtisch. Jeder freie Platz ist mit Blumen bedeckt, so extrem ist die Flut.

Sofort denke ich an Sebastian. Das Herz geht mir auf. Glücklich lächle ich über das ganze Gesicht. Offensichtlich ist er doch nicht sauer auf mich. Wer sonst sollte sich so eine Nettigkeit einfallen lassen? Sicherlich kein anderer.

Überwältigt von dem Anblick suche ich in den

Unmengen von Sträußen eine Karte. Sie soll mir nur bestätigen, dass Sebastian der Absender ist.

Prompt steht Dominik neben mir und schaut mich verächtlich an.

»Und, war´s schön in Berlin?«

»Ähhh es hat sich eine kurzfristige Änderung ergeben. Ich bin nicht nach Berlin geflogen.«

Dominik verzieht keine Miene.

»Ach was!? Wohin denn dann?«

»Ach komm schon Dominik! Du weißt doch genau, was ich getrieben habe. Jetzt frag nicht so! Die ganze Welt weiß es!«

»Was du getrieben hast nicht, aber mit wem!«

Er beginnt zu lachen.

Nochmal Glück gehabt. Er wollte mich nur auf die Folter spannen. Mir Angst machen. Es hat sogar funktioniert.

Ich werde ihn nie wieder anlügen. Zumindest nicht in der nächsten Zeit.

»Alles gut, Mia! Aber das nächste Mal, sei ehrlich! Und, sind die Blumen von ihm?«

»Keine Ahnung, ich finde keine Karte. Hilf mir mal suchen!«

»Ja leckomio, davon hat Jason ja gar nichts erzählt!?«

Anni steht im Türrahmen und schüttelt den Kopf.

»Ich weiß ja nicht mal, ob sie von Sebastian sind. Hilf uns lieber suchen!«

Zu dritt sind wir nun auf der krampfhaften Suche nach einem Kärtchen.

»Hab sie!« schreit Dominik auf.

Sofort reise ich sie ihm aus der Hand. Voller Vorfreude, auf das, was Sebastian geschrieben hat.

Ich war bis dato felsenfest überzeugt, dass er so was von fertig mit mir ist. Umso mehr freue ich mich, dass er offensichtlich nicht nachtragend ist.

Meine Gesichtsfarbe ändert sich schlagartig. Meiner Freude weicht Enttäuschung. Nicht nur Dominik fordert mich auf, sondern vor allem Anni:

»Sag schon, von wem sind sie?«

Mir fällt die Kinnlade runter.

»Von Ben!«

»Hä, spinnt der oder was? Hat er nichts gelernt? Als ob du dich von so ein paar lumpigen Blumen beeindrucken lassen würdest!«

»Hab ich was verpasst?«

Dominik ist irritiert und versteht offensichtlich genauso wenig, wie ich.

»Ok, die können dann alle weg! Helft mir mal! Ich will das Grünzeug nicht in meinem Büro haben! Die stinken ja fürchterlich und nehmen mir die Luft zum Atmen.«

»Das muss ich jetzt nicht verstehen, oder? Du treibst es wild in London und Ben schickt dir noch Blumen? Wie hast du das angestellt Bitteschön???«

»Dominik, ganz einfach! Ben fickt seit Ewigkeiten Luzia. Darum hat Mia ihn rausgeworfen!«

»Hä? Jetzt verstehe ich gar nichts mehr! Ihr Frauen seid einfach nur kompliziert!«

»Nein, sind wir sicher nicht! Hilf uns lieber aufräumen!«

Kaum sind die Mülleimer bis zum Bersten gefüllt

stehen auch schon unsere beiden Chefs in meinem Büro. Argwöhnisch schauen sie unserem Aufräumwahnsinn zu.

»Frau Sommers!« höre ich die Stimme von Chef Schilling.

»Wir sollten dringend das Gespräch suchen! Kommen Sie bitte?«

Ach herrje, das hat mir noch gefehlt! Jetzt droht mir eine Abmahnung. Ganz sicher! Es ist schließlich mehr als unwahrscheinlich, dass sie nicht auch Wind von meiner Liaison bekommen haben.

Wenn meine Chefs eins nicht mögen, dann ist es ganz klar, Aufsehen zu erregen. Wenn das dann nicht mal auf unsere hervorragenden Kanzleileistungen zurückzuführen ist, kommt der Gnadenstoß.

Stammelnd versuche ich dem drohenden Personalgespräch zu entkommen. Doch sie lassen keinerlei Ausrede zu. Weder Herr Schilling, noch Herr Stahl, mein zweiter, eher intoleranter, Chef.

Wie ein Kalb werde ich zur Schlachtbank geführt. Ich folge ihnen den Gang hinunter, bis zum Konferenzraum 4.

Es muss ja ausgerechnet dieser Konferenzraum sein, in dem immer große Entscheidungen getroffen werden! Leider auch über das weitere Dasein in unserer Kanzlei.

Mir dämmert, ich bin ab sofort meinen Job los. Kaum habe ich meine Wohnung neu eingerichtet und einen neuen Style gefunden, soll ich mich auf dem Arbeitsmarkt umschauen. Unabhängigkeit und neues Leben auf Wiedersehen!

Die Vorhänge vor den Glasscheiben sind zugezogen. Es wird also ernst!

Gesenkten Hauptes betrete ich das Zimmer. Zu meiner Überraschung sitzen dort bereits Corinne Meyers, unser Notar Herr Friedmann und Jason. Verdutzt und extrem überrascht wende ich mich sofort Jason zu.

»Jason! Was wollen Sie denn hier? Zusehen, wie ich jetzt gekündigt werde?«

Aus Scham vor ihm versuche ich die Situation ins Lächerliche zu ziehen.

Jason, wie er nun einmal ist, erhebt sich umgehend, als ich den Raum betrete. Mit vorgestreckter Hand spricht er:

»Mia, schön Sie wiederzusehen! Ich hoffe, Ihnen geht es gut?«

»Ja, noch. Danke der Nachfrage.«

»Bei unserem letzten Telefonat habe ich Ihnen doch gesagt, dass ich ein weiteres Mal nach Deutschland zu Ihnen komme. Erinnern Sie sich denn nicht?«

»Doch doch! Aber damit habe ich ehrlich gesagt gar nicht so schnell gerechnet.«

Chef Stahl unterbricht genervt unseren Smalltalk:

»Nun gut, haben sich jetzt alle begrüßt?«

Ich begrüße lediglich noch Corinne und Herrn Friedmann durch ein kurzes Nicken und setze mich auf den mir zugewiesenen Sündenplatz; weit ab von allen anderen.

Die Spiele sollen also beginnen.

Ich bin überzeugt, dass sie mich jetzt

rausschmeißen werden. Fast jeder der Anwesenden könnte dazu ein gutes Argument vorbringen.

Auf die Begründung meines fristlosen Entlassens bin ich aber gespannt. Sofern ich mich nicht hätte erinnern können, dass in meinem Arbeitsvertrag eine Klausel aufgenommen ist, mit wem ich schlafen dürfe und mit wem nicht.

Ganz klar, meinen Job lasse ich mir sicherlich nicht so einfach wegnehmen! Und eine Abmahnung auch nicht ohne weiteres reindrücken. Dazu bin ich jetzt dann doch viel zu sehr auf Krawall gebürstet. Nicht nur allein der Tatsache geschuldet, dass Ben mir die Flut von Blumen geschickt hat.

Mein großes Ziel ist also, maximal mit einer Rüge aus der ganzen Geschichte rauszugehen. Und die auch nur, weil ich wegen meines kurzfristigen Urlaubes gelogen habe.

Chef Stahl legt los:

»Nun, Frau Sommers. In den Medien konnte man ja leider die letzten Tage eindrucksvoll verfolgen, wie Sie Ihre Freizeit verbringen!«

Meine linke Augenbraue zieht sich schlagartig hoch. Wichser, steht mir mitten ins Gesicht geschrieben! Aber, ich bleibe ruhig. Ich will erst Stellung nehmen, wenn ich definitiv weiß, worauf sie hinauswollen.

»Nicht nur wir schätzen Sie sehr als Mitarbeiterin. Wobei sich unsere Schätzung ausschließlich auf Ihre fachliche Kompetenz beschränkt.«

Wichser wechselt sichtlich in Arschloch!

»Was wir Ihnen sagen wollen, Mia.« übernimmt

nun mein um Welten netterer Chef Schilling das Wort:

»Wir haben Ihnen Herrn Cleary aus guten Gründen als Mandant entzogen!«

Moment, denke ich. Was wird das jetzt hier? Ich kann mir nach den paar dürftigen Worten keinerlei Reim machen.

Gespannt sitze ich mit gerunzelter Stirn aufrecht auf meinem Stuhl.

Schilling holt weiter aus:

»Uns war leider zu keiner Zeit bewusst, dass Sie mit Herrn Cleary auch persönlich bekannt sind.«

Ich bin verwirrt. Ich richte die allgemeine Frage zur anderen Seite des Tisches:

»Ok. Und worauf wollen Sie jetzt hinaus?«

Komischerweise sind nun allesamt verstummt. Keiner will mir erklären, was der Grund für die Besprechung ist. So dass ich gezielt frage:

»Corinne, was wird das jetzt hier? Bin ich meinen Job los? Und wenn, müsste dann nicht Dominik anwesend sein?«

»Nein, Mia. Das sind Sie sicher nicht!«

Stille flutet wieder den Raum.

Das war´s? Mehr haben sie mir nicht zu sagen?

Herr Friedmann erbarmt sich endlich und klärt die Situation auf:

»Herr Cleary hat Ihnen ein Wohnungseigentum im Wege der Schenkung übertragen. Darum geht es hier nun.«

Wie vom Blitz getroffen sitze ich vor allen Fünf mit geöffneten Mund.

»Was hat er??? Ich denke, er wollte irgend so ein Haus kaufen. Darf ich die Urkunde mal sehen?«

Ich fordere nun gezielt unseren Notar auf, der mir bereitwillig die notarielle Schenkungsurkunde den Tisch hinab schiebt. Konzentriert beginne ich zu lesen. Ich will meinen Augen nicht trauen. Doch es ist offensichtlich, es liegt schwarz auf weiß vor mir. Sebastian schenkt mir meine eigene Mietwohnung. Diejenige, die ich so über alle Maßen liebe.

»Sie müssen die Schenkung noch annehmen, Frau Sommers. Bitte unterschreiben Sie diese Genehmigung in meinem Beisein.«

Herr Friedmann schiebt mir ein weiteres einzelnes Blatt entgegen.

»Das kann ich nicht annehmen und das wissen Sie! Jason! Was soll das?«

»Gentlemen, Miss Meyers, gern würde ich mit Miss Sommers unter vier Augen sprechen.«

Jasons Worte werden meinerseits zwar vernommen, doch realisieren kann ich sie nicht. Ganz anders meine Chefs, unser Notar und Corinne. Sie stehen auf und verlassen sofort den Konferenzraum 4. Jason schließt hinter ihnen die Tür.

»Hören Sie, Mia!«

»Jason, nein! Das ist doch verrückt! Und das wissen Sie! Was will Sebastian damit bezwecken? Seit ich abgereist bin, hat er sich nicht gemeldet. Er hat mir nicht mal eine lumpige SMS geschickt! Und jetzt soll ich so ein übertrieben teures Geschenk annehmen? Nein, sicher nicht! Ich weiß, was die Wohnung gekostet hat! Ich wollte sie auch schon kaufen, aber der Kredit hätte meinen Rahmen gesprengt.«

Ich lehne mich völlig überfordert in meinem Stuhl zurück. Die Genehmigung schiebe ich weit von mir.

»Ich kann das nicht! Es tut mir leid!«

Ohne eine weitere Diskussion zulassen zu wollen, stehe ich auf und gehe zur Tür.

»Jetzt hören Sie mir zu! Er will es so! Akzeptieren Sie es einfach und nehmen Sie das Geschenk an!«

»Nein, Jason! Ich muss gar nichts und das wissen Sie! Erst will ich mit ihm sprechen! Er soll mir selbst sagen, was das alles soll. Geben Sie mir Ihr Telefon!«

Jason zögert einen Moment, doch gibt schließlich nach.

»Es wählt bereits.«

Mit zitternden Händen halte ich Jasons Telefon in der Hand. Gestresst, jede Sekunde Sebastians Stimme hören zu müssen. Ein »Yes« erklingt und ich lege auf. Ich kann nicht. Ich kann nicht mit ihm reden, noch nicht!

Die letzten Tage, beziehungsweise Woche, habe ich alles mir Mögliche getan, um Sebastian zu vergessen. Ich bin noch nicht bereit, mit ihm zu reden, seine Stimme zu hören. Viel zu schmerzhaft ist die ganze Sache auseinandergegangen. Außerdem will ich nicht, dass er mich mit einer Wohnung für diese öffentliche Blamage belohnt.

Ich drücke Jasons Telefon an meine Wange.

»Ich kann nicht mit ihm reden. Wenn es sein Wunsch ist, werde ich die Schenkung genehmigen. Auch wenn ich nicht weiß, was er als Gegenleistung von mir erwartet!?«

»Keine Gegenleistung, Mia. Er möchte Sie lediglich für die ganzen Unannehmlichkeiten entschädigen.«

Habe ich das nun wirklich gehört? Alles war für ihn eine Unannehmlichkeit? Ich will meinen Ohren nicht trauen.

»Bitte was? Ich war für ihn also eine Unannehmlichkeit? Wissen Sie, was Sie da sagen?«

Jason gibt keine Antwort mehr, schaut mich nur an.

Ich habe genug gehört! Die Tränen steigen mir vor Wut in die Augen. Mit großen Schritten gehe ich zur Tür des Konferenzraumes und fordere Herrn Friedmann auf wieder einzutreten.

»Ich unterschreibe! Sagen Sie mir einfach wo und dann ist dieses Thema ein für alle Mal erledigt.«

»Mia!« ermahnt mich Corinne.

»Lassen Sie es gut sein, Corinne. Ich möchte diese, Jason, wie nannten Sie es gerade? Unannehmlichkeit nun auch endlich hinter mich bringen.«

„M I A S O M M E R S, als öffentlich beglaubigt anerkannt" besiegelt den Schenkungsvertrag.

»Herr Schilling, Herr Stahl, herzlichen Dank für dieses offene Gespräch. Sofern das alles war, würde ich nun gern wieder gehen. Es ist die letzten Tage viel liegengeblieben.«

Mit einem verabschiedenden Kopfnicken wird meiner Bitte seitens meiner Chefs zugestimmt.

Ich renne in mein Büro, um mir meine Jacke und eine große Packung Zigaretten aus meiner Handtasche zu schnappen. Das muss ich erst einmal verdauen und mir eine Meinung bilden. Schnurstracks, ohne nach links und rechts zu schauen, verfolge ich mein momentanes Ziel; Hauptsache raus hier, an die frische Luft, hinter das Haus.

Sobald ich die Sicherheitstür zum Hinterhof aufgeschoben habe, hyperventiliere ich. Mir schnürt es regelrecht den Hals zu.

Es braucht eine halbe Ewigkeit, bis ich mich wieder beruhige.

Nachdenklich sitze ich auf meiner kleinen Betonmauer und rauche eine nach der anderen. Ich kann es nicht glauben, was gerade passiert ist. Sieht so Liebe für Sebastian aus? Ich kann es einfach nicht verstehen. Denn ICH liebe ihn! Auch wenn ich eine scheiß Art habe, es ihm zu zeigen. Doch nie im Leben hätte ich ihn als Unannehmlichkeit bezeichnet. Egal wie es mit uns auseinandergegangen wäre.

Ob ich es in diesem Moment verletzend, beleidigend oder sogar erniedrigend finde, kann ich nicht einordnen.

Aber es tut weh. Es tut sogar verdammt weh! Denn ich verstehe es beim besten Willen nicht. Wir sind wohl offensichtlich quitt.

Noch länger darüber nachzudenken, bringt nichts. Zu sehr drehen sich meine Gedanken im Kreis. Nie im Leben werde ich dahinterkommen, was Sebastian wirklich von mir denkt und wie er mich sieht. Tatsächlich als Unannehmlichkeit?

Es wäre doch das Normalste der Welt gewesen, nach unserer Trennung die Schenkung rückgängig zu machen. Sofern ich sie sowieso noch genehmigen musste. Es wäre noch nicht einmal rausgekommen, dass er meine Wohnung gekauft hat. Außer dass ich vielleicht an einen neuen Kontoinhaber meine Miete überweisen müsste. Wobei ich doch sehr bezweifle, dass es Sebastians Privatkonto gewesen wäre.

Trotzdem kann ich es nicht auf mir sitzen lassen. Nachdem ich mir eine letzte Zigarette angezündet habe, beschließe ich, Sebastian heute Abend eine SMS zu schreiben. Nicht nur, um mich für die Schenkung zu bedanken, sondern auch um mich für meine Flucht zu entschuldigen.

Als ich den letzten Zug an meiner Kippe nehme, öffnet sich die Sicherheitstür von innen. Ich traue meinen Augen nicht. Anni und Jason, knutschend wie zwei Teenager. Das Spektakel will ich mir auf keinem Fall entgehen lassen, weshalb ich mich direkt wieder auf die Mauer setze.

Im Leben hätte ich nicht gedacht, dass Jason weiß, wie man mit einer Frau umgehen muss. Aber offensichtlich ja doch.

Sie sind beide so sehr mit sich selbst beschäftigt. Sie merken nicht einmal, dass sie nicht alleine sind. Amüsiert schaue ich ihnen zu. Herzallerliebst. Sie knutschen, drücken sich wild aneinander, reiben sich gegenseitig mit ihren Körpern. Wie in einem schlechten Teeniefilm.

Irgendwann muss ich mich doch einmal bemerkbar machen und schreie zu ihnen rüber:

»Hey! Nehmt euch doch einfach ein Zimmer!«

Erschrocken lässt Jason sofort von Anni ab.

»Echt jetzt Mia? Du bist doch ein Miststück!«

»Oh Miss Sommers, ich wusste nicht, dass Sie…«

»Chill´ mal, Jason. Von mir erfährt keiner etwas, auch nicht ein Mister Cleary! Außerdem, er ist kein bisschen besser als Sie.«

So leid es mir tut, diese Spitze konnte ich mir nicht verkneifen.

Gezielt gehe ich auf beide zu. Denn es wurde Zeit, dass ich mich bei Anni für ihre Hilfe revanchiere.

Da sie in einer abartig anstrengenden Mädels-WG wohnt, fummele ich kurzerhand meinen Wohnungsschlüssel von meinem Bund und halte ihn ihnen vor die Nasen.

»Keine Flecken auf dem Bett oder auf dem Sofa! Und auf dem Tisch wird nur gegessen, verstanden?«

Jason sieht mich entsetzt an, Anni schlägt innerlich Purzelbäume vor Freude. Ich zwinkere Jason zu und gebe ihm den Schlüssel.

»Sie wissen ja, wo der Schlüssel passt! Viel Spaß, auch wenn du schreckliche Migräne hast, meine Süße. Ich bringe dir deine Sachen später vorbei. Oder warte einfach in meiner Wohnung.«

Ich gebe Anni einen dicken Schmatzer auf die Wange und wünsche ihr verdammt viel Spaß.

»Danke Mia, du bist die Beste.«

Schwupps, verschwinden sie in einem schwarzen Auto und fahren die Straße hinunter.

Zurück im Büro sehe ich bereits durch die Glasfront ein paar Schreiben auf meiner Tastatur liegen.

Ganz klar ist meine Tastatur der Ort, an dem Jeder

ungemein wichtige Dinge ablegt, die als erstes ins Auge springen sollen.

In diesem Falle sind es aber nicht die Mädels vom Empfang oder Dominik. Nein, es ist Herr Friedmann. Beim genaueren Betrachten sehe ich sofort, dass es eine Abschrift der notariellen Schenkungsurkunde nebst einer Kopie meiner Genehmigung ist. Gefasst lese ich mir die Urkunde noch einmal ganz genau durch. »§ 4: Gegenleistungen werden keine vereinbart.« »§ 5: Die Übertragung erfolgt lastenfrei unter Ausschluss jeglicher Gewährleistung.« »§ 6: Die Kosten dieser Urkunde, seines Vollzugs, etwaige Grunderwerbs- sowie Schenkungssteuer werden vom Veräußerer getragen.«

Krass! Es ist also amtlich. Sebastian schenkt mir meine Wohnung und ich muss rein gar nichts dafür zahlen. Sogar die letzte Miete, die ich bis zur Eigentumsumschreibung überweisen muss, geht nicht an ihn, sondern an mich zurück.

Mir dämmert es sofort, dass meine lästige Nachbarin mit ihrem kläffenden Köter allen Ernstes Recht hatte. Sie wusste es, wie immer noch vor der betroffenen Person selbst.

Nun ja, bin ich halt jetzt Eigentümerin meiner für mich perfekten Wohnung. Irgendwie freut es mich ungemein, irgendwie habe ich aber auch ein unangenehmes Gefühl.

Schließlich war es nicht meine Absicht, als ich mich auf Sebastian einließ, dass er mir eine Wohnung schenkt. Noch dazu meine eigene.

Mir wird klar, was er wohl vor ein paar Tagen

meinte. Dass sich seine Pläne geändert haben. Der als Spaß gedachte Kommentar, er würde mir meine Wohnung kaufen, war offensichtlich todernst. Je mehr ich darüber nachdenke, je mehr wird mir klar, dass es keine Regulierung einer Unannehmlichkeit ist. Schließlich hat Sebastian gesagt, bevor wir nach London geflogen sind, dass sich seine Kaufabsichten geändert haben.

Diese ewige Grübelei macht mich müde, so dass ich spontan beschließe, schon um 15 Uhr den Feierabend einzuläuten. Anni und Jason sollten zwischenzeitlich mit ihrem Liebesspiel fertig sein. Sicher hat es Jason enorm laufen lassen, um umgehend wieder für Sebastian zur Verfügung zu stehen. Arme Anni, aber ich habe ihr ja oft genug gesagt, dass Jason etwas speziell ist. Sie tut es allerdings als besonders ab. Na ja, schauen wir mal, ob die Luft rein ist.

Ich fahre auf den Parkplatz meiner Wohnung und schalte den Motor aus. Eine gefühlte Ewigkeit betrachte ich das Haus. Ich kann es immer noch nicht glauben, dass nun ein Teil davon mir gehört.

Ganz klar, sobald es zu einer Miteigentümerversammlung kommt, muss ich die miserable Arbeit des Hausmeisterdienstes ansprechen. Doch nicht jetzt. Ich bin einfach nur stolz, denn nun ist es mir.

Erst klingelnd, dann behutsam unter ständigen Rufen der Namen der Frischverliebten schließe ich die Wohnungstür auf; ich habe immer einen

Ersatzschlüssel im Auto für den Fall, dass ich mich wieder selbst aussperre.

Es kommt mir in diesem Moment so vor, als wäre Ben zu Hause. Das Radio spielt Musik, die Wohnung ist geheizt. Von der oberen Etage kommen Geräusche.

Um niemanden bei irgendwelchen, nicht sehenswerten Dingen zu überraschen, rufe ich in die Wohnung:

»Ich bin da, wer noch?«

Ein mit Boxershorts bekleideter Jason poltert die Wendeltreppe herunter.

»Miss Sommers, Sie sind schon hier?«

»Alles gut Jason! Ist Anni auch da?«

Kaum, dass ich ihm die Frage gestellt habe, kommt ein lautes

»Ja« die Wendeltreppe runter.

»Stör ich Süße oder seid ihr fertig?«

»Fertig!«

»Alles klar. Desperados, Jason? War sicherlich ein anstrengender Tag, stimmt's?«

In diesem Moment genieße ich es ungemein, Jason in dieser für ihn unangenehmen Situation zu sehen.

Nachdem ich meine Jacke an der Garderobe versorgt habe, genehmige ich mir ein eiskaltes Desperados aus dem Kühlschrank.

Jason, so verklemmt er auch ist, schaut mich mehr als ungläubig an, als ich ihm ebenfalls eine Flasche entgegenstrecke.

»Es gibt was zu feiern, nicht mitbekommen? Zum Wohl!«

Widerwillig prostet er mir zu, nimmt aber doch

einen großen Schluck aus der Flasche.

»Ihr trinkt ohne mich?«

Anni gesellt sich zu uns und nimmt ebenfalls einen großen Schluck aus seiner Flasche.

»Wie ist euer Plan?«

»Können wir heute hierbleiben?« fragt Anni mit Schmollschnute herzallerliebst.

Als ob ich überhaupt eine Möglichkeit habe, darauf zu antworten. Jason fällt mir schneller ins Wort.

»Heute Abend geht der Flieger. Ich muss leider zurück nach London.«

»Sagt wer?«

»Mister Cleary, Ma´am.«

»Das glaube ich kaum. Und wenn, kläre ich das. Sie müssen auch mal an sich denken! Haben Sie überhaupt mal Urlaub?«

Jason schüttelt den Kopf.

»Also, dann bleibt ihr heute hier. Ihr könnt das Sofa haben. Leider habe ich das Gästezimmer noch nicht hergerichtet. Oder ihr blast euch das Luftbett auf, mir egal!«

Anni fällt mir vor Dankbarkeit um den Hals. Erwartungsgemäß entscheiden sie sich für das Luftbett. Gentleman Jason holt es umgehend aus dem Keller und stellt es im ehemaligen Schlafzimmer auf. Anni und ich sitzen unterdessen auf dem Küchenschrank, um neben dem gekippten Fenster erst mal eine zu rauchen.

»Wie fühlst du dich mit der ganzen Schenkungssache?«

»Woher weißt du davon?«

»Jason hat es mir erzählt.«

»Na ja, es ist natürlich toll, dass nun alles mir gehört und Möpschen und ich keine Miete mehr zahlen müssen. Trotzdem hat das alles einen ziemlich komischen Beigeschmack. Mir wäre es lieber gewesen, vorher mal etwas von Sebastian zu hören. So wie es aussieht, hat er das ja alles noch eingefädelt, bevor wir nach London geflogen sind. Und jetzt, was mache ich denn, wenn er mich jetzt für gierig hält? Weil ich die Wohnung als Geschenk trotzdem noch angenommen habe?«

»Ich denke, du machst dir da viel zu viele Gedanken! Ich bin immer noch davon überzeugt, dass er dich wirklich liebt. Aber wegen den Dreharbeiten keine Zeit hat, sich bei dir zu melden. Oder überhaupt über alles mal in Ruhe nachzudenken. Schau mal, dir geht es ja nicht anders oder hast du schon den Tierarzt vergessen?«

Oh ja, Daniel. Den habe ich wirklich fast vergessen.

Es ist ja eigentlich nicht meine Art, ein paar Tage vorher zu behaupten, ich würde jemanden lieben und dann mit einem Wildfremden ins Bett zu springen. Trotzdem tat es mir gut, einfach mal auf andere Gedanken zu kommen. Daniel tat mir gut.

Jason, der zwischenzeitlich das Nachtlager hergerichtet hat, kommt zu uns in die Küche.

Es ist unglaublich! Er kann keine Sekunde die Augen von Anni lassen. Sie aber auch nicht von ihm. Es scheint bei den Beiden wirklich wie eine Bombe eingeschlagen zu haben.

»Haben Sie schon mit Mister Cleary reden können, Miss Sommers?«

»Jason bitte, Mia!!! Aber nein, ich schreibe ihm gleich eine SMS.«

Die frisch verliebten Turteltauben verschwinden in ihrem Zimmer. Allein und gedankensammelnd öffne ich die SMS-Rubrik meines Telefons und beginne an Sebastian zu schreiben:

»Hallo Sebastian. Danke für die Wohnung. Es wäre sicher nicht nötig gewesen, aber tausend Dank dafür!!! Hab gehofft, dass du dich mal meldest. Es tut mir so unsagbar leid, dass ich einfach abgereist bin. Ich hoffe, du kannst mir irgendwann verzeihen. Jason würde ich gern heute Nacht bei mir behalten. Keine Sorge, er wird furchtbar leiden. Und mir ununterbrochen zuhören müssen, wie ich ihm mein Leid klage. Ich liebe Dich, Sebastian! Das habe ich immer. Bitte vergiss das nie. Ich wollte dich nie verletzen! In Liebe. Mia«

DREIZEHN

Es ist Dienstag. Heute vor genau einer Woche kam ich fluchtartig aus London zurück. Neben meinem sich zwischenzeitlich wieder ordnen zu scheinendem Leben steht heute vor allem eins ganz groß auf der Tagesordnung. Nämlich Ben seine Post vorbeizubringen! Das heißt leider im schlimmsten Fall auch Lu wiederzusehen.

Mit ihr besteht seit meinem frühmorgendlichen Rausschmiss aus meiner Wohnung immer noch absolute Funkstille. Nicht einmal auf die Bilder am Münchener Flughafen hat sie reagiert. Es ist, als wäre sie zwischenzeitlich eine Fremde für mich geworden.

Nichts desto trotz, heute muss ich zu Ben.

Ein ganzes Bündel Briefe auf dem Beifahrersitz lagernd bin ich wild entschlossen, ihm diese heute zu übergeben. Selbstverständlich unter der Aufforderung, endlich einen Nachsendeauftrag zu stellen.

Mit einem mulmigen Gefühl fahre ich auf den Gästeparkplatz vor Lu´s Haus. Sie wohnt in einer kleinen Zweizimmerwohnung, nicht unweit der Innenstadt.

Ben und Luzia müssen offensichtlich enorm verliebt sein, dass sie es auf Dauer in der kleinen Bude aushalten. Luzias Wohnung misst schließlich kaum 60 Quadratmeter. Aber, mir mehr als egal, ziehe ich meinen Autoschlüssel aus dem Schloss und stehe vor ihrem Haus.

Gewohnt stecke ich ihren an meinem Schlüsselbund befindlichen Wohnungsschlüssel in die Korridortür. Macht der Gewohnheit, eindeutig! Als ich das realisiere, wird mir auch erstmals bewusst, dass sich offenbar nicht alles geändert hat.

Mit frisch lackierten Fingernägeln fummele ich als erstes die Schlüssel von meinem Bund und haue mir prompt eine Kante in den Daumennagel-shit!

Aber ich brauche sie schließlich nicht mehr, weshalb ich sie sowieso bei ihr zurücklassen will.

Zum ersten Mal, seit Luzia in dieser Wohnung wohnt, drücke ich die Klingel. Sie trägt neuerdings die Namen „Delfino und Kissel".

Hoppla, denke ich. Die Beiden sind sich offensichtlich einig.

Entschlossen klingle ich. Innerhalb kürzester Zeit steht Ben an der Gegensprechanlage:

»Ja?«

»Mia hier. Ich habe deine Post!«

Der Summer ertönt. Ich bin verwirrt. Soll ich ihm etwa seine Post noch bis zur Wohnungstür bringen? Selbstverständlich tue ich nicht dergleichen und warte, bis er sich zur Hauseingangstür begnügt.

Ich strecke ihm das zuvor noch auf meinem Beifahrersitz geparkte Bündel Post entgegen.

»Da! Wäre nett, wenn du endlich mal einen Nachsendeauftrag einrichtest!«

Ben geht erst gar nicht darauf ein:

»Willst du einen Kaffee? Lu ist nicht da und

arbeitet heute länger. Aber wem erzähle ich das. Das weißt du sicher.«

Woher bitte soll ich das wissen? Wir sind nicht mehr befreundet. Da ich aber weiß, wie sehr sie mich dafür hassen wird, in ihre Wohnung zu gehen, stimme ich natürlich zu.

»Gern! Ein Kaffee geht immer.«

Die Wohnung von ihr scheint sich kaum verändert zu haben. Na klar, wie auch. Luzia hatte nie den Antrieb, irgendetwas in ihrem Leben zu ändern, gleich wie bitter nötig es gewesen wäre.

Am liebsten hätte ich Ben brühwarm aufs Brot geschmiert, was zwischenzeitlich in MEINER Wohnung alles gegangen ist, doch das verkneife ich mir.

Ben kocht uns Kaffee. In einer Routine, die mich doch ein wenig stutzig macht.

»Hast dich aber schnell eingelebt oder gar verzeih, wer weiß, wie oft du hier schon Kaffee gekocht hast!«

»Echt jetzt? Lass uns einfach fair bleiben, Ok?«

»Wie du meinst!«

Einige Minuten später stellt er uns zwei Tassen Kaffee hin. Wir sitzen uns gegenüber und schweigen uns an. Keiner scheint offensichtlich zu wissen, wie er das Gespräch anfangen soll. Ben beendet schließlich das peinliche Schweigen:

»Sonst geht's dir gut, oder?«

»Kann nicht klagen, und selbst?«

»Du hast ja eine neue Frisur. Steht dir. Hast du für mich nie gemacht aber klar, ich fahre ja auch nur einen Golf!«

Ich weiß genau, worauf er hinauswill, darum spreche ich ihn ganz direkt an:

»Was soll das? Ist das fair? Wollen wir jetzt streiten? Wir können auch alles ganz offen und ehrlich besprechen, auch was das schwarze Auto angeht! Dann erwarte ich aber auch, dass du absolut ehrlich zu mir bist, was Lu angeht!«

Ben hält kurz inne. Offensichtlich wägt er ab, was für ihn am vorteilhaftesten ist.

Natürlich siegt seine Neugier und er stimmt einem offenen Gespräch zu.

»Ok, abwechselnd jeder eine Frage. Deal?«

»Deal!«

»Wer fängt an?«

»Nur zu!« gebe ich ihm den Vortritt.

»Liebst du ihn?«

»Ja. Liebst du Lu?«

»Nein.«

Eine Antwort, mit der ich zugegebener Maßen im Leben nicht gerechnet hätte.

Ben weiter:

»Seid ihr jetzt zusammen?«

»Nein. Weiß sie, dass du sie nicht liebst?«

»Nein.«

Puh, ein echtes Arschloch! Nur leider ist mir Lu zwischenzeitlich so dermaßen egal, dass ich es sogar fast genieße, es vor ihr zu wissen.

»Hat Lu euch an den besagten Morgen im Auto gesehen?«

»Nein! Im Leben konnte sie es nicht sehen, da wir vor unserem Haus einfach nichts hatten. Ok, wir haben uns dort geküsst, aber mehr auch nicht. Selbst den Kuss hätte sie unmöglich sehen können!«

Ben sinkt immer mehr auf seinem Stuhl zusammen. Offensichtlich wird ihm klar, dass er einen großen Fehler gemacht hat, nämlich Lu zu glauben. Doch nun, ich bin an der Reihe. Die Frage aller Fragen, die mir seit Tagen auf der Seele brennt:

»Wie lang geht das schon mit euch?«

»Ach komm schon. Das spielt doch keine Rolle mehr!«

»Für mich schon. Also, wir hatten einen Deal. Außerdem hast du zwei Fragen hintereinandergestellt.«

Gelogen, aber das merkt er sowieso nicht, haha!

»Also, los! Wie lange schon?«

Ben hadert wild mit sich, aber Deal war nun mal Deal.

»Seit dem ersten Abend.«

»Wie seit dem ersten Abend?«

»An dem Abend, wo wir uns kennengelernt haben.«

»Der Abend, an dem wir den One-Night-Stand hatten? Auf dem Weinfest?«

»Ja.«

Ich bin baff. Ich habe mit allem gerechnet aber damit nicht.

Ich nehme meinen Autoschlüssel, ziehe meine Jacke an und gehe zur Tür. Noch bevor sie hinter mir ins Schloss gefallen ist hake ich nach:

»Wie muss ich mir das vorstellen? Hast du an dem Abend erst sie gebumst und dann mich? Oder umgekehrt? Und die, die von uns beiden besser war, hast du dann behalten oder was?«

Eine Antwort darauf bleibt mir Ben schuldig.

»Ihr seid ja echt das Letzte! Ich will es gar nicht wissen. Ich bin so fertig mit euch!«

Ich knalle die Tür mit aller Kraft hinter mir zu. Noch bevor ich ganz zum Hause draußen bin, kommt mir Lu entgegen. Gesicht an Gesicht, Nase an Nase. Keiner, aber auch wirklich keiner von uns beiden bringt einen Ton heraus. Mit ihren großen Augen sieht sie mich an. Unwillkürlich kommt mir eines der Bilder am Münchener Flughafen in den Sinn und erneut wächst meine Wut auf sie. Noch dazu soeben erfahren zu haben, wie lange sie mich schon hintergeht.

Unmittelbar bevor sie auch nur meinen Namen aussprechen kann, schlage ich ihr mitten ins Gesicht. Gepaart mit einem einfachen:

»Du Dreckstück, du widerst mich an!« ziehe ich von dannen.

Von Adrenalin geflutet sitze ich in meinem Auto. Pumpend wie ein Maikäfer. Ich habe wirklich meiner ehemals besten Freundin mitten eine auf die Zwölf gegeben. Ihr direkt ins Gesicht geschlagen. Aber es tut mir keine Sekunde leid. Sie hat es verdient.

Ohne jegliche Reue fahre ich davon, auf direktem Wege in meine Wohnung. Kaum angekommen, begrüßt mich schon an der Wohnungstür mein Katzenkind. Durch ihr ständiges schnurren und miauen habe ich schier keine Chance, mich weiter in meinen Hass herein zu steigern. Als allererstes muss ich sie versorgen.

Ich sitze auf dem Küchenboden und sehe ihr beim Essen zu.

Es geht mir einfach nicht in Kopf. Ben liebt Luzia nicht, und trotzdem geht den ihre Affäre schon vier Jahre?

Kein Wunder, dass sie so bereitwillig mit umgezogen ist. Wahrscheinlich haben die Beiden jede freie Minute miteinander verbracht. Und ich habe es nicht mal gemerkt.

Eine Tatsache, jesses, ich könnte mich augenblicklich sogar mit dem unglaublichen Hulk anlegen. So schäume ich vor Wut.

Wie kann es dann Ben noch wagen, mir Blumen ins Büro zu schicken? Tagelang plagte mich wegen Sebastian ihm gegenüber das schlechte Gewissen. Dabei treibt er es ununterbrochen mit Lu. Ich muss es ihnen heimzahlen! Aber jetzt brauche ich erst mal ein Ventil, an dem ich meinem Ärger Luft machen kann.

Wild spekulierend wie, nehme ich kurzerhand mein Telefon in die Hand und wähle genau eine Nummer, die von Daniel.

»Komm, und zwar schnell, jetzt!«

Ohne ihm auch nur einen Hauch von Spielraum für eine Antwort zu lassen, lege ich wieder auf.

Nicht einmal zehn Minuten später steht er schon vor meiner Tür. Ich springe ihm buchstäblich an den Hals und ziehe seinen Kopf sofort meinem Mund entgegen.

Er weiß, was ich will. Einen kurzen Moment lasse ich von ihm ab, um die Wohnungstür zu schließen und fordere ihn lediglich auf »fick mich!!!«

Ich renne vor ihm voraus die Wendeltreppe hoch, auf direktem Weg in mein Schlafzimmer. Innerhalb kürzester Zeit zieht er mir mein Oberteil inklusive BH, meinen Rock und Slip aus. Ich tue es ihm nicht gleich, ganz im Gegenteil. Ich will keine Zeit verlieren und mache mich nur an seiner Hose zu schaffen.

Den Gürtel und die Knopfleiste seiner Jeans reise ich mit einem gekonnten Ruck auf. Ich stoße ihn auf das Bett und entscheide eigenmächtig, heute das Kommando zu übernehmen.

Ich krame ein Kondom aus dem Nachttisch, ziehe es ihm über und setze mich auf seinen Schoß.

Zugegeben, ohne zu fragen, ob er gar dazu bereit ist. Denn ich sehe, dass er es ist. Es ist mir schlicht egal, ob er erst ein Vorspiel will, denn in diesem Moment ist er Mittel zum Zweck und nicht mehr.

Wenige Bewegungen später drückt Daniel seinen Kopf in die Kissen. Er ist dem Höhepunkt nah.

Ich fordere ihn auf, durchzuhalten und mich noch tiefer zu nehmen. Gesagt, getan, mein Inneres zerspringt auf die wohl bittersüßeste Art überhaupt.

Gedankenversunken stehe ich in der Küche und trinke ein Glas Wasser. Obwohl ich wegen der Dunkelheit draußen nichts sehen kann, starre ich trotzdem aus dem Fenster. Ich beginne den Tag Revue passieren zu lassen.

Das mit Ben und Lu setzt mir ungemein zu. Das

muss man sich mal auf der Zunge zergehen lassen, wie lang sie mich schon hintergehen! Meine oftmals anschlagende weibliche Intuition, dass doch mehr seitens Lu ist, war offensichtlich nicht ganz unberechtigt.

Ich verachte Luzia Delfino. All die Jahre war sie wie eine Schwester für mich. Dabei hat sie insgeheim meinen Freund gebumst. Ob ich nun aber auch selbst auf mich sauer sein soll, dass es mir einfach nicht aufgefallen ist, weiß ich ehrlich gesagt nicht! Im ersten Moment gebe ich mich damit zufrieden, eine abartige Wut auf sie zu haben.

»Willst du mir erzählen, was mit dir los ist?«

Daniel. Ich schaue ihn an. Mir ist bewusst, sollte ich ihm jetzt alles erzählen, wäre unsere so zwanglose Bettgeschichte mit Sicherheit dahin, weshalb ich vorerst schweige.

»Mia, ich glaube, ich sollte ehrlich zu dir sein.«

Oh oh, diese Worte habe ich doch schon einmal in genau dieser Reihenfolge vor nicht allzu langer Zeit gehört. Mir schwant Böses.

»Ok und was ist? «

»Ich bin frisch geschieden und möchte wirklich nur etwas Unverbindliches, so wie heute. Bitte keine Beziehung und erst recht keine Gefühle. Wäre das Ok für dich?«

»Na Gott sei Dank. Ich dachte schon, du machst mir jetzt eine Liebeserklärung.«

»Dann ist das für dich in Ordnung?«

»Absolut! Nichts liegt mir ferner, als wieder eine

Beziehung einzugehen. Versteh mich nicht falsch, der Sex mit dir ist sensationell und ich mag dich aber mehr kann ich mir leider nicht vorstellen.«

»Puh, Glück gehabt. Also sind wir uns einig?«

»Ja, absolut!«

Erleichtert geben wir uns einen freundschaftlichen Kuss auf den Mund.

»Wenn das jetzt geklärt ist, was ist eigentlich zwischen dir und diesem Schauspieler?«

»Du hast mich erkannt?«

»Sofort als du meine Praxis mit Möpschen betreten hast!«

»Warum hast du nichts gesagt?«

»Es war mir unangenehm und irgendwie hat es mich dann auch tierisch angemacht, dass ich dich nach dem Kerl bumsen konnte.«

»Wer sagt, dass du der Erste nach ihm warst?« frage ich frech.

»Das habe ich gespürt. Du wolltest Rachesex!«

Wir lachen.

»Da hast du Recht, es war Rachesex und er war verdammt gut.«

Daniel blieb nicht über Nacht.

Zugegeben, an so eine lockere Beziehung, in welcher man lediglich Sex hat, wenn einem danach ist, kann ich mich absolut gewöhnen. Der Gedanke gefällt mir. Allerdings kann ich es trotzdem nicht ertragen, wenn das Bett nach ihm riecht.

Zu sehr haben mir männliche Gerüche die letzte Zeit den Kopf buchstäblich vernebelt. So dass ich auch an diesem Abend mein Bett ein weiteres Mal frisch beziehe. Wie auch kaum einen Abend zuvor, als Anni und Jason sich darin austobten.

Ob ich damit ein Problem habe, dass sich ein anderes Paar in meinem Bett vergnügt? Nein, keineswegs. Ich weiß ja, wer es ist und ich habe es ihnen von Herzen gegönnt. Viel mehr an gedanklichen Spielraum will ich aber auch gar nicht zulassen, denn die Uhr zeigt schon 22.00 Uhr.

Mein Katzenkind hat es geschafft, sich wie jede Nacht einen Platz auf der freien Bettseite neben mir zu sichern. Es interessiert sie nicht einmal, dass ich mittig liegen will. Sie beansprucht ihre Seite.

Ihr permanentes Brummen verhalf mir einige Male ruckzuck in den Schlaf zu finden.

Das Schnarchen hat zwischenzeitlich ein Ende gefunden. Nur allzu gern beobachte ich sie, wie sie neben mir schläft.

Die unzähligen Schmusedecken und Körbchen hätte ich mir wirklich sparen können. Denn sie schläft am liebsten dort, wo ich schlafe. Trotz beruhigender Brummerei finde ich einfach nicht in den Schlaf. Sebastian hat sich immer noch nicht gemeldet. Nicht einmal auf meine letzte Nachricht reagiert. Es scheint, als hätte er endgültig mit mir abgeschlossen.

Sobald ich in einer schwachen Minute darüber nachdenke, wie sie nun auch in diesem Moment ist, habe ich keineswegs mit ihm abgeschlossen. Ihm aber ständig zu schreiben, bin ich auch zu stolz. Davon abgesehen hätte ich nicht mal gewusst, was ich ihm schreiben sollte? Einfacher Smalltalk auf freundschaftlicher Basis? Über das Wetter? Über meine neue Frisur? Egal was, es wäre im Leben nicht das Richtige gewesen.

Nichts desto trotz komme ich nicht umher, zu meinem Handy auf dem Nachttisch zu greifen und sämtliche Nachrichten von ihm noch einmal zu lesen.

Unmöglich hätte er das alles spielen können, denke ich. Auch wie er sich mir gegenüber verhalten hat. Das konnte einfach kein fake sein.

Mir kommt die Idee, ihm nun doch zu schreiben. Scheiß drauf! Was habe ich schon noch groß zu verlieren?

Ich schalte die Nachttischlampe an und nehme direkt Möpschen vor die Linse, um ein Foto zu schießen. Dieses schicke ich mit dem Kommentar »der alte Stubentiger war mir lieber« via Facebook Messenger an Sebastian.

Natürlich hat er einen anonymen Account. Sofern man ihn auf sozialen Medien mal gestalkt hat, merkt man sofort, dass es Hunderte von Fakeprofilen von ihm gibt. Alle vollgestopft mit unzähligen Liebesbekundungen seiner weiblichen Fans. Weshalb ich mir schon auf dem Flug nach London seinen privaten Accountnamen geben ließ.

Nachdem das Bild von Möpschen abgeschickt ist, warte ich gespannt darauf, dass er es anschaut beziehungsweise liest.

Gebannt starre ich auf mein Telefon. Nicht mal

einen vollen Haken gibt es, der dem Schreiber, in dem Fall mir, signalisiert, dass er die Nachricht bekommen hat.

Ok, denke ich. Nur nicht eskalieren!!! Vielleicht hat er gerade schlechtes Netz und bekommt die Nachricht deshalb nicht.

Um mich abzulenken beschließe ich noch eine rauchen zu gehen. Ich bin mir sicher, sobald ich wieder im Bett liege, hat er die Nachricht bekommen. Doch nichts, absolut nichts! Ich bin entsetzt. Hat er mich etwa im Messenger gesperrt? Via SMS sehe ich ja leider nicht, ob das der Fall ist.

Ich bin der Verzweiflung nahe. Darum beschließe ich, dem Mann, der es wissen muss, zu schreiben, nämlich Jason.

Wenn er mich wirklich mag, ist er auch ehrlich zu mir. Schließlich war ich es, die Anni und ihm eine nette Nacht verschafft hat.

»Hi Jason. Hoffe, Sie sind wieder gut in London angekommen. Jedenfalls, ich wollte mich mal bei Sebastian melden, allerdings scheint er keinen Empfang zu haben. Er hat mich aber nicht gesperrt, oder??? LG. Mia.«

Auch hier geht es dieses Mal erstaunlich lange, bis er es überhaupt zu lesen scheint. Die Uhr zeigt schon 23 Uhr. Aber auf Jason ist Verlass. Kommentarlos schickt er mir eine Nummer, die sicherlich die neue von Sebastian ist.

Schon beim Abspeichern platze ich schier vor Neugier, ob er sich zwischenzeitlich auch WhatsApp zugelegt hat, so wie ich ihn oft gebeten habe. Und ja, das hat er. Umgehend schicke ich ihm die selbe Nachricht, wie zuvor via Facebook Messenger per WhatsApp. Nun geht es keine Minute, bis sie blaue Haken bekommt und von ihm gelesen wird.

Eine gefühlte Ewigkeit steht unter seinem Namen lediglich online, bis es endlich in »schreibt« wechselt.

»I miss you«

Oh mein Gott! Ein paar Worte, die in der richtigen Reihenfolge unendliches Glück für mich bedeuten. Bin ich doch der Meinung, dass er mir nie verzeihen wird.

»I miss you, too!« stimme ich nun ungewohnt englische Töne an.

»Please Mia, come back to London, back to me!«

Ich starre auf mein Telefon. Wie soll ich darauf jetzt reagieren?

Klar, oft habe ich mir die letzten Tage überlegt, einfach wieder zurückzufliegen und es noch einmal zu probieren. Doch ich weiß, dass es nicht funktionieren wird, schließlich hat es das letzte Mal auch nicht. Was soll dieses Mal anders sein?

Trotzdem vermisse ich Sebastian sehr.

Soll ich es wirklich wagen? Schließlich kann ich nun nicht so einfach wieder verreisen. Ich habe jetzt Verantwortung.

Mein Blick fällt über mein Telefon hinaus zu meinem Möpschen. Ich entscheide mich ganz undiplomatisch erst einmal anzuklopfen, wie es denn nun wieder ablaufen würde.

»Du hast doch eh keine Zeit für mich, so wie das

letzte Mal auch.«

»Dieses Mal nehme ich mir die Zeit, versprochen. Bitte Mia, du fehlst mir so sehr!«

Das tut er mir auch.

Ich fasse zusammen; bis nach London würde ich kaum drei Stunden fliegen. Daniel passt sicher auf Möpschen auf, nachdem wir uns geeinigt haben.

Ich überlege hin und her und schreibe:

»Ok, ich komme über das Wochenende nach London. Ich würde allerdings eine Freundin mitbringen. Hoffe doch, dass ich dann dich alleine habe und auch Jason ein wenig Freizeit hat.«

Ruckzuck wechsle ich den Chat und schreibe Anni.

»Freitag nach London? Flug von Zürich? Ich würde grad buchen. Was meinst?«

Auch Anni ist innerhalb kürzester Zeit, trotz, dass es kurz vor Mitternacht ist, online. Mit einem tanzenden Gift geantwortet ist es also klar, Freitag geht unser Flieger Richtung London.

Diesmal werde ich das nicht alleine durchziehen müssen. Nein, ich habe Verstärkung, nämlich Anni! Das wird sicher sensationell.

»Geht klar. Freue mich riesig auf dich!!!« schreibt derweilen Sebastian zurück.

»Du wirst mich kaum wiedererkennen. Ich habe mich ein klein wenig verändert seit dem letzten Mal.«

»Das hat mir Jason schon erzählt. Egal wie oft du deine Frisur änderst, du wirst immer mein Mädchen bleiben!«

Boa wie süß das ist.

Um die Nachbarn nicht aufzuwecken, drücke ich

mein Gesicht fest in die Kissen und schreie vor Freude hinein.

»Ich schicke euch den Flieger.«

»Nein! Sicher nicht. Das klingt ja wieder nach verdammt vielen Photographen!«

Dieses Mal will ich so unauffällig wie nur irgendwie möglich nach London fliegen. Wobei, würden die Paparazzi uns überhaupt erkennen, wenn Sebastian nicht dabei ist? Eher nicht. So bekannt bin ich dann doch nicht. So stimme ich zu:

»Obwohl doch, geht klar. Schickst du mir noch die genauen Daten, wo dein Flieger abhebt? Schätze mal nicht, dass man uns so einfach mitnehmen wird.«

»Du bist meine Freundin, selbstverständlich werden sie das!«

Oh ok. Wenn er das sagt, dann wird es wohl so ein. Was aber auch heißt, dass wir es uns an Board so richtig gut gehen lassen. Wann fliegt man schon mal mit dem Privatflieger des Liebhabers, der zu allem Überfluss auch noch millionenschwer ist, nach London?

Ohne ein weiteres Wort vor lauter Vorfreude zu antworten kommt bereits die nächste Mail von ihm.

»Dann muss ich nur noch drei Mal schlafen, dann bist du endlich wieder bei mir?«

»Ja, sieht so aus.«

»Du glaubst gar nicht, wie sehr ich mich freue, dich endlich wieder in meinen Armen zu halten!«

»Ich mich erst. Das ist gar nicht in Worte zu fassen. Allerdings muss ich noch ein paar Kleinigkeiten klären, bevor ich nach London komme…«

Sebastian schickt einen Staun-Emoji. Zur Begründung schicke ich ihm ein weiteres Bild von meinem schlafenden Möpschen.

»Jason meinte, du hättest für sie einen hervorragenden Tierarzt gefunden, der auch Hausbesuche macht. Kann er sie nicht nehmen?«

Bitte was??? Stoße ich augenblicklich hervor. Hat er mich wirklich überwachen lassen? Und woher weiß er überhaupt, dass sie eine Sie ist?

Oh man, hoffentlich hat er nicht mitbekommen, was noch alles zwischen mir und Daniel gelaufen ist.

Anmerken lassen will ich mir nichts, weshalb ich schreibe:

»Gute Idee, ich werde ihn fragen.«

»Bis bald schöne Frau. Ich freue mich sehr auf dich.«

»Ich mich auch auf dich. Bis bald schöner Fremder.«

Zufrieden und aufgeregt zugleich finde ich in den Schlaf. Es steht also fest, ich nehme einen zweiten Anlauf in London, nur diesmal mit tatkräftiger Unterstützung.

Hoffentlich kann Anni auch ein klein wenig Zeit für mich neben Jason opfern. Wobei, Jason ist Sebastians Leibeigener. Hat Sebastian keine Zeit, hat sie Jason erst recht nicht.

Trotzdem bin ich gespannt, wie mir Anni Morgen auf Arbeit begegnet. Sicherlich ist sie auch so aufgeregt, wie ich vor kaum zehn Tagen. Nur dass es dieses Mal ein Kurztrip wird. Also nichts, wo ich sofort in Panik verfallen muss. Es steht schließlich fest, bis Sonntag und keinen Tag länger.

VIERZEHN

Es ist soweit. Der besagte Freitag ist da.

Jason schickte mir schon einen Tag vor Abflug alle notwenigen Details hinsichtlich Flugs via Email. Ebenso, dass uns direkt ein Auto von unserer Kanzlei abholt. Wir brauchen uns wirklich um rein gar nichts zu kümmern.

Gott sei Dank erklärt sich Daniel bereit, mein Möpschen über das Wochenende zu sich zunehmen. Hätte ich sie nicht in guten Händen gewusst, hätte ich im Leben nicht in das Flugzeug steigen können.

Daniel ist halt einfach ein Tierfreund. Nicht nur von Berufs wegen tierlieb, sondern aus tiefster Überzeugung.

Da wir bei unserem letzten nächtlichen Schäferstündchen klären konnten, wie wir zukünftig miteinander umgehen, war es auch überhaupt kein Problem. Ganz im Gegenteil! Ich erklärte ihm, kurzfristig über das Wochenende nach London zu müssen und er wünschte mir sogar viel Spaß. Krass!

Auch wenn es wohl der größte Irrglaube ist, Freundschaft-Plus würde tatsächlich funktionieren, zwischen Daniel und mir tut es das.

Gebannt starre ich auf die Uhr. Die Zeit will einfach nicht vergehen. Den ganzen Morgen habe ich noch nichts von Anni gehört. Auch die Tage davor nicht. Sie wollte nicht einmal mehr shoppen gehen. Es scheint, als hätte sie kalte Füße bekommen.

Endlich! Die Uhr schlägt ein Uhr.

Anni steht mit zwei Riesenkoffern und dem breitesten Grinsen der Welt vor meinem Büro.

Sie gestikuliert wild umher, um mir unmissverständlich zu verstehen zu geben, dass wir jetzt sofort losmüssen. Und keine Minute später.

Ich schnappe mir meinen viel zu großen Koffer und los geht es. Vor lauter Vorfreude lassen wir sie über den Gang rollen.

Die im Wartezimmer sitzenden Klienten amüsieren sich königlich über uns.

Trotz, dass Freitag ist, heißt es längst noch nicht, dass keine Termine mehr sind. Allerdings konnten Anni und ich uns diesen Mittag freischaufeln. So dass wir wirklich geschlagen ein Uhr Richtung Flughafen starten können.

Die Mädels am Empfang werfen uns verachtende Blicke zu. Der Neid steht ihnen mitten ins Gesicht geschrieben. Umso mehr geht es uns runter wie fünf Liter Öl.

»Tschau Mädels, lasst es krachen!« ruft uns Dominik beim Gehen hinterher.

»Das werden wir, und zwar so was von!« rufe ich dreckig grinsend zurück.

»Frau Sommers, Frau Vogel! Einen Moment bitte noch!«

War ja klar, Chef Stahl.

»Ich möchte Sie bitten, vor allem Sie, Frau Sommers, ein wenig gesitteter als das letzte Mal.«

Anni und ich sehen uns an. Es ist ja fast schon eine

Frechheit, uns so einen Spruch an Kopf zu werfen. Bevor wir darauf kontern können, öffnet sich die Kanzleitür.

Ein Schrank von einem Mann im schwarzen Anzug mit Sonnenbrille auf der Nase und Headset hinter dem Ohr betritt die Kanzlei.

Die Mädels am Empfang beginnen zu sabbern. Chef Stahl entgleiten alle Gesichtszüge.

»Ladys, Ihr Taxi wartet!«

Wir schauen uns an, grinsen und verschwinden auf direktem Weg aus der Kanzlei.

»Warte!«

Ich sehe Anni verdutzt an.

Sie streckt ihren Kopf durch den Türrahmen zurück in die Kanzlei Richtung Chef Stahl.

»Keine Sorge, Chefsche! Wenn es peinlich wird, sagen wir einfach nicht, wo wir arbeiten. Versprochen!«

Herr Stahl scheint augenblicklich einen Herzinfarkt zu erleiden. Doch Anni kann so mit ihm umgehen. Jeder andere hätte für diesen Kommentar eine Rüge kassiert, sie nicht.

Lachend springen wir die Treppen hinunter.

Direkt vor dem Haupteingang der Kanzlei wartet schon ein großer schwarzer SUV. Ähnlich dem, in welchem Sebastian und ich uns vergnügt haben.

Ein Mann steigt umgehend aus, als wir uns dem Auto nähern und fordert uns mit »Ladys« auf, direkt auf dem Rücksitz Platz zu nehmen. Wir sind so abartig aufgeregt, es könnte auch ein Entführer sein, zu dem wir in diesem Moment in das Auto steigen.

Wir würden es nicht einmal merken.

Im Wagen wartet schon eine große Flasche Möet Champagner auf uns.

»Eine kleine Aufmerksamkeit von Mister Cleary. Lassen Sie es sich schmecken!«

Das lassen wir uns kein zweites Mal sagen und köpfen umgehend die Flasche.

Noch bevor wir den Flughafen Zürich-Kloten erreichen, ist die Flasche auch schon leer. Läuft bei uns! Dezent angeheitert und nach wie vor enorm aufgeregt feiern wir uns auf dem Rücksitz selbst, während das Auto in die Tiefgarage fährt.

Gleich wie beim letzten Male brauchen wir uns auch dieses Mal um rein gar nichts zu kümmern.

Unser Gepäck ist umgehend auf einem Rolli verladen, so dass wir lediglich noch zur Pass- und Sicherheitskontrolle laufen müssen.

Zum Glück ist dieses Mal kein einziger Paparazzo zu sehen. So hätte es immer sein müssen! Dann wäre ich von diversen Panikattacken verschont geblieben.

Anni ist von der VIP-Behandlung am Flughafen absolut geflasht. Keine langen Warteschlangen, keine peniblen Körperuntersuchungen. Und selbst das Handgepäck und die darin verstauten Tütchen interessieren absolut niemanden.

Wenn man wirklich einmal genauer darüber nachdenkt, ist es schon erschreckend. Nur weil man einen Prominenten datet, wird man komplett anders behandelt. Geld regiert eben die Welt.

Ok, Sebastian hat sicherlich nicht nur ein bisschen Geld. Dank seiner unzähligen Filmrollen, die ganze

Schwärme von Frauen auf der gesamten Welt schier um den Verstand bringen, ist er mehr als vermögend.

Trotz alledem kommen wir nicht herum, wieder in München zwischenzulanden. Ich wage es mir schier nicht, aus dem Fenster zuschauen. Auch wenn ich davon überzeugt bin, sicherlich nicht noch einmal so einen Schock erleiden zu müssen.

Anni hingegen ist bester Laune. Anstatt turtelnde Exfreunde und Freundinnen zu fotografieren, schießen wir ununterbrochen Bilder von uns zwei. Diese werden umgehend auf allen sozialen Medien gepostet, auf denen wir angemeldet sind.

Wir genießen die Gesellschaft diverser Stewardessen, ebenso wie den hervorragenden Barservice an Board. Wir fühlen uns verdammt gut, so unerreichbar, so besonders. Natürlich wollen wir das auch aller Welt mit unseren Fotos zeigen! Mal ganz davon abgesehen, dass ich weiß, dass nicht nur Lu mein Facebook- und Instagram-Profil sicherlich stalkt. Ein triftiger Grund, nicht müde zu werden und stets an Fotomaterial noch einen oben drauf zu packen.

Der nette Kapitän, Theodor zum Namen, gibt uns über Lautsprecher bekannt, dass wir uns im Landeanflug auf London befinden. Wir sind geschockt. Schließlich wollen wir noch vor der Landung definitiv unser Make-up und unsere Frisuren auffrischen. Gesagt, getan!

Anni hat mit meinem neuen Haarschnitt hervorragende Arbeit geleistet. Die Haare sitzen immer tadellos, ohne dass ich groß etwas dazu tun muss. Aufgrund dessen konzentriere ich mich allein auf mein Make-up. Noch zackig ein anderes Outfit aus dem Handgepäck gefischt, sind wir bereit für London und vor allem ich für Sebastian.

»Meinst du, sie holen uns beide persönlich vom Flughafen ab?« fragt Anni aufgeregt.

»Ich hoffe ja nicht. Das letzte Blitzlichtgewitter hat mir gereicht und wie mich die Presse zerrissen hat, muss ich dir ja nicht noch mal erzählen, oder?«

»Stimmt auch wieder. Aber für den Fall der Fälle sind wir ja ausgerüstet.« zwinkert sie mir zu:

»Heute rocken wir das gemeinsam Mia, Deal?«

»Deal Süße!«

Der Flieger rollt auf dem Rollfeld aus, die Anschnallzeichen erlöschen. Die Treppe des Fliegers wird heruntergelassen. Sämtliches Personal steht zum Abschied am Ausgang bereit.

»Wir sind da. Bist du bereit?«

Anni ist am Sitz angewurzelt. Ihr ist offensichtlich bewusst, dass es nun Ernst wird. Ihre Gelassenheit ist vorbei.

Die Welt, die ich vor kaum zehn Tagen fluchtartig verlassen habe, wartet nun auf uns beide. Ein letztes Mal atmen wir tief durch und gehen dem Ausgang des Fliegers entgegen. Ich ergreife Annis Hand:

»Danke!« und strecke als erstes den Kopf aus dem Flugzeug.

Der kühle Londoner Wind zieht mir um die Nase. Es riecht phänomenal. Nicht nach Kerosin, sondern nach „zu Hause". Ich fühle mich augenblicklich wohl, egal wie sehr meine Gefühle beginnen Achterbahn zu fahren.

Sie sind eine abartige Mischung zwischen Vorfreude auf Sebastian, tiefen Respekt vor den Medien und gleichzeitig Stolz, den Schritt ein weiteres Mal zu wagen. Es fühlt sich einfach toll an! Absolut richtig. Es besteht nicht der geringste Zweifel!

In meinen viel zu hohen Schuhen gehe ich behutsam eine Stufe nach der Anderen die Flugzeugtreppe hinunter. Anni tut es mir gleich und folgt mir auf Schritt und Tritt. Trotz, dass es noch einige Meter bis zur Abfertigungshalle sind, sehe ich schon unzählige Photographen durch die verspiegelten Scheiben schimmern. Allesamt warten nur darauf, das Blitzlichtgewitter munter zu eröffnen. Anni schreckt zurück, offensichtlich eingeschüchtert.

»Scheiße ey! Wer ist das alles? Erwarten die uns etwa?«

»Ja, sieht so aus. Demnach werden wir persönlich abgeholt. Komm schon, es sind noch ein paar Meter, bis sie uns richtig sehen!«

Ich schmunzle, denn ich weiß genau, wie Anni sich gerade fühlt. Aber jetzt ist es für mich anders. Egal, wie hart es werden würde, ich will aller Welt beweisen, dass ich es ernst meine. Um jeden Preis will ich meinen Mann zurück.

Ich nehme Annis Hand, küsse ihren Handrücken und sage:

»It´s showtime! Bloß nicht direkt in die Kameras schauen und einfach zugehen, Ok? Ich bin bei dir. Das schaffen wir jetzt gemeinsam!«

Auch wenn Anni alles andere als nach Lächeln zumute ist, hebe ich meinen rechten Fuß zu dem nächsten Schritt an. Ich weiß, sobald dieser wieder den Boden berührt, gehen die Glasschiebetüren auf und die Presse bricht über uns herein. Nur dass ich dieses Mal darauf vorbereitet bin.

Seit dem letzten Mal bin ich eine andere Frau geworden. Eine Mia, die nicht mehr fragt, sondern sich nun auch nimmt, was sie will.

»Bereit?« versichere ich mich ein letztes Mal bei Anni rück und setze meinen Fuß wieder auf den Boden.

Wie erwartet öffnen sich die Türen zum Terminal Zwei. Unzählige Kameras klicken. Gekonnt setze ich mich in Szene. Ich posiere auf dem linken Bein stehend, und über die Schulter schauend. Und genauso auf dem anderen Bein. Anni ist völlig überfordert, so dass ich ihr ins Ohr flüstere:

»Gib ihnen, was sie wollen! Denke nicht darüber nach! Tu es einfach!«

Ihre Miene ändert sich schlagartig und wir posieren nun gemeinsam für die unzähligen Photographen.

Uns ist egal, ob sie wirklich wissen, wer wir sind. Wir genießen die Aufmerksamkeit wie lumpige Z-Promis.

Zwischen den ganzen Photographen sehe ich Sebastian. Er steht in einem dunkelgrauen

Businessanzug mit hellblauem Hemd direkt vor den Truppen. Während die Paparazzi hinter der Absperrung stehen, lehnt Sebastian an dieser. Die Hände in den Hosentaschen, die Beine voreinander überschlagen. Sein Haar, wie immer, extrem zerzaust. Er sieht mich an und strahlt über das ganze Gesicht. Ich freue mich wahnsinnig, ihn endlich wiederzusehen. Ich lasse Anni los und gehe mit meinen viel zu hohen Absätzen auf ihn zu. Der Abstand zu ihm scheint einfach nicht weniger werden zu wollen. So dass ich anfange, zu rennen. Ich will nur noch zu meinem Mann, so schnell wie möglich! Ihn endlich wieder küssen, ihn riechen.

Sebastian nimmt mich fest in die Arme. Wir drehen uns im Kreis und küssen uns. Die ganze Welt scheint still zu stehen. Ich blende alles und jeden aus. Ich habe meinen Mister Perfect endlich wieder. Wie sehr ich dieses Gefühl vermisst habe, lässt sich auch mit allen Wörtern der Welt nicht beschreiben. Er ist wieder Mein, Mein ganz allein und jeder soll es wissen.

»Du hast mir so sehr gefehlt!« finde ich zwischen den Küssen einen kurzen Moment.

Allein von einem neben uns vorbeirennenden Jason irritiert, der auf dem schnellsten Wege zu Anni will, werden wir abgelenkt.

Jason, so steif er auch ist, fällt noch mehr über Anni her, als ich über Sebastian. Wie eine Prinzessin taumelt er mit ihr in den Armen unter unzähligen Küssen vor den Photographen her.

Tja, wie soll ich sagen? Wir sind nun endlich in

London, bei unseren Männern.

Sebastian präsentiert sich noch für ein paar Aufnahmen den geduldig wartenden Photographen.

Normal habe ich damit gerechnet, vollkommen überflüssig neben ihm zu stehen. Schließlich durfte ich ihn das letzte Mal nicht einmal in aller Öffentlichkeit anfassen. Aber diesmal ist es anders. Sebastian weicht mir nicht von der Seite. Es gibt ausnahmslos Gemeinschaftsfotos von uns. Er wird keine Sekunde müde, mir auf die Wange zu busseln. Nicht zuletzt um aller Welt und vor allem allen weiblichen Fans zu sagen, dass dieser Mann nun offiziell vom Markt ist.

Überglücklich gehen wir zwei wartenden Autos entgegen. Dicht gefolgt von Jason und Anni. Jason scheint nun offiziell ein freies Wochenende zu haben. Er schaufelt uns nicht den Weg frei, er konzentriert sich zu eintausend Prozent auf meine blonde Lieblingsarbeitskollegin.

Noch nie habe ich Anni so glücklich gesehen. Sebastian merkt sofort, dass ich die Beiden mit größter Freude beobachte. Da er nun ein weiteres Mal anfängt, zu lächeln, schaue ich ihn fragend an.

»Tja Baby, ich bin auch mal nett zu meinen Angestellten!«

»Du bist der Beste!«

Zum Dank gebe ich ihm einen Kuss.

Kaum, dass wir im Auto sitzen halte ich es nicht

mehr aus. Zu groß ist meine Lust auf Sebastian.

»Mia, es gibt hier keine Trennscheiben. Wir sind gleich Zuhause. Kannst du dich noch ein bisschen zusammenreißen?«

»Könnte ich, will ich aber nicht!« rutsche ich auf seinem Schoss wild herum.

»Du machst mich wahnsinnig! Ich schwöre dir bei Gott, sobald wir zu Hause sind, nehme ich dich richtig ran!«

»Ich hoffe doch, das ist ein Versprechen, Mister Cleary!?«

»Wir sind gleich da. Setz dich bitte kurz neben dran. Wir werden sicher vor meiner Wohnung schon erwartet.«

Widerwillig, aber gehörig steige ich von seinem Schoss und schließe mich ihm an, eine zu rauchen.

Sein reiner Anblick, wie er die Kippe im Mund hält, die schon wieder viel zu langen Haare, die ihm strähnchenweise ins Gesicht hängen. Es macht mich abartig scharf! Noch dazu dieses, sorry aber ist so, „Fick-mich-Grinsen" heizt mir zusätzlich ein.

Aber gut, Anstand für die nächste Runde Paparazzi.

Wir passieren den Londoner Stadtteil Mayfair und fahren durch die exklusivste Straße der gesamten Stadt. Weiter auf der Piccadilly Road in Richtung Trafalgar Square. Gespannt sehe ich aus dem Fenster. Es kommt mir vor, als wäre ich nie weggewesen. Die Straßen sind voll. Alles, was es an Kulturen auf der Welt zu sehen gibt, laufen die Straße rauf und runter.

Zweifelsohne, ich liebe diese Stadt! Auch wenn ich das letzte Mal kaum etwas von ihr sah.

Die großen Reklametafeln erinnern an New York. Ein Restaurant nach dem Anderen reiht sich entlang der Straßen ein. Lediglich von unzähligen Souvenirshops unterbrochen.

Kaum dass wir an der St. Pauls Cathedral vorbeifahren, sehen wir schon von weitem den Tower of London. Unser Weg führt uns direkt über die Tower Bridge.

Es scheint, als würde Steve eine extra Runde durch die Stadt drehen. Ein Teil der Sehenswürdigkeiten, die mir das letzte Mal verweigert wurden, fährt er nun an. Selbst das London Eye ist in Sichtweite.

Steve schaut zu mir in den Rückspiegel. Ohne ein einziges Wort auszusprechen, sage ich „thank you" und lächle ihn an.

Wir erreichen Sebastians Stadtteil Whitechapel. Steve biegt Richtung Tiefgarage ab, vorbei an den drei vor dem Haus befindlichen Stahlpferden, die inmitten eines flachen Brunnens stehen.

»Wir sind zu Hause!« sagt Sebastian, bevor Steve uns die Autotüren öffnet. Sebastian steigt als erster aus, dann ich.

Die in der Lobby wartenden Photographen bestehen auf unzählige Fotos. Ein weiteres Mal lassen wir es tapfer über uns ergehen, bis ich Sebastian zuflüstere:

»Wann denn nun?«

Er sieht mich an, realisiert sofort, was ich meine und spricht in britischen Akzent auf die Paparazzi ein. Sie haben doch erstaunlich viel Verständnis für seine Worte, so dass sie uns bereitwillig den Weg zum Fahrstuhl freigeben.

Noch während die Tür hinter uns ins Schloss fällt, ist kein Halten mehr. Eine Schneise von Klamotten zeichnet unseren Weg in Richtung Schlafzimmer.

Sebastian stößt mich aufs Bett und zieht sich seelenruhig aus. Stets Auge in Auge. Sein Blick lässt keine Sekunde von mir ab.

Je mehr er sich auszieht, je mehr werde ich schwach. Seine braune Haut, seine perfekte Brust, sein muskulöser Bauch, seine sehnigen Unterarme. Der Anblick bringt mich um den Verstand. Nachdem er nur noch seine Shorts anhat, erbarmt er sich mir endlich und kommt ins Bett.

Ich spreize meine Beine weit, bereit für ihn. In quälend langsamem Tempo zieht er mir erst meine Schuhe, dann meine Hose und zu guter Letzt meinen Slip aus. Mein Herz pocht wie wild. Ich kann es nicht mehr erwarten. Sebastian aber schaut mich an. Er scheint sich offenbar nicht ganz sicher, was er nun tun will.

Mir ist bewusst, dass das nun kein einfacher Sex wird, ganz im Gegenteil! Er hat es auf der Fahrt ja schon angekündigt.

Sebastian beugt sich über mich und beginnt als erstes meinen Hals zu küssen. Seine Lippen wandern weiter und liebkosen ununterbrochen jedes Stückchen Haut, das frei liegt. Ich schließe die Augen und genieße. Wieder stellt sich jedes einzelne Haar an meinem Körper auf.

Sebastian wird nicht müde, an jeglichen Stellen zu knabbern, zu lecken und zu beißen. Die Reizüberflutung bringt mich ein weiteres Mal um den Verstand. Ich verzehre mich so sehr nach ihn, soll er doch endlich mit mir schlafen. Er ergreift meine Handgelenke bei dem Versuch, ihn auf Augenhöhe zu bringen und drückt sie grob neben meinem Kopf vorbei in die Kissen.

»Ich will, dass du mich anflehst, dass ich dich ficke!«

Hoppla! Erschrocken schaue ich ihn an. Bitte was? Was hat er vor?

Mit seinen stechend blauen Augen stiert er mich an, ohne jegliche Miene zu verziehen. Todernst, kein Lächeln. Ich erkenne ihn nicht wieder.

Er lässt von einen meiner Arme ab und greift gezielt zwischen die Beine, derb. Es ist fast schon unangenehm.

Stets seinen Blick auf mich gerichtet, scheint er ganz genau beobachten zu wollen, wie ich auf seine Handlungen reagiere. Ich versuche mir bestmöglich nichts anmerken zu lassen, und schon gar nicht, dass er mir in diesem Moment einen Heidenrespekt einflößt.

Seine Hand lässt von meinem Schritt ab. Das Atmen fällt mir wieder leichter. Doch anstatt mich zu streicheln, greift er mir an die Brust, drückt und massiert sie, grob.

»Du tust mir weh!«

Er wirft mir einen kalten Blick zu und flüstert mir ins Gesicht:

»Du hast mich vor aller Welt vorgeführt. Dafür sollst du leiden!«

Die anfängliche Neugier und Euphorie weicht schlagartig tiefstem Respekt, gepaart mit Angst.

Denn ja, das tut er. Sebastian macht mir Angst.

Mit meiner freigelegten Hand versuche ich meine Brust von seinem Griff zu lösen. Es ist so unangenehm. Er soll einfach nur noch aufhören. Trotzdem verzieht er keine Miene.

Das Liebenswürdige, dieser jungenhafte Charme, nichts davon ist mehr da. Er ist wie ein anderer Mensch.

Ich drücke ihn mit meinen Knien zwischen meinen Beinen weg und richte mich auf.

»Was ist denn nur los mit dir? Merkst du nicht, dass du mir weh tust?«

Sebastian sieht mich weiterhin gefühlskalt an.

Ich ermahne ihn einmal:

»Sebastian!«

und auch ein zweites Mal, aber er scheint mich einfach nicht zu hören! Er ist offensichtlich in einer ganz anderen Welt.

»Sag mir, wenn du was nicht willst!«

»Ich will nicht, dass du mir weh tust! Merkst du das nicht selbst? Muss ich das echt erst sagen?«

Sein Gesichtsausdruck ändert sich sofort. Er lässt umgehend mein anderes Handgelenk los und küsst mir den Bauch. Irritiert schaue ich ihn an. Ich kann es nicht einordnen, warum er nun schlagartig wieder liebevoll wird?! Wie ausgewechselt! Seine Hände streicheln meinen Oberkörper, sein Mund küsst meine Hüfte. Mein Respekt ihm gegenüber wird wieder weniger.

Ich stütze mich auf meine Ellenbogen, in der Bereitschaft, bei der nächsten Grobheit sofort aufstehen zu können. Seine Lippen wandern weiter bauchabwärts. Unmittelbar zwischen meinen Beinen angekommen schaut Sebastian zu mir auf. Der einst kalte Blick weicht einem lausbubenhaften Gesichtsausdruck. Endlich!

Ich entkrampfe mich, löse meine Knie und lasse ihn skeptisch gewähren. Kaum berührt seine Zunge mein Heiligstes, steigt ein warmes Gefühl in mir auf, welches letztlich in einem lauten Stöhnen gipfelt.

Keine Chance! Jegliches Misstrauen ist dahin. Seine Zunge wandert meinen Innenschenkel hinauf und wieder herunter. Sein Bart kitzelt an diesem. Kaum ist er wieder zwischen meinen Beinen angekommen, verweilt er ein klein wenig. Bevor er den Weg den anderen Innenschenkel bis zu dem Knie aufnimmt.

Ich will nicht, dass er das tut. Ich will, dass er mittig verweilt.

Ich entkrampfe mich gänzlich. Ich lasse mich in die Kissen fallen und beginne, zu genießen.

Sollte das seine Methode sein, mich leiden zu lassen, bin ich durchaus bereit, ihn täglich vorzuführen. Mit Ausnahme der Grobheit natürlich.

In einer nahezu theatralischen Art widmet er sich meinem Empfindlichsten überhaupt. Seine Zunge kreist, seine Zähne knabbern, seine Lippen küssen. Ich bin bereit. So bereit wie selten zuvor.

Meine Beine werden schwer, meine Schenkel beginnen unkoordiniert zu zittern. Doch Sebastian hört nicht auf. Ganz im Gegenteil. Er verweilt nun mittig. Mit seinen Händen massiert er meine Brüste. Seine Finger spielen mit meinen Nippeln. Das Gefühlschaos bringt mich regelrecht der Verzweiflung nah. Mit meinen Händen, die sich über meinem Kopf an dem Bettrahmen verkrampfen, greife ich zwischen meine Beine zu seinem Kopf. Er soll aufhören. Sofort aufhören und mich, wie versprochen, nehmen. Tief! So tief es ihm möglich ist und das sofort.

»Sag es, Mia! Ich will es hören!«

So sehr ich mich auch anstrenge, bringe ich kein Wort heraus. Mein Unterleib beginnt sich auf das Herzhafteste zusammen zu ziehen. Ich weiß, jetzt, oder nie!

Ich hole ein letztes Mal tief Luft und flehe ihn förmlich an:

»Fick mich! Bitte!«

Augenblicklich lässt er von mir ab, reist sich selbst die Shorts runter und dringt mit einem heftigen Stoß in mich ein. Er legt mein Bein über seine Schulter. Intensiver hätte es nicht werden können. Mit jedem weiteren, einzelnen Anlauf ermahnt er mich bestimmend: »T u - d a s - n i e - w i e d e r ! ! ! «

FÜNFZEHN

Sebastian liegt zwischen meinen Beinen. Mit seinem Kopf auf meiner Brust. Stille flutet den Raum. Wir sagen kein Wort zueinander. Sind offensichtlich beide in Gedanken.

Ich versuche mir einen Reim darauf zu machen, was eben passiert ist. So habe ich ihn noch nie erlebt. Es macht mir ungemeine Angst. Ist er doch sonst stets der liebevolle Mann. Jemand, den man seine Gutmütigkeit schon ansieht. Doch nun, hat er eine spezielle Vorliebe, von der ich vielleicht gar nichts weiß? Eins steht aber für mich fest. Diesen Sebastian mag ich nicht!

Gedankenversunken spiele ich mit meinen Daumen und Zeigefinger in seinen Haaren, denen man schier beim Wachsen zusehen kann. Aber offensichtlich bin nicht nur ich am überlegen, weshalb ich die Stille unterbreche.

»Ein Königreich für deine Gedanken!«

»Wie meinst du das?«

»Ich kann dich denken hören.« wie es in der Tat auch ist.

Über was er aber nachdenkt, weiß ich nicht. Vielleicht über sein neues Filmset, über das Wochenende oder auch etwas ganz Anderes.

Es geht nicht lange, brummt es von meiner Brust meinen Ohren entgegen.

»Warum hast du mir das angetan?«

Meine Hand ruht schlagartig in seinen Haaren.

»Was meinst du?«

»Du weißt genau, was ich meine.«

Einerseits bin ich erleichtert, dass er das Thema anspricht, andererseits bin ich diese direkte Art nicht gewohnt. Schon zwei Mal nicht von Männern.

»Ich war mit der Situation überfordert. Erst das in München, dann war ich hier ganz alleine. Es tat weh. Als würdest du mich nur zum Zeitvertreib haben wollen. Mir fiel die Decke auf den Kopf.«

»Das meine ich nicht!«

Ich hebe meinen Kopf an und versuche ihn ins Gesicht zu schauen. Da er offenbar nicht meine überstürzte Abreise meint, stutze ich.

»Was meinst du dann?«

»Ich weiß von dem Tierarzt.«

Sebastian richtet sich auf und schaut mir direkt in die Augen. Sie haben in diesem Moment ihren Glanz verloren. Ich bekomme augenblicklich ein schlechtes Gewissen. Ich weiß nicht, wie ich ihm das hätte erklären sollen. Schließlich weiß ich selbst nicht, warum ich mich auf Daniel eingelassen habe.

»Liebst du ihn? Diesen Tierarzt?«

Ich schnüre mir das Laken um die Brust und richte mich ebenfalls auf. Denn jetzt wird es ernst!

»Nein, das tu ich nicht! Er war nur für mich da. Das ist nicht so einfach zu erklären, Sebastian!«

»Versuch es!«

Auf Anhieb fällt mir keine Mastererklärung ein. Zumindest keine, die plausibel nachvollziehbar ist. Ich versuche abzulenken, um Zeit zu gewinnen.

»Woher weißt du überhaupt von Daniel? Hast du mich überwachen lassen?«

Er antwortet nicht auf meine Frage und legt seinen Kopf auf meinen Schenkel. Mit einem leichten Ruck, der seinen Kopf treffen soll, fordere ich ihn auf, meine Frage zu beantworten.

»Ich habe am Set von deiner Abreise erfahren. Ich konnte nicht verstehen, warum du mir das antust. Meine Schauspielkollegin hat mir dann erklärt, wie Frauen nun einmal ticken. Weißt du, Mia, ich habe mir noch nie über so was Gedanken machen müssen. Mir war klar, dass ich dich alleine gelassen habe und wollte es wieder gut machen. Deswegen bin ich in einer Drehpause nach Deutschland geflogen, um mit dir zu reden. Aber da warst du schon beschäftigt.«

Bitte was? Mir stockt der Atem! Mir ist bewusst, dass ich es die letzten zehn Tage viel zu bunt getrieben habe. Aber ich war der Meinung, ich darf das. Schließlich war ich wieder ein Single und keinem mehr Rechenschaft schuldig. Mal ganz davon abgesehen, dass ich dachte, es würde sowieso keiner erfahren.

Im Leben hätte ich nicht geglaubt, noch einmal etwas von Sebastian zu hören. Ich wollte mich einfach nur ein klein wenig austoben, auf andere Gedanken kommen, nicht mehr und nicht weniger. Wie man so etwas allerdings einem Mann erklären soll, weiß ich nicht.

Augenblicklich fühle ich mich schlecht. Wie ein Flittchen oder schlimmer noch, wie eine Betrügerin.

Und das nicht zum ersten Mal.

Sebastian schaut mich wieder an.

»Wird das jetzt immer so laufen? Sobald ich keine Zeit für dich habe, schläfst du mit einem anderen Mann?«

Ganz ehrlich, ich weiß wirklich nicht, was ich auf diese Frage antworten soll! Ich krempelte mein Leben die letzten Tage von links auf rechts um, wollte wieder unabhängig sein. Alles war so ereignisreich. Und es ist nach wie vor so, dass ich nicht weiß, wie es mit Sebastian weitergehen soll. Wie soll ein ganz normaler Alltag funktionieren? Sollen wir an jedem freien Wochenende zwischen Deutschland und London pendeln? Und was ist, wenn er auf einem anderen Kontinent dreht, wo man nicht so schnell hingeflogen ist? Schließlich wohnt er die meiste Zeit des Jahres in Kalifornien.

Natürlich kann ich ihm jetzt versprechen, nie wieder mit einem anderen Mann zu schlafen. Nicht zuletzt ihm meine tiefe Treue zu schwören, doch ja, es ist alles noch so frisch. Meine Gedanken überschlagen sich.

»Wenn du von Daniel wusstest, warum sollte ich dann überhaupt noch mal nach London kommen?«

»Ich liebe dich, Mia! Das war keine Lüge. Du bist MEIN Mädchen!«

Die Worte aus seinem Mund klingen wie eine Oper von Pavarotti. Selbstverständlich will ich seine Liebe erwidern, aber ich bringe es einfach nicht über die Lippen. Stattdessen beginnt mein Magen zu knurren.

Den ganzen Tag habe ich noch nichts gegessen, nur Unmengen an Drinks zu mir genommen.

»Hast du Hunger?« bleibt mein Magenknurren Sebastian nicht unbemerkt.

»Ja schon etwas. Ich würde aber gern erst mal duschen gehen.«

»Ok, dann geh du mal duschen und ich ordere uns etwas zu essen. Von dem Italiener unten an der Ecke?«

»Klingt nach einem verdammt guten Plan. Wo ist überhaupt mein Koffer?«

Ich schaue mich im Zimmer um. Sebastian zuckt mit den Schultern und beginnt zu kichern.

»Wahrscheinlich im Wohnzimmer bei Steve!«

Wieder einmal stehe ich unter der wohltuenden Duschbrause. Das Wasser prasselt auf mich herab. Ich genieße es maßlos und strecke mein Gesicht ununterbrochen dieser entgegen.

Die Worte von Sebastian gehen mir nicht aus dem Kopf. Ich weiß nicht, wie kulant ich gewesen wäre. Ob ich ihn zu mir gebeten hätte, nachdem er sich mit einer anderen Frau vergnügt hat. Offensichtlich meint er es wirklich ernst mit mir.

Wenn man alles einmal ganz nüchtern zusammenfasst, ist es wie in einem schlechten Film. Vor gut acht Monaten begann alles mit einem einfachen Urlaubsflirt, der nur wegen Unmengen von Alkohol zustande kam. Eine moderne Cinderella-Story von mir aus. Und nun stehe ich bei meinem

Prinzen in der Dusche. Ohne Frage ist Marisol die gute Fee in dem Schauspiel. Sie hat den Zauberstab geschwungen, damit wir uns wiederfinden. Wobei der Zauberstab bei Marisol eher ihre Hüften bei einem ausgiebigen Fest sind. Nichts desto trotz war sie der Anstoß zu Allem. Schon verrückt, wie das Leben manchmal spielt.

Zu meiner Verwunderung dusche ich heute allein, ohne Sebastian.

Ich versuche die Zeit zu nutzen und mir einen Plan zurecht zu legen, wie ich ihm meinen Fehltritt erklären kann. Wobei, viel lieber wäre es mir gewesen, ihm einfach sagen zu können, dass ich ihn auch liebe. Schreiben kann ich es ihm, aber direkt ins Gesicht sagen? Da hapert es gewaltig.

Ich weiß, dass ich mehr für ihn empfinde, als nur Lust oder gar den Reiz, weil er ER ist. Aber Recht hat er. Wenn ich doch behaupte, ihn zu lieben, warum springe ich dann mit Daniel in die Kiste?

Mir wird nun immer mehr bewusst, wie sehr ich Sebastian verletzt habe. Noch viel mehr erschreckt es mich aber, dass er immer noch Interesse an mir zeigt. Interesse, die ich gar nicht verdient habe.

Mit nassen Haaren, völlig ohne Make-up und einem Handtuch um die Brust sehe ich in den Spiegel. Wer bin ich nur geworden? Von der alten Mia ist auf Anhieb nichts sichtbar. Ich verstehe nicht, wie Sebastian immer noch an mir festhalten kann? Bin ich doch offensichtlich nicht mehr die, die er kennengelernt hat. Die Gedanken zermürben mich, weshalb ich kurzerhand beschließe, sie beiseite zu schieben und mich zu richten.

Ich lege Mascara auf, creme mich ein und föhne mir die Haare. Ich springe in eine Jeans und ziehe mir ein Shirt über. Barfuß verlasse ich das Badezimmer und suche Sebastian. Er ist in der Küche am werkeln und richtet das Abendessen liebevoll auf zwei Tellern an. Lächelnd schaue ich ihm dabei zu. Der Anblick von ihm in der Küche gefällt mir, auch wenn ich mir nur schwer vorstellen kann, dass er das jemals zuvor schon einmal gemacht hat. Und wenn doch, dann sicher nicht für eine Frau.

Wir setzen uns beide an seinen großen Glastisch inmitten seines offenen Esszimmers. Direkt zwischen Küche und Wohnzimmer gelegen. Es sieht köstlich aus. Pasta mit Steinpilzsoße, dazu zwei Gläser Weißwein.

»Lass es dir schmecken. Ich habe gekocht!« fordert mich Sebastian lachend und zugleich stolz auf.

»Merci, gleichfalls.«

Es sieht nicht nur lecker aus, es ist es auch.

»Und, was hast du heute noch vor?« will ich von Sebastian wissen.

»Das, was du vorhast. Ich habe das ganze Wochenende frei. Wir können also die Stadt erkunden oder uns erst mal richtig kennenlernen.«

Der Glanz in seinen Augen ist zurück. Gott sei Dank!

»Macht man das nicht normalerweise, bevor man miteinander schläft?« kontere ich frech.

»Bei uns läuft halt alles ein bisschen anders aber jetzt haben wir ja Zeit.«

Nach dem Essen setzen wir uns mit der Flasche Wein auf das Sofa. Gesicht an Gesicht, nebeneinander und fangen an, uns zu unterhalten.

Mir persönlich fällt es ziemlich schwer, ihm direkt eine Frage über sein Leben zu stellen. Ich bin der Meinung, schon bestmöglich über ihn Bescheid zu wissen. Lu ist mit Abstand die beste Stalkerin, wenn sie von einem Schauspieler besessen ist.

Wobei, wirklich persönliche Dinge weiß ich nicht von ihm. Lediglich das, was man in diversen Sendungen und YouTube-Videos in Erfahrung bringen kann.

Wir lächeln uns an, wie zwei frisch verliebte Teenager, aber Sebastian ist es offensichtlich ernst, weshalb er mit der ersten Frage startet:

»Wer ist Mia Sommers?«

Ich bin peinlich berührt, nicht wirklich wissend, wie ich meine Person in wenigen Worten beschreiben soll. Nach langem Überlegen lege ich aber los.

»Ich, also Mia Sommers, bin 23 Jahre alt.«

Sebastian beginnt zu lachen.

»Du bist nicht 23!« wirft er mir sofort an Kopf.

»Ja, aber ich fühle mich so!« und lache ebenfalls.

»Ok, neuer Versuch! Ich bin 27 Jahre alt, eine gebürtige Berlinerin und von Beruf Steuerberaterin.«

»Nichts, was ich nicht schon wusste, Frau Sommers.« besiegelt er das Gesprochene mit einem liebevollen Kuss.

»Erzähl mir etwas Persönliches von dir. Was sind deine Träume und Ziele im Leben?«

Wow, eine tiefgründige Frage. Ich nehme einen großen Schluck Wein und stimme an:

»Ok aber nicht lachen, klar?«

»Versprochen!«

»Mein großes Ziel im Leben ist es immer glücklich und gesund zu sein. Ich habe ehrlich gesagt Angst vor dem Älterwerden. Wobei, eher Angst irgendwann mal alleine zu sterben.«

»Möchtest du Kinder?«

Ich stutze.

»Ähm, ehrlich gesagt nicht, zumindest kann ich es mir nicht vorstellen. Ich bin glaub kein Kindertyp. Ok, Kinder mögen mich und Babys lachen mich auch immer an aber ich hätte Angst, vor so viel Verantwortung.«

»Wenn du keine Kinder willst, wirst du aber irgendwann alleine sterben!«

»Wer sagt, dass wenn man Kinder hat, man dann nicht alleine stirbt? Ich finde, das Eine hat mit dem anderen nichts zu tun. Möchtest du denn Kinder?«

»Ja, auf jeden Fall! Am besten einen ganzen Stall voll.«

»Wie alt bist du eigentlich?« muss ich mich nun doch einmal rückversichern.

Er beginnt ein weiteres Mal zu lachen.

»Offiziell oder tatsächlich?«

»Ehrlich gesagt wusste ich nicht, dass es da einen Unterschied gibt. Also ich entscheide mich für tatsächlich!«

Offiziell, was wohl aus der Presse heißt, weiß ich ja bereits.

»Ich bin 34.«

»Nicht dein Ernst? Schon so ein alter Sack?«

Ich lasse mich in einem beginnenden Lachflash in die Sofalehne fallen.

»Dann bleibt dir aber nicht mehr viel Zeit für das Kinderkriegen. Du stehst ja quasi kurz vor der Rente!«

Ich kriege mich vor Lachen fast nicht mehr ein. Natürlich rein ironisch. Ich will Sebastian hochnehmen.

Er beobachtet mich hingegen ganz genau und holt zur Begründung aus:

»Ich habe die richtige Frau noch nicht gefunden, also bisher noch nicht. Jetzt schon, glaube ich!«

Mein Lachen verstummt. Meint er jetzt wirklich mich mit der Richtigen? Ich soll seine Kinder zu Welt bringen? Allmählich kommen mir Zweifel, ob er mir gerade überhaupt zugehört hat. Schließlich sagte ich, dass ich ganz klar keine Kinder will. Kinder passen einfach nicht in mein Leben.

Nie kam mir bisher der Gedanke, ich würde eine gute Mutter werden oder überhaupt sein wollen. Sämtliche Mädels in meinem Bekanntenkreis, natürlich mit ein paar Ausnahmen, legten die letzten Jahre mehr oder minder freiwillig mit der Familienplanung los, heirateten und so weiter. Ich bin nie auf die Idee gekommen, sofern Ben und ich uns da auch einig waren.

Verunsichert frage ich nun direkter nach:

»Heißt das, dass du auch heiraten willst?«

»Auf jeden Fall! Ich möchte es meinen Kindern mal besser vorleben, wie meine Eltern es mir.«

Diese Aussage irritiert mich gänzlich. Heißt es doch in den Medien, er wäre wohl behütet in einer intakten Familie aufgewachsen.

»Wie meinst du das? War deine Kindheit nicht so toll?«

»Wahrscheinlich sollte ich dich jetzt erst einen Vertrag unterschreiben lassen, dass alles, was ich dir jetzt erzähle, unter uns bleibt.«

»Du kannst mir vertrauen. Ich bin schließlich Steuerberaterin und zur Verschwiegenheit verpflichtet.«

»Na dann kann ja nichts mehr schiefgehen.«

Wir lachen beide herzhaft. Aber das Thema bleibt ernst.

»Ich bin in England geboren. Meine Mom war eine ganz normale Arbeiterin, ähnlich wie du. Sie hat sich sehr früh in einen Marine aus Amerika verliebt und wurde mit mir schwanger. Meine ganze Kindheit bestand darin, dass wir meinem Vater hinterhergezogen sind. Ich hatte nie wirklich Freunde und natürlich der Klassiker; als mein Vater aus der Marine entlassen wurde, bekam er ein schweres Alkoholproblem. Er begann erst meine Mom, und später auch mich, zu schlagen. Nachdem meine kleine Schwester auf die Welt kam, hat sich meine

Mom endlich von ihm getrennt. Wir lebten nach der Trennung lange Zeit in Amerika. Meine Mom war Kellnerin in einem Fastfoodrestaurant. Das Geld reichte nicht annähernd, um uns über die Runden zu bringen. Deshalb investierte sie das bisschen Geld in meine Schwester Lilly. Sie zogen von einem Schönheitswettbewerb zum nächsten.«

»Wow, das klingt wie in einem typischen amerikanischen Film.«

»Ja, nur leider war es nicht so toll. Wir lebten in keiner Vorstadt, sondern in einem Trailerpark. Als ich 16 wurde, jobbte ich in einer Male und verpackte die Einkäufe der Kunden in die Tüten. Dabei wurde ich entdeckt. Eine Frau sprach mich an. Sie war Modelagentin und nahm mich unter Vertrag. Den Rest kennst du ja. So wurde ich erst Model und dann Schauspieler.«

Diese Story ist mir alles andere als bekannt. Zumindest wird einem das in sämtlichen Videos im Internet ganz anders verkauft.

Ich bin erschrocken, aber auch sehr dankbar, dass er so ehrlich zu mir ist. Es steht völlig außer Frage, dass ich es jemanden erzählen werde.

»Hast du heute noch Kontakt zu deiner Familie?«

»Ja natürlich. Meine Mom unterstütze ich monatlich, damit sie nicht mehr arbeiten muss. Lilly arbeitet inzwischen im Büro einer Modelagentur in Kalifornien. Wir versuchen uns, so oft es geht, zu sehen.«

»Und zu deinem Vater?«

»Nein, zu ihm habe ich gar keinen Kontakt mehr.

Keine Ahnung, was aus ihm geworden ist. Als ich meinen ersten Blockbuster abgedreht hatte, haben sich ein paar Männer gemeldet und behauptet, sie wären mein Vater. Doch die waren nur geldgierig. Ob er tatsächlich mit dabei war oder ob er überhaupt noch lebt, weiß ich nicht, Mia!«

»Hm, es scheint, als hätten wir beide keine allzu tolle Kindheit gehabt.«

»Wie meinst du das?«

»Na ja, also ich bin Einzelkind, zumindest denke ich das mal. Sicher wissen kann man so was ja nie. Meine Eltern haben mich auch jung bekommen. Mein Vater sagte immer, ich wäre ein Unfall gewesen. Na ja. Die meiste Kindheit habe ich bei meiner Großmutter verbracht. Sie war meine Mama. Leider ist sie schon gestorben. Irgendwie konnte ich es meinen Eltern nie verzeihen, dass sie so waren, wie sie heute noch sind. Ähnlich wie bei dir hatte ich mir viele Jahre vorgenommen, alles komplett anders als sie zu machen. Meine Eltern waren sich nie gegenseitig treu, aber sie kamen damit klar. Kaum, dass ich 18 war, stand für mich fest, dass ich von ihnen wegwill und so bin ich am Bodensee gelandet. Ich bin für die Ausbildung eintausend Kilometer weit weg gezogen. Wäre Deutschland größer gewesen, wäre ich auch noch weiter weggezogen.«

»Interessant, dann ist London ja keine Entfernung für dich?«

»Ja, das stimmt schon irgendwie. Nur wollte ich wieder nach Hause. Ich hatte nie Halt oder eine gute Freundin dort. Na ja und in meiner Ausbildung habe ich dann Lu kennengelernt, die Frau vom Flughafen. Anfangs war sie mir ziemlich unheimlich, aber ich hatte keinen. Ich kannte niemanden. Schnell haben wir gemerkt, dass wir auf einer Wellenlänge sind. Es war noch kein halbes Jahr der Ausbildung rum, schon waren wir unzertrennlich.«

»Und wie kam es dann zu dir und deinem Exfreund?« fragt Sebastian neugierig weiter.

»Ben, also so heißt er, habe ich auf einem Weinfest kennengelernt. Lu und ich hatten ziemlich einen getankt und Ben war in einem Eishockeyverein. Wir hatten einen saulustigen Abend zusammen, Lu natürlich immer dabei. Wir waren alle so furchtbar betrunken. Ja, es kam, wie es kommen musste. Ben und ich sind im Bett gelandet. Also wir hatten einen One-Night-Stand. Ja gut, keinen richtigen, denn ab da an liefen wir uns ständig über den Weg. Öfters trafen wir uns rein zufällig in Bars, in Diskotheken und und und. Es schien wirklich so, als wäre es vorherbestimmt. Ben passte Lu gar nicht. Na ja, zumindest dachte ich das lange Zeit. Wie sich jetzt rausstellte, fuhr Ben von Anfang an zweigleisig, nämlich mit Lu.«

»Seit wann weißt du das?«

»Ben hat sich verquatscht, als er seine Sachen geholt hat. Das war am selben Tag, als ich von London wiederkam.«

Nachdenkliche Stille kommt auf.

Ich streiche Sebastian eine Strähne aus dem Gesicht. Er sieht mich an, wieder liebevoll und nicht mehr verachtend.

»Es tut mir wirklich leid, Sebastian! Ich wollte nie so werden, wie meine Eltern, vor allem was die Treue angeht. Auch was mit Daniel passiert ist. Ich wollte dir nicht wehtun. Wirklich nicht! Wahrscheinlich kann man gar nicht groß beeinflussen, wie man wird. Ich denke, das ist alles ein Stück weit genetisch vorhergesehen. Ich mag dich wirklich sehr, auch wenn ich eine scheiß Art habe, es dir zu zeigen. Aber ich bin hier. Das sollte doch Beweis genug sein, oder?«

»Ich weiß, Mia. Mach dir keine Gedanken. Es tat trotzdem sehr weh, zu sehen, wie er in deiner Wohnung verschwindet und erst mitten in der Nacht wieder rauskommt.«

»Hä? Du hast die ganze Zeit vor meiner Wohnung gewartet??? Warum hast du nicht geklingelt?«

»Ich habe es probiert, aber mich nicht getraut. Ich habe sogar überlegt, einfach die Tür aufzuschließen und dich zur Rede zu stellen aber ja…«

»Moment Cleary! Woher hast du einen Schlüssel zu MEINER Wohnung?«

Sebastian schmunzelt.

»Jason hat natürlich einen mehr machen lassen, nachdem er die Schlösser austauschen ließ.«

»Heißt das jetzt, dass du seither in meiner Wohnung warst, als ich nicht Zuhause war?«

»Na ja schon irgendwie und ich muss sagen, du hast es handwerklich wirklich drauf! Die Wohnung ist schön geworden.«

Sauer fahre ich vom Sofa hoch.

»Das ist Stalking! Strafbar und absolut krank!«

»Ja es tut mir auch leid, aber ich wollte dir nah sein.«

»Dann ruft man jemanden an und bricht nicht in die Wohnung ein, verflucht nochmal!«

Mit dem Weinglas in der Hand wühle ich in meiner Handtasche nach Zigaretten. Ohne Sebastian auch nur eines weiteren Blickes zu würdigen, gehe ich auf die in den Hinterhof ragende Terrasse, um in aller Ruhe eine zu rauchen. Es schockiert mich zutiefst, dass er einfach in meine Wohnung gegangen ist, um alles zu inspizieren. Nicht auszudenken, hätte er meinem Möpschen dabei etwas getan oder sie ausgesperrt. Das geht in meinen Augen gar nicht und das will ich ihm auch nicht so einfach durchgehen lassen!

Die Sonne ist bereits untergegangen. Die Lichter der Stadt erhellen den Himmel, zwischen warmen gelb und zarten rot. Von den Straßen hallt der Lärm bis zum obersten Stock des Hauses. Eine Stadt, die nie zu schlafen scheint.

Sebastian merkt, dass er wohl zu weit gegangen ist.

Er kommt zur mir auf die Terrasse und sagt vorerst kein Wort. Ich hingegen habe noch erstaunlich viel Redebedarf!

»Was war das heute, Sebastian?«

»Was meinst du?«

»Im Bett natürlich! Warum hast du mir wehgetan? Das hatte doch nichts mit Erotik oder Stimulierung zu tun. Du hast mir Angst gemacht und noch dazu tat es weh!«

»Ehrlich gesagt hatte ich jetzt nicht den Eindruck, als wäre es dir unangenehm gewesen.«

Ich nehme einen tiefen Zug von meiner Kippe und spreche es ganz offen an:

»Du hast mir eine scheiß Angst gemacht, Cleary! Du warst mir richtig unheimlich!«

»Mia! Hallo? Du hast mich vor aller Welt vorgeführt, mich lächerlich gemacht. Ich musste dir wehtun, damit du verstehst, wie es mir ging!«

»Du bist in meine Wohnung eingebrochen, Sebastian! Hätte ich dich denn jetzt dafür schlagen sollen? Weil, mich hat das auch verletzt! Du hast meine Privatsphäre verletzt. Gerade du solltest doch wissen, dass so was gar nicht geht!«

Entgeistert schaut er mich an. Offenbar ist ihm auch nicht nur im Ansatz bewusst, dass die beiden Dinge keinen sonderlich großen Unterscheid zueinander machen.

»Nun frage ich auch dich! Wird das immer so laufen, dass du einfach in meine Wohnung einbrichst, wenn ich arbeiten bin und du Sehnsucht nach mir hast?«

Bähm!!! Der Ball ist faustdick zurückgespielt. Seine Unterstellungen mögen durchaus berechtigt und angemessen gewesen sein. Aber ich kann kein Verständnis dafür aufbringen, was er getan hat.

»Wir müssen dringend an unserer Kommunikation arbeiten, Sebastian! Sonst wird das sicher nichts mit uns. Wir können uns nicht gegenseitig verletzen und dann hoffen, dass Liebe entsteht.«

Sebastian steht neben mir, sein Blick auf die Stadt

gerichtet. Er sagt nichts, nimmt mein Gesprochenes unkommentiert zur Kenntnis. Zwischen uns herrscht nun offiziell Funkstille, gleich wie nah wir beieinanderstehen.

Überrascht holt er tief Luft:

»Ich möchte, dass wir heute Abend ausgehen. Ich will dir meine Welt zeigen.«

Ich schaue ihn entgeistert an.

»Was? Wohin willst du?«

»Einfach in einen guten Club, mit noch besserer Musik. Ich will mit dir tanzen! Heute! Was meinst du?«

»Ach ich weiß nicht!«

Urplötzlich schreit es aus unbekannter Richtung:

»Komm schon Mia, das wird toll!«

Ist das etwa Anni? Ich schaue auf jeder Seite von der Terrasse runter, bis ich einen blonden Schopf unter mir sehe. Anni schaut zu mir rauf.

»Gib dir einen Ruck, Sommers! Wir sind schließlich nicht zum Spaß hier!«

Anni wohnt offensichtlich in der Wohnung unter uns. Den ganzen Tag, seit wir gelandet sind, habe ich keinen Muchs von ihr gehört. Nie im Leben wäre ich auf die Idee gekommen, dass sie wirklich unter uns wohnen. Verwirrt schaue ich Sebastian an.

»Die Wohnung gehört auch mir! Jason wohnt dort!«

Natürlich, wie hätte es auch anders sein sollen.

An und für sich halte ich die Idee von einem chilligen Abend in einem Londoner Club für eine hervorragende Idee. Nur zu gern gehe ich tanzen. Ich lächele Sebastian an und schreie ohne ein weiteres Wort an ihn zu richten zu Anni runter:

»Kommst du hoch zum fertig machen Süße?«

»Wenn Sebastian nichts dagegen hat?«

Ich schaue Sebastian an, der nur mit Schulterzucken kapituliert.

»Das passt schon. Kommst du?«

»Ja sofort!«

Also gut, es ist gebongt. Wir gehen heute Abend tanzen. Auch wenn ich mir nicht vorstellen kann, wie das mit einem bekannten Schauspieler funktionieren soll. Aber ich freue mich darauf. Denn ich habe Unterstützung, Anni!

SECHZEHN

Wie Engländer es im Urlaub krachen lassen, weiß sicherlich jeder, der schon einmal einen All-inclusive-Urlaub angetreten ist. Wie sie sich aber zu Hause verhalten und Party machen, wissen wohl die Wenigsten. Und vor allem Anni und ich nicht.

Wir waren uns daher einig, dass der Abend eher gesitteter ablaufen sollte. Ganz anders, als man es sonst von uns gewohnt ist. Anzügliche Tanzeinlagen, Alkoholleichen und Komatrinken wollen wir ausschließen. Wir sind schließlich nur zu Besuch in dem Land und wollen nicht unangenehm auffallen.

Sebastian betonte, dass es ein Privatclub ist. Ein Club, in dem zwar hervorragende Musik spielt, aber nicht Unmengen an Alkohol ausgeschenkt wird. Privat und exklusive eben.

So entschied ich mich für das kleine Schwarze mit schwarzen Plateauschuhen. Gerade im Absatz hoch genug, um nicht größer als Sebastian zu sein. Obwohl das Kleidchen doch ein wenig zu kurz geraten ist, setzt es meine Figur hervorragend in Szene.

Meine Haare glättet mir Anni zu einem perfekt glänzenden Schopf, der nicht eine unangenehm gewellte Strähne aufweist. Die Lippen schminke ich nute, die Augen sehr dunkel. Ich sehe top aus! Ich gefalle mir durch und durch.

Im Leben hätte man nicht erraten, dass ich nicht eine von ihnen bin. Auch wenn ich nicht weiß, was für Klientel uns in dem Club erwartet.

Auch Anni sieht atemberaubend aus. Sie trägt ein kurzes dunkelrotes Kleid mit viel zu weitem Ausschnitt, mit dem sie mich ein wenig neben sich erblassen lässt.

»Euer erster gemeinsamer Auftritt in der Öffentlichkeit. Bist du aufgeregt?«

Anni hat mal wieder den Nagel auf den Kopf getroffen. Aufgeregt ist überhaupt kein Ausdruck! Ich bin hochgradig nervös. Mein Puls rast, meine Hände zittern. Nur mit viel Mühe ziehe ich einen einwandfreien Lidstrich.

»Die werden uns dort eh nicht beachten, Mia. Ganz im Gegenteil. Das Maul werden sie sich über uns zerreißen aber was soll´s?! Lass uns heute einfach Spaß haben.«

»Du hast Recht!« stimme ich ihr zu.

»Welche Handtasche nimmst du?«

»Verdammt, die habe ich unten vergessen. Ich hole sie schnell!«

»Alles klar.«

Ich bussle ihr zu, während sie in Windeseile das Badezimmer verlässt.

Ein letztes Mal betrachte ich mich im Spiegel. Ich sehe wirklich atemberaubend aus. Eine angemessene Begleitung eines Schauspielers.

Ich atme tief durch, um die Nervosität ein wenig abzulegen und verlasse ebenfalls das Bad. Im Schlafzimmer schnappe ich mir meine kleine schwarze Clutsch, um das Nötigste in ihr zu verstauen.

Mit durchgestreckten Beinen gehe ich den Flur entlang, auf der Suche nach Sebastian. Er lehnt am Türrahmen der Wohnungstür. In einem schlichten, figurbetonten schwarzen Anzug. Darunter ein schwarzes Hemd, die obersten Knöpfe geöffnet. Man erahnt den Ansatz seiner dezent behaarten, perfekten männlichen Brust. Seine Hände sind gewohnt in den Hosentaschen, die Haare zerzaust. Er sieht zum Anbeißen aus!

Absolut verständlich, dass er der Schwarm unzähliger Frauen weltweit ist.

Verlegen lächle ich ihn an. Denn er ist Meiner und am liebsten würde ich es in die weite Welt hinausschreien. Mein perfekter british boy.

Sebastian mustert mich von oben bis unten. Er fährt sich durch die Haare und schaut mich schließlich mit Stolz in den Augen an.

»Sie sind unglaublich sexy, Miss Sommers!«

»Danke. Du aber auch. Können wir?«

»Nach dir!«

Er hält mir die Türe auf und wir fahren mit dem Fahrstuhl in die Tiefgarage hinunter. Dort warten bereits Anni und Jason auf uns, Hand in Hand. Natürlich von unzähligen Anzugträgern mit Headsets in den Ohren umkreist. Auch Steve ist dabei.

»Ma´am.« begrüßt er mich freundlich und kopfnickend zugleich, bevor er mir die hintere Tür des Autos öffnet.

Sebastian hingegen sieht mich mit ernster Miene an.

»Steve wird heute Abend dein Jason sein! Also höre bitte auf ihn!«

Anstatt darauf einzugehen lächle ich und steige kommentarlos in den Wagen. Steve schließt meine Tür. Auf der gegenüberliegenden Seite steigt Sebastian ein.

»Wenn wir einmal dabei sind, muss ich sonst noch irgendetwas wissen oder beachten? Wie dich wieder nicht anfassen oder so etwas?«

Die Fragen sprudeln aus mir heraus, um heute Abend bloß nichts falsch zu machen. Sicherlich auch meiner unermüdlichen Aufregung geschuldet.

»Sei einfach du.«

»Na wenn das mal nicht schiefgeht.« bemerke ich sarkastisch und lehne mich in den Sitz zurück.

Das kalte Leder ist unangenehm an meinen nackten Oberschenkeln. Ich drücke die Knie aneinander, ladylike eben, und schaue aus dem Fenster in die Nacht hinaus. Unsere Fahrt geht in Richtung Marylebone, nicht unweit des Stadtteils Mayfair. Auf der zum Club führenden Baker Street ist um diese Zeit erstaunlich viel los. Dabei zeigt die Uhr schon 22.00 Uhr.

Wo zu Hause schon längst die Bordsteinkanten hochgeklappt worden wären, sind die Straßen hierzu voll mit jungen feierwütigen Leuten, jedmöglicher Couleur.

Unser Autokonvoi fährt an ihnen vorbei.

Obwohl es normal ist, in London hin und wieder Promis zu sehen, kann keiner die Blicke von unseren Autos lassen.

Unser Wagen fährt zusehends langsamer, bis er gänzlich zum Stehen kommt.

Man sieht ein großes schwarzes Gebäude, aus welchem ohrenbetäubender Bass erklingt. Vor diesem reihen sich unzählige Menschen in einer langen Schlange entlang. Offensichtlich in der Hoffnung, an den beiden davor befindlichen Türstehern vorbeizukommen.

»Unter einem Privatclub habe ich mir ehrlich gesagt etwas Anderes vorgestellt!« wende ich mich Sebastian zu.

»Nicht so einen riesigen Bunker!«

»Da dürfen nicht alle rein.« belehrt er mich und gibt mir einen Kuss.

Just in diesem Moment öffnet sich meine Autotür und Jason streckt mir seine Hand entgegen.

»Mia, darf ich bitten?«

Ich schaue zu Sebastian hinüber.

»Du zuerst!«

Ich ergreife Jasons Hand unter der größten Mühe, meinen Slip beim Aussteigen nicht zum Vorschein zu bringen.

Kaum, dass ich stehe, sehe ich Anni. Sie steht zwischen zwei roten Leinen mittig auf einem Teppich. Er führt auf direktem Wege in das Gebäude.

Sie schlottert unübersehbar.

Es ist verdammt frisch geworden. An Jacken haben

wir natürlich nicht gedacht, da sie letztlich nur unsere Outfits ruiniert hätten. Wer schön sein will, muss eben bekanntlich leiden. So auch wir.

Ich gehe auf direktem Weg zu ihr, um sie ein klein wenig mit meinen Händen zu wärmen.

»Wartest du schon lange?«

Eher sie mir eine Antwort geben kann, sind wir schon von unzähligen Bodyguards umkreist. Zugegeben, sie scheinen uns wirklich ein wenig zu wärmen. Zumindest nehmen sie uns die Zugluft. Nur leider sind sie viel zu groß und zu breit, um über sie hinweg zu schauen und etwas sehen zu können.

Sebastian und Jason sind schlagartig wie vom Erdboden verschwunden.

Ich wende mich Steve zu.

»Where is Sebastian?«

»Mister Cleary is coming, Ma´am.« antwortet er gewohnt knapp und drängt uns in den Club.

Anni nimmt mich fest an der Hand. Sie ist eiskalt. Ich schaue sie besorgt an.

»Geht schon. Wir sind ja gleich drin.«

Die großen schwarzen Türen des Clubs öffnen sich. Uns schmettert viel zu laut das Lied von Post Melone mit Circles entgegen.

Wir starren an den Schultern der Bodyguards vorbei, direkt in den Eingangsbereich des Clubs. Und ja, wir sind geflasht, von dem, was wir sehen! Unsere Augen werden immer größer, unsere Münder stehen offen.

Eine unendlich lange Bar, die sich um einen riesigen Dancefloor zieht. Die Tanzfläche ist in den Boden eingelassen, wie eine Art Arena. Die Bar erhöht und sicherlich gute 100 Meter lang. Vor der Bar stehen unzählige drehbare Sessel aus blutrotem Leder, von denen man ungehinderte Sicht auf die Tanzwütigen hat.

Oberhalb der überdimensionalen Bar erstreckt sich offensichtlich der VIP-Bereich. Abgegrenzt durch kleine Raumteiler. Jeder Einzelne wird von einem Mann im schwarzen Anzug bewacht. Die Bedienungen und Barkeeperinnen tragen allesamt schwarze, äußerst figurbetonte Westen. Offensichtlich nur mit einem BH darunter und einer weißen kleinen Fliege darüber. Die Haare haben sie zu strengen Zöpfen zusammengebunden. Ohne Frage, die Mädels kann man auf den ersten Blick lediglich an der Haarfarbe auseinanderhalten. Aber eine im Gesicht schöner als die andere.

Jede, aber wirklich jede einzelne, hätte als Stewardess bei der Airline Emirates anheuern können.

Anni und ich wollen es kaum glauben. Sprachlos schauen wir uns an, bevor wir anfangen, über das gesamte Gesicht zu strahlen. So stellen wir uns eindeutig den Himmel vor!

Die Sache ist geritzt. Das wird ein sensationeller Abend.

Jegliche Vorsätze, nicht negativ aufzufallen, sind dahin. Wir werden es so richtig krachen lassen.

Steve beäugt uns argwöhnisch, als würde er uns unsere Pläne ansehen. Kurzerhand drängt er uns eine endlos erscheinende Treppe hinauf und stellt uns förmlich in einen der VIP-Bereiche ab. Kaum hat der davor befindliche Mann die Leine wieder geschlossen, kommt auch schon eine junge Frau zu uns.

»Hi. What do you want to drink?«

Anni und ich sehen uns fragend an.

»You´re from Germany, right?«

Da wir wegen der lauten Musik kaum ein Wort verstehen, nicken wir einfach.

Sie grinst uns an und entfernt sich ohne ein weiteres Wort zu verlieren wieder aus unserem Bereich.

Schulterzuckend sehen wir uns an und lehnen uns an die Absperrung. Unsere Blicken fliegen durch den Club bis hin zu den anderen VIP-Bereichen. Nicht ein prominentes Gesicht ist zu sehen. Enttäuschend! Auch von Sebastian und Jason fehlt jede Spur.

Zugegeben, in dem Moment sind wir beide doch ein klein wenig enttäuscht. Hieß es schließlich, man würde den Abend zusammen verbringen. Seine Welt kennenlernen.

Die Bedienung kommt wieder und übergibt uns zwei eiskalte Bier mit je einem Limettenschnitzer im Flaschenhals.

»Cheers. Have fun!«

Peinlich berührt schaue ich zu Anni rüber. Offensichtlich vertreten Engländer die Meinung, dass alle deutschen Frauen Bier trinken. Aber soll ja recht sein. Wir stoßen an.

»Auf uns!!!« und zünden uns eine Kippe an.

Steve schaut uns nach wie vor skeptisch an. Ihm schwant wohl schon, dass es heute sicherlich nicht bei einem Bier bleiben wird.

Eine Zigarette und einen weiteren großen Schluck später wendet sich Anni an ihn. Was genau die beiden zu besprechen haben, ist schlicht nicht zu verstehen. Anni packt aber nach Abschluss des Gesprächs meine Hand, drückt mir ein Bussi auf die Wange und fordert mich auf:

»Lass uns tanzen!«

»Hervorragende Idee.«

Steve geht aus dem VIP-Bereich vor uns voraus. Vorsichtig gehen wir die steile Treppe wieder herunter. Allerdings nun ein ganzes Stück weiter, nämlich bis zur Tanzfläche. Aus den überdimensionalen Boxen, die rund um den Dancefloor angeordnet sind, ertönt ein Mix von Rihanna mit please don´t stop the music.

Durch die enormen Bässe bleibt einem schlicht nichts Anderes übrig, als sich zu diesen Klängen zu bewegen.

Kurz überlegen wir, direkt auf eine der Boxen zum Tanzen zu springen. Schließlich sind alle anderen schon belegt.

Da uns aber nicht nur Steve zur Tanzfläche folgte, sondern auch diverse andere Bodyguards, haben wir nicht den Hauch einer Chance darauf zukommen.

Sie scheinen ihre Arbeit heute sehr ernst zu nehmen! Ununterbrochen sind wir von ihnen eingekreist. Eine echt penetrante Nähe, die tanzen alles andere als einfach macht. Da wir aber davon überzeugt sind, sicherlich keinen Schutz auf der Tanzfläche zu brauchen, schubsen wir sie kurzerhand beiseite und gehen direkt in die Massen.

Steve hält Anni am Arm fest. Ein bitterböser Blick und eine hochgehobene Hand reichen, dass er von ihr ablässt und uns gehen lässt.

Anni beginnt mit ihrer Hüfte zu schwingen und mich an ihrer Hand über ihren Kopf kreisend um sie herum tänzeln zu lassen. Wir vergessen alles um uns herum, gleich wie abwertend uns andere Tanzwütige anschauen. Schließlich kennt uns keiner.

Hüfte an Hüfte, die Knie abwechselnd ineinandergeschlungen. Wir beginnen zu tanzen. Abartig aufreizend in unseren viel zu kurzen Kleidchen.

Ich lege meine Hände an ihre Hüften, sie ihre Arme auf meine Schultern. Gesicht an Gesicht. Ununterbrochen widerlich grinsend. Wir machen uns gegenseitig an, wie es sich für Freundinnen auf der Tanzfläche gehört.

Von anderen Männern selbstverständlich nicht unbemerkt, spüren wir innerhalb kürzester Zeit jeweils einen männlichen Schoß an unseren Pos. Nach abcheckenden Blicken werden die neuen Tanzpartner für gut befunden.

Steve beobachtet unser Spektakel sichtlich genervt. Sein sonst so neutraler Gesichtsausdruck wechselt in Wut. Man sieht es ihm an, wie sehr es ihm gegen den Strich geht. Anni aber hat ihn hervorragend im Griff. Ein weiterer böser Blick reicht schon aus und sie bleiben tatsächlich am Rand der Tanzfläche stehen und lassen uns machen.

Wir tanzen, tanzen und tanzen.

Heben die Hände in die Luft, schreien den Liedtext lautstark mit. Wir reiben uns an den Männern, die Männer sich an uns. Der Schweiß beginnt zu laufen. Schon bald geht das gegenseitige Antanzen in klassisches Standard über. Ein Traum! Wir lassen uns von den Engländern regelrecht über die Tanzfläche schleudern.

Rihanna wird von zwei deutschen Songs abgelöst „Unter meiner Haut von Gestört aber geil". Die Hymne schlechthin! Direkt gefolgt von „Marc Forster mit Chöre".

Die Menge tobt. Sämtliche Mädels auf der Tanzfläche schwingen ihre Haare durch die Luft. Die meisten Männer verschnaufen einen kurzen Moment.

Kaum, dass der Refrain sich ankündigt, regnet es Konfetti von der Decke. Nicht nur die Massen flippen aus, nein, wir umso mehr. Wir hüpfen unentwegt auf der Tanzfläche umher, haben unglaublich viel Spaß. Alle Sorgen, Probleme und Wehwehchen sind für einen kurzen Moment vergessen. Im Chor schreien wir »und die Chöre singen für dich…«

Ich falle Anni um den Hals, gebe ihr einen festen

Kuss mitten auf den Mund und sage Danke.

Es ist allgemein kein Geheimnis, dass ich leider eine Person bin, die nicht gern Danke sagt beziehungsweise große Emotionen zeigt. Aber wenn ich es einmal tue, dann kommt es unerwartet und definitiv von Herzen.

Sicherlich sind es in diesem Moment genau die richtigen Worte, die Anni hören will. Denn kaum sind sie ausgesprochen, sammeln sich Tränen in ihren Augen.

»Nicht dafür, Mia!!!« schreit sie mir ins Ohr.

Über und über mit Konfetti voll, gehen wir verschwitzt auf unsere Aufpasser zu. Die Haare kleben im Nacken, das Make-up ist ruiniert. Wir brauchen eindeutig eine Pause.

Die Aufpasser führen uns zurück in den VIP-Bereich. Dort angekommen ist immer noch keine Spur von Sebastian und Jason.

Hätte man es doch nicht von vornherein gewusst, nimmt man diese Tatsache nun einfach hin. Schließlich sind wir nicht allein. Nein, ganz im Gegenteil! Tanzpartner scheint es genug zu haben und das Taxi nach Hause ist mit Steve und Co. gesichert.

Fix und fertig lassen wir uns in die zwei Sessel im VIP-Bereich fallen. Genüsslich eine rauchend und Desperados trinkend schnappen wir nach Luft.

»So einen Club brauchen wir eindeutig in unserer Stadt. Dafür würde sogar ich in der Kälte anstehen!«

bemerkt Anni.

»Hast du Jason und Sebastian gesehen?«

»Nein! Aber warte, ich rufe Jason mal an.«

Anni kramt ihr Telefon aus der Handtasche und hält es sich ans Ohr.

»Hä? Er geht nicht ran!«

»Jason geht doch sonst immer ran!? Warte, ich versuche es mal bei Sebastian!«

Auch ich habe keinen Erfolg. Sebastians Telefon ist ausgeschaltet. Dezent angesäuert schauen wir uns an.

»Das ist wieder so typisch! Von wegen, wir verbringen den Abend zusammen!«

Wir sind genervt und enttäuscht zugleich. Wenigstens haben wir uns.

Wahrscheinlich war das sogar genau den ihr Plan. Und kurz bevor es nach Hause geht, würden sie auf einmal wieder auftauchen.

»From the two guys there! Cheers girls!«

Die Bedienung stellt auf den kleinen Tisch zwischen unseren Sesseln einen riesigen Kühler mit cincr Magnumflasche Wodka.

Anni und ich schauen uns entsetzt an, Steve hyperventiliert. Die übrigen Aufpasser verkneifen sich ein Lachen.

»Siehst du sie?«

»Ja dort, schau!«

Unsere Tanzpartner winken uns zu. Wir winken zurück.

»Na wenn das so ist, sollten wir uns der Flasche widmen. Alles andere wäre ja auch unfreundlich, stimmt's?«

Anni beginnt zu lachen und öffnet die Flasche. Anstatt nur uns beiden einzuschenken, macht sie spontan sechs Gläser voll. Wir schnappen uns jeweils zwei Gläser und halten sie Steve und den drei übrigen Bodyguards hin. Widerwillig nehmen sie unser Geschenk an.

Gespannt heben auch wir unsere Gläser zum Anstoßen vor uns hin.

»Kommt schon Jungs! Jetzt werdet mal locker! Das sieht doch keiner!«

Die Vier schauen sich fragend an, eh sie sich wieder uns zuwenden.

»Cheers!« schreit Steve überraschend in die Runde und wir exen die Gläser.

Anni jubelt, füllt nach und wir exen ein weiteres Mal.

»Für was brauchen wir schon Jason und Sebastian? Lass uns tanzen!«

Gesagt, getan und schon geht es wieder auf die Tanzfläche. Kaum, dass wir dort angekommen sind, stehen auch schon unsere netten Gönner Gewehr bei Fuß.

Mein Blick aber schweift durch die Massen.

Unglaublich, nicht ein bekanntes Gesicht aus Film und Fernsehen ist zusehen. Fast schon enttäuschend, da es ja ein Privatclub ist und ich nur allzu gern ein Foto auf meinem Facebook Profil gepostet hätte. Allein um Luzia zur Verzweiflung zu bringen.

Gemein, ich weiß, aber ich hege nach wie vor einen riesigen Groll auf sie. Ich weiß einfach noch nicht, wie ich ihr bestmöglich zusetzen kann, ohne bewusst dazu beizutragen. Ein Selfie mit einem ultimativen Star scheint mir daher die effektivste Art. Wobei die bereits geposteten, unzähligen Bilder mit Anni ihr sicher schon einen Schlag in die Magengrube versetzt haben.

Eh ich mich versehe, schlägt das Karma bei mir zu!

Direkt gegenüber von uns, an der Bar, sehe ich Sebastian. Er unterhält sich mit einer Blondine. Fast schon flirtend würde ich behaupten. Zumindest für meinen Geschmack viel zu nah beieinanderstehend! So nah er ihr ist, läuft da sicher mehr.

Augenblicklich ziehen Gewitterwolken auf. So ein Satan! Wie kann er es wagen?! Wir warten auf ihn und er macht sich einen netten Plausch mit irgend so einer blonden Tussi.

Mein Blut beginnt zu kochen, was Anni natürlich auch nicht unbemerkt bleibt.

Es gibt nun zwei Möglichkeiten. Wenn dann gehe ich zu ihm rüber, mache ihm eine Szene, die sich gewaschen hat, oder ich ignoriere ihn einfach und zahle es ihm später heim. Würde ich ihm nun eine Szene machen, würde ich ihn wieder vorführen. Wozu er dann mit mir in der Lage ist, wissen wir ja nun alle.

Egal wie schwer es mir fällt, nicht auf direktem Wege zu ihm zu stolzieren, entscheide ich mich entgegen.

»Lass ihn, Mia!« schreit mir Anni zu.

»Das gibt nur Stress!«

»Du hast Recht. Tanzen?«

»Aber so was von!«

Ich nehme Anni an die Hand und gehe mit ihr direkt in die Massen.

Egal ob wir morgen sicherlich an Muskelkater sterben werden, jetzt hat jemanden eifersüchtig machen die oberste Priorität.

Unsere Tanzpartner folgen uns auf Schritt und Tritt. Unsere Aufpasser bleiben artig am Rand stehen. Die Jungs beginnen uns anzutanzen. Ich aber kann mich null konzentrieren und in Stimmung kommen. Ständig gehen meine Blicke zu Sebastian hoch, der sich immer noch mit der Blonden unterhält.

Irgendwie kommt sie mir bekannt vor, aber einzuordnen weiß ich sie in diesem Moment nicht.

Ich brauche jetzt ein Lied, das mich in Stimmung kommen lässt!

Anni schaut mich skeptisch an.

»Ich kann mich nicht konzentrieren!« schreie ich ihr zu.

Ein süffisantes Grinsen später spricht sie wieder auf Steve ein, der sich sofort verabschiedet. Keine Minute später mischt sich mein ultimatives Lieblingslied in den gespielten Mix -Nelly Furtado mit Promiscuous. Oh ja, das ist nun definitiv das Richtige!

Ich schnappe mir meinen fremden Londoner und tanze ihn an.

Der Tanz strotzt vor sexueller Anziehung. Ich kann es einfach nicht lassen. Ich mache ihn heiß. Bei kurzem Stellungswechsel schiele ich zu Sebastian hinauf. Ich wusste es! Lehnt er nun mit einer Flasche Bier auf dem Geländer und schaut uns zu.

»Leck mich!« signalisiere ich ihm mit meinen Augen und reibe mich wieder an dem Londoner.

Sicher, ein wenig übertrieben, dessen Hände meinen ganzen Körper im Flow ergründen zu lassen. Aber es ist mir in diesem Moment egal. Denn das ist genau so ein Moment, wo Liebe so verdammt weh tut. Man ist verletzlich!

Sebastian lässt keine Sekunde seine Augen von uns.

Es ist nicht so, als würde ich ununterbrochen zu ihm hochsehen, aber man spürt seine Blicke und seine wachsende Eifersucht.

Noch bevor der Refrain spielt, ist Sebastian nicht mehr zu sehen. Erschrocken lasse ich von dem Fremden ab, der damit aber alles andere als einverstanden ist. Hilfesuchend schaue ich zu Steve an den Rand der Tanzfläche. Bevor er sich einmischen kann, lässt der Fremde beleidigt von mir ab und geht.

Ich nehme einen großen Schluck aus der Desperadosflasche und tanze allein.

Kaum setzt der Refrain ein weiteres Mal ein, spüre ich gewohnte Hände an meiner Hüfte und ein warmes Gesicht an meiner Wange. Ich weiß ganz genau, wer es ist! Nicht nur durch den einzigartigen Geruch, der mir in die Nase steigt.

Meine miese Laune ist sofort verflogen. Ich drücke

meinen Po fest gegen seinen Schoß, schließe die Augen und höre ihm zu.

»… I got what you need…«

Augenblicklich geht die Sonne auf, denn das hat er, er allein!

Meine Hände vergraben sich in seinen Haaren und wir lassen uns vom Rhythmus führen. Sebastian beginnt meinen Hals zu küssen. Wie ich es liebe! Ich drehe mich zu ihm um. Sollen diese weichen Lippen doch lieber die meine küssen.

Mit Schlafzimmerblick schaut er mich mit seinen stechend blauen Augen an. Ich erstarre! Wie ein Blitz durchfährt es mich bis in die letzte Zehenspitze. Stutzig hält er inne, gleichwohl nun mit der schlimmsten Offenbarung meinerseits zu rechnen. Weiß er meine diversen Gesichtsausdrücke endlich zu interpretieren.

Ich hole tief Luft, ihn nicht aus den Augen lassend.

Die Worte verlassen endlich meinen Mund, niemals ernster zuvor gemeint:

»Ich liebe dich, Sebastian!!!«

Seine Miene wechselt schlagartig in das überglücklichste Lächeln, was man sich vorstellen kann.

Er zieht mich fest an sich und umfasst mein Gesicht mit seinen Händen. Ununterbrochen küsst er mich.

Um uns bildet sich eine Traube von Menschen, inmitten der Tanzfläche. Die vermeidlichen Zuschauer applaudieren uns. Anni jubelt, schreit und klatscht in die Hände. Steve ringt sich ein reserviertes Lächeln ab.

Offensichtlich freuen sich alle Zuschauer für uns, gleichwohl sie uns kennen oder auch sicherlich nicht.

Selbst dem DJ bleibt es nicht unbemerkt, weshalb er für mich unverständliche Dinge in die Masse über sein Mikrofon ruft.

Sebastian lässt von meinen Lippen ab, schaut mich nachdenklich an und fällt vor mir auf die Knie. Stille flutet den Raum. Die Musik verstummt.

»Sebastian?«

Ich fordere ihn auf, etwas zu sagen, aber er reagiert nicht. Er schaut mich einfach an.

Die Zeit scheint still zu stehen! Alle, aber auch wirklich alle, in dem Club, halten mit mir die Luft an.

Sebastians rechte Hand wandert in seine linke Jackentasche und zieht eine Kartusche heraus. Mein Atem stockt gänzlich. Ich bringe keinen einzigen Ton heraus, stehe da wie angewurzelt. Die Menge beginnt zu pfeifen, zu klatschen und zückt die Handys.

»Marry me!«

WAS? Ich halte mir die Hände vor Mund und Nase und starre ihn an.

Er öffnet die Kartusche und schaut mir tief in die Augen.

»Please!«

Ohne nachzudenken, knie ich zu ihm auf den Boden und sage:

»Ok!«

SIEBZEHN

Langsam öffne ich meine Augen. Mein Blick wandert meinen Arm entlang, hinauf zu seinem wunderschönen Gesicht. Vorbei an gemischt farbigen Bartstoppeln, oberhalb eines langen Halses, die von einem kantigen Kinn ablenken. Weiter zu perfekt geformten Lippen, die vom Schlaf leicht angeschwollen sind. Hinauf zu geschlossenen Augen. Stehen geblieben bei langen schwarzen Wimpern, die tiefblaue Augen bedecken. Hinüber zu perfekt geformten Ohren mit vollen Ohrläppchen, welche zum Knabbern einladen. Meine Blicke wandern weiter den Hals entlang. Sein Puls ist sichtbar. Im Takt bewegt sich seine Haut auf und ab. Weiter zu einer maskulinen Brust, die von sehnigen Unterarmen geschützt wird. Zwischen ihnen ragen leicht gekräuselte Brusthaare hervor. Meine Blicke bleiben letztlich auf meinen Fingern ruhen, die sich schützend unter seiner Hand befinden. Zwischen seinem Zeige- und Mittelfinger schimmert ein großer Stein hervor.

Ob es ein echter Diamant ist, kann ich nicht beurteilen. Sicher ist aber, dass er von einem silbernen Ring gefasst wird.

Ich betrachte den Stein eine gefühlte Ewigkeit lang, bevor meine Blicke wieder zu einem perfekten Gesicht hinauf wandern.

Auch wenn ich meinen Verlobten unzählige Jahre

mustern würde, es wäre nicht ein einziger Makel an ihm zu finden. Stattdessen wird mein Gesicht von einem nicht mehr enden wollenden Lächeln geflutet.

Ich bin mir so verdammt sicher, dass es genau die richtige Entscheidung war, ja zu sagen. Auch wenn ich nicht den Hauch einer Ahnung habe, wie unsere Zukunft aussehen könnte. Es sind doch letztlich die Gefühle, die zählen, oder?

Gedankenversunken streiche ich ihn durch die Haare. Spiele wieder einmal mit ihnen. Seine Lippen formen sich unterdessen zu einem Lächeln; seine Augen öffnen sich. Konzentriert beobachte ich ihn dabei, wie er mich beginnt wahrzunehmen. Noch völlig schlaftrunken.

Unter größter Mühe wird Sebastian wach und schaut mich an. Er scheint mir bis in die tiefste Seele schauen zu können. So etwas habe ich noch nie erlebt! Wie sehr ich mir wünsche, dass das nie enden wird.

»Guten Morgen, Misses Cleary.«

»Noch ist es nicht amtlich, Herr Cleary!«

»Hast du es dir etwa schon anders überlegt?«

»Nein, nie im Leben!«

»Gut, wir gehen nämlich heute mit Lilly zum Lunch.«

»Lilly?« frage ich überrascht.

»Meine kleine Schwester. Sie war gestern im Club. Hab sie zum Lunch eingeladen.«

»War das die Blonde?«

»Ja genau. Glaube, sie mag dich!«

Überrascht schaue ich ihn an.

»Oh ok, freut mich. Aber warum? Sie kennt mich doch gar nicht!?«

»Sie meint, dass du richtig hübsch bist!«

»Komisch. Sie hat mich doch gar nicht gesehen.«

»Natürlich findet sie dich hübsch. Schließlich bist du mein Mädchen!«

»Hey Cleary! Was soll auch das heißen?«

Ich ziehe ihm mein Kopfkissen über den Schopf.

»Ich heirate nur die Beste von allen natürlich!«

Sebastian beginnt selbstgerecht zu lachen.

»Noch hast du nicht geheiratet!«

»Ich klage die Ehe zur Not bei dir ein, wenn du mich nicht mehr willst!«

Sein Telefon beginnt auf dem Nachttisch zu vibrieren. Sebastian nimmt ab und beginnt im derbsten amerikanischen Slang zu erzählen.

Das kann eindeutig länger dauern! Genervt rolle ich durch das Bett und beschließe, aufzustehen.

Ich schlüpfe in sein schwarzes Hemd von letzter Nacht und gehe auf direktem Weg in die Küche. Noch während die Kaffeemaschine warm läuft, nehme ich mein Telefon nebst Kopfhörer aus der Handtasche, um ein wenig Musik laufen zu lassen.

Gleich wie technisch begabt ich auch bin, Sebastians Musikanlage hasst mich. Es ist eine Form der Unmöglichkeit aus diesem Ding auch nur einen Ton herauszubringen. Unzählige Stunden habe ich bei meinem letzten Besuch damit verbracht, bin aber gnadenlos gescheitert. Das Teil wird sicherlich das

Erste sein, was aussortiert wird, sobald ich ein Fach in seinem Schrank belegt habe.

Der Gedanke lässt mich kurz innehalten. Unsicher schaue ich mich in der Wohnung um.

Soll das nun wirklich auch mein Zuhause werden? Zumindest für ein paar Wochen im Jahr?

Je mehr ich jedes einzelne Möbelstück anschaue, je mehr beginne ich alles mit ganz anderen Augen zu sehen. Schließlich sieht es hier gar nicht nach mir aus! Eher wie die typische Junggesellenbude! Nichts ist dekoriert. Alles eher steril und, na ja, nennen wir es mal praktisch, gehalten.

Mal ganz davon abgesehen kann ich ja auch gar nicht so oft hierherreisen, um der Wohnung meinen Stempel aufzudrücken. Schließlich wartet in Deutschland Verantwortung auf mich; eine Katze. Für die fliegen sicherlich Stress pur ist.

Keine Frage, da muss eine zufriedenstellende Lösung für alle Beteiligten her. Aber sicher nicht jetzt, und erst recht nicht vor dem ersten Kaffee.

Ich koche mir einen großen schwarzen Kaffee und bereite einen Milchkaffee für Sebastian vor. Ich schnappe mir die Sofadecke, eine Schachtel Zigaretten und mein Telefon und gehe auf die Terrasse raus.

Es ist ein typischer Herbsttag. Ein kurzer Blick die Terrasse zu Annis Balkon runter; sie ist offensichtlich noch nicht wach. Oder zumindest noch nicht zum Frühstück auf ihrem Balkon. Schade!

Ich schlinge die Sofadecke um mich und nehme auf einem großen Launchsessel Platz. Behutsam führe ich den heißen Kaffee zu meinem Mund, bevor ich meinem allmorgendlichen Ritual nachgehe. Nämlich den Klatsch und Tratsch der Welt via Internet zu sichten. Kaum ist mein Telefon gänzlich hochgefahren, trudeln auch schon diverse WhatsApp-Nachrichten ein.

Entsetzt starre ich auf das Display! Das PopUp-Fenster verrät mir schon von wen, Lu und Ben! Aber nicht nur den jeweiligen Absender, sondern auch, was sie mir zu sagen haben.

Nun ja, Schlampe ist dabei wohl noch das netteste Wort von Ben.

Demnach brauche ich mir auch gar nicht die neusten Boulevardnachrichten aus aller Welt anzuschauen. Ich weiß sofort, dass die Presse wieder einmal schneller war, diverse Sachen online zustellen. Trotzdem treibt mich ungemein die Neugier, wie sie mich diesmal abgelichtet haben. Ich drücke die PopUp-Fenster weg und öffne die Tratsch-App. „Sie hat ja gesagt"; „Begehrtester Junggeselle vom Markt"; „Frauen aus aller Welt der Verzweiflung nah" und jeder das gleiche Bild, wie Sebastian im Club vor mir auf der Tanzfläche kniet und mir den Ring entgegenhält.

Zugegeben, ich sehe wirklich heiß aus, allerdings auch maßlos überfordert.

Das jedoch schönste Bild von allen ist, als ich ja gesagt habe und wir uns küssten.

Unglaublich, wie schnell solche Dinge durch das

Internet verbreitet werden. Schließlich war es doch ein Privatclub und sollte auch privat bleiben, stelle ich schmunzelnd fest und nehme einen großen Schluck aus meiner Tasse.

Da offenbar kein Shitstorm im Internet in vollem Gange ist, bin ich nun auch bereit für die Nachrichten von Ben und Lu. Als erstes entscheide ich mich für die von Ben. Wenn ich seine Nachrichten überstehe, ohne aggressiv zu werden, sind die von Lu lächerlich einfach zu akzeptieren.

»Dreckstück, Schlampe, Bitch wie sie im Buche steht…«

Ja er hat seinem Ärger offensichtlich vollends Luft gemacht:

»Fremdgeherin, Betrügerin…«

Ok, so ganz Unrecht hat er damit nicht, zumindest was die Fremdgeherin angeht. Aber wer im Glashaus sitzt, soll ja bekanntlich nicht mit Steinen werfen…

Noch bevor ich bei der letzten Nachricht angekommen bin, klingelt mein Telefon und ein eingehender Anruf kündigt sich an.

Oh je, meine Eltern! Was wollen auch die jetzt von mir? Die melden sich doch sonst nie!

Geduldig schaue ich auf das Display und warte, bis sie es aufgegeben haben.

Also auf die Beiden habe ich nun wirklich keine Lust!

Von dem Klingeln aufmerksam gemacht schreit es auch schon die Terrasse hoch:

»Guten Morgen!«

Anni.

»Guten Morgen! Und, bist fit?« schreie ich retour, ohne aus meinem Sessel aufzustehen.

»Klar! Hast du da oben Kaffee?«

»Logisch, komm hoch! Ich mache dir auf.«

Auf direktem Wege gehe ich zur Wohnungstür, wo auch schon Anni davor wartet.

»Aber bitte einen ganz, ganz großen Pott!«

»Folgen Sie mir unauffällig, Frau Vogel!«

Aus dem Badezimmer hört man die Dusche laufen. Sebastian ist offensichtlich mit telefonieren fertig und aufgestanden.

Da Anni und Sebastian ihren Kaffee gleich trinken, frage ich sie, ob sie seinen will, was sie natürlich bejaht. Mir ebenfalls einen weiteren Kaffee rausgelassen, gehen wir zusammen auf die Terrasse und kuscheln uns unter die Decke.

»Boa tut das gut!« bemerkt Anni nach dem ersten Schluck.

»Jetzt zeig mal den Klunker, Sommers!«

Voller Stolz strecke ich ihr meine linke Hand unter die Nase, damit sie auch wirklich ungehinderte Sicht auf den überdimensional großen Stein hat.

»Nicht schlecht!!! Der war nicht billig. Freut mich für dich. Knutschi!«

Ohne näher darauf einzugehen, hole ich aus:

»Luzia und Ben haben schon geschrieben und meine Eltern sogar angerufen. Aber ich bin nicht drangegangen.«

»Dominierst du wieder mal die Klatschspalten oder wie?«

Mit einem Kopfnicken stimme ich zu, dass sie wieder einmal absolut Recht hat.

»Aber diesmal sind die Artikel um Welten besser, als das letzte Mal. Trotzdem glaube ich, dass Luzia und Ben das alles andere als toll finden!«

Anni beginnt zu lachen.

»Natürlich tun sie das nicht! Mich würde das ja auch mal richtig anscheißen an den ihrer Stelle. Zeig mal, was sie geschrieben haben!«

Bereitwillig gebe ich ihr mein Telefon. Direkt öffnet sie den ersten Chat von Ben.

»Den von Lu habe ich selbst noch nicht gelesen. Und den von Ben noch nicht ganz fertig.«

»Oho, Mia! Das solltest du aber lesen! Schau mal, Ben liebt dich noch, welch Überraschung!«

Mich hau´ts schier aus dem Sessel.

»Was tut der? Spinnt der oder was?!«

»Natürlich! Männer wollen immer das, was sie nicht haben können, ist ja wohl logisch!«

Gespannt und ohne ihren Blick von meinem Telefon zu nehmen wechselt Anni direkt zu Lu´s Chat.

»Ach was und Bitch Delfino will noch mal mit dir über alles reden. Dass ich nicht lache. Schau mal!«

Anni streckt mir mein Telefon vor die Nase.

»Lass das, Anni! Ich will den Mist gar nicht lesen! Ich bin fertig mit der Frau.« reagiere ich dezent aggressiv und schlage das Telefon weg.

»Na wenn du nicht willst, ich will! Ich mochte diese

Bitch noch nie! Ich weiß gar nicht, warum ihr überhaupt befreundet wart? Sie hat sich doch immer nur an dich ran gezeckt! Nicht mehr und nicht weniger. Mia, mal im Ernst! Sie hat dich ausgenutzt und noch dazu deinen Freund gefickt. Also echt. Der würde ich aber was erzählen! Ich raff es nicht, wie du nur so ruhig bleiben kannst?!«

Grinsend strecke ich Anni wieder meinen Ring vor die Nase.

»Ganz einfach! Ich bin jetzt verlobt! Eine ehrbare Frau!«

Ein Kommentar, der uns beide in dem größten Lachflash ausarten lässt. Kaum dass wir uns wieder eingekriegt haben, trinken wir vor uns hinstarrend unseren Kaffee weiter. Allerdings liegt mir doch noch eine Kleinigkeit auf der Seele, so dass ich aushole:

»Danke, Anni! Echt jetzt! Danke, dass du mitgekommen bist, auch wenn Jason arbeiten musste. Du bist echt eine Freundin. Ohne dich hätte ich das nicht geschafft oder noch schlimmer, ich hätte gestern mit Steve tanzen müssen.«

»Ach Mia. Das war doch selbstverständlich. Außerdem hatte ich auch Spaß, auch wenn ich keinen Antrag bekommen habe!«

Anni schaut mich mit Schmollschnute an.

Grund genug, unter Freundinnen nun doch einmal genauer nachzufragen.

»Was ist das eigentlich mit dir und Jason?«

Als hätte sie meine Frage nicht vernommen starrt sie weiter vor sich hin, ihre Kaffeetasse fest in beiden Händen vor ihrem Mund.

»Hallo?«

»Ich liebe ihn! Ja, ich liebe ihn wirklich. Aber ich habe keine Ahnung, was er empfindet und das stresst mich brutal!«

Ungewohnt ehrliche und emotionale Worte von Frau Vogel, muss ich wirklich zugeben!

Eine Antwort darauf fällt mir aber nicht ein, nur die Frage:

»Soll ich mal mit ihm reden?«

»Lass gut sein. Ich will das Wochenende einfach noch genießen. Morgen fliegen wir wieder heim. Alles Weitere werden die nächsten Wochen zeigen. Wie soll das überhaupt mit euch weitergehen? Fliegst du Morgen mit oder bleibst du hier?«

»Keine Ahnung. Soweit habe ich noch gar nicht gedacht. Es ist mir auch ehrlich gesagt egal. Man wird sehen.«

»Hallo? Wer sind Sie und was haben Sie mit Mia Sommers gemacht? Und überhaupt. Jetzt bist du schon wieder in den Medien vertreten. Was sollen wir überhaupt Chef Stahl erzählen? Dezent war der Trip bisher ja nun wirklich nicht!«

Wir sehen uns an und müssen herzhaft lachen. Was Chef Stahl von uns denkt, ist mir sowieso schnuppe. Das war es mir schon immer, nur habe ich den nötigen Anstand es ihm nicht offenkundig zu zeigen. So wie er es immer gern tut. Aber was beispielsweise Anni von mir denkt, ist mir alles andere als egal.

»Ich weiß nur, dass ich es ohne dich nicht geschafft hätte. Du bist mehr als nur eine Arbeitskollegin! Und ich fände es echt toll, wenn das nicht unser letzter gemeinsamer Trip nach London gewesen ist. Dafür war der gestrige Abend ja viel zu toll, oder?«

»Ja das war er wirklich. Und als erstes, wenn ihr geheiratet habt, stellst du mal jemanden ein, der uns Kaffee kocht! Klar?«

»Ich koche noch einen, gib mir deine Tasse!«

Auf direktem Wege gehe ich in die Küche.

Die Dusche im Badezimmer läuft immer noch.

Wenn wir echt zum Lunch wollen, müsste er es aber laufen lassen. Unverständlich, dass Sebastian echt länger im Badezimmer braucht, als ich.

Kaum, dass das Mahlwerk der Kaffeemaschine loslegt, höre ich Anni reden. Offensichtlich telefoniert sie. Denn sie spricht deutsch und kein Englisch. Irritiert schaue ich aus dem Fenster und versuche ein Wort zu erhaschen, aber es ist einfach zu weit weg. Mal ganz davon abgesehen ist mir gar nicht bewusst, dass sie ihr Telefon dabeihat.

Mit beiden Tassen gehe ich wieder auf die Terrasse zu ihr.

»Mit wem hast du gesprochen? Das war doch über mein Telefon, oder?«

»Es war dein Vater!«

Entsetzt schaue ich sie an.

»Spinnst du? Warum das? Was wollte der überhaupt?«

Ich nehme ihr direkt das Telefon ab, um schlimmeres zu verhindern.

»Natürlich ob es stimmt, dass du verlobst bist!«

»Und was hast du gesagt?«

»Dass ich nur die Haushälterin bin und keine Ahnung habe!«

Ich schlage ihr gegen die Schulter.

»Du bist echt so blöd, Vogel!«

»Was steht denn heute noch an?«

»Lunch mit Sebastians Schwester Lilly. Glaube, das war die Blonde gestern im Club.«

»Na zum Glück bist du nicht eskaliert. Dann wird es nun offiziell, wenn du schon seine Familie kennenlernst? Coole Sache!«

»So cool finde ich das nun auch nicht, wenn du mich fragst. Das geht schon alles ein bisschen schnell, findest du nicht?«

»Na ja bei euch geht alles schneller, als im Durchschnitt. Morgen bekommst du sicher schon ein Kind, so ein Tempo legt ihr vor!«

»Jetzt mach mir mal keine Angst!«

»Genieß es einfach! Und wenn es nichts wird, na und. Hauptsache wir gehen in London noch shoppen und jetzt wo du verlobt bist, weiß ich auch mit welcher Kreditkarte.«

»Nie im Leben! Wenn wir shoppen gehen, dann zahlen wir selbst. Das zahlt sicher nicht Sebastian!«

»Ach komm schon! Der hat Kohle wie sau! Das fällt bei dem ja gar nicht auf. Sicher drückt er dir beizeiten sowieso einen Ehevertrag aufs Auge.«

»Meinst du echt? Über was du dir alles Gedanken machst! Abnormal! Und wenn, nur zu! Schließlich habe ich auch Vermögen, das geschützt werden muss.«

»Was denn? Deine Secondhand-Designer-

Handtaschen?«

»Du verschwindest jetzt besser, Vogel. Bevor du noch frecher wirst.«

»Danke für den Kaffee. Gib Bescheid, wann wir shoppen gehen, Frau Cleary!«

Anni lacht herzhaft, bevor sie hinter mir im Wohnzimmer verschwindet. Ich drehe die Musik auf meinen Kopfhörern ein wenig lauter und beschließe, sämtliche Nachrichten von Ben, Lu und meinen Eltern einfach nicht zu beachten. Später vielleicht! Denn jetzt bin ich in London. Da brauche ich die Leute aus Deutschland und deren Vorwürfe nicht. Ab Montag ist wieder genug Zeit dafür.

Ich scrolle die Playlist auf meinem Telefon entlang und finde einen Klassiker „Drinking in LA". Ich fummle mir die Kopfhörer in die Ohren und drehe auf volle Lautstärke.

Mit Blick über die Dächer Londons trinke ich meinen Kaffee und lausche der Musik.

Die frische Luft prickelt auf der Haut. Die kleinen Härchen im Gesicht stellen sich schützend auf.

Das ist es nun, mein neues Leben. Eventuell sogar jedes Wochenende.

Der Gedanke gefällt mir abartig gut. Zum ersten Mal fühle ich mich in London so richtig wohl. Als wäre ich endlich im Leben angekommen. Ich kann mir sogar vorstellen, es auch ohne Sebastian zu genießen. Beispielsweise wenn er am Filmset ist oder sonst keine Zeit für mich hat. Es fühlt sich nun alles ganz anders an. Ich fühle mich nicht mehr so eingeengt, wie kaum zwei Wochen zuvor. Ob es alleinig dem Ring an meinem Finger geschuldet ist? Egal, es ist richtig, genauso wie es ist.

Dösend genieße ich den Moment.

»Darf ich mit unter deine Decke?«

Sebastian!

»Na klar! Ich glaube aber nicht, dass du die Musik kennst?«

»Lass mal hören!«

Gemeinsam sitzen wir auf der Terrasse, trinken Kaffee und lauschen an einem kühlen Herbstmorgen der Musik. Uns ununterbrochen anschauend.

»Du bist so unglaublich schön!«

Ohne auf sein Kompliment einzugehen will ich natürlich wissen:

»Seit wann hast du denn den Antrag geplant? Das kam ja jetzt nicht so spontan von dir, oder?«

»Am gleichen Morgen, als wir uns in deinem Büro wiedergesehen haben. Nur leider warst du schneller als ich.«

»Wie meinst du das?«

»Ehrlich gesagt habe ich gedacht, du würdest dich freuen, mich wiederzusehen und nicht direkt vor mir abhauen!«

Kaum sind die Worte ausgesprochen, grinst er mit dem wohl perfektesten Lächeln der ganzen Welt.

»Aber ich hab dich gefunden und überzeugt, dass ich doch der Richtige für dich bin. Ich hab´s halt voll drauf!«

»Ja das hast du wirklich!« muss ich ihm

zustimmen.

»Weißt du eigentlich noch alles von damals auf der Yacht? Irgendwie habe ich einen dezenten Filmriss.«

»Natürlich weiß ich das! Damals musste ich dich schon überzeugen.«

»Nicht dein Ernst? Ich wollte dich gar nicht?«

»Nachdem du mich erkannt hast, nicht, nein! Es brauchte einige Cocktails bis ich dich mir zu eigen machen konnte.«

»Wenn man bedenkt, seit wann du erst deutsch lernst, ist das echt erschreckend, dass du immer die richtigen Worte findest, Cleary.«

»Warum? Deine Ansage war ganz klar, dass du dich erst auf mich einlässt, wenn du dich mit mir unterhalten kannst. Wobei ich jetzt noch nicht den Eindruck hatte, als hättest du mich anfangs gern kennenlernen wollen. Und schon gar nicht viel reden!«

»Ach was, du lügst doch jetzt, das wüsste ich!« muss ich dann allerdings doch auch lachen, da es wirklich eins zu eins nach mir klingt.

»Ich wusste damals schon, dass du mein Mädchen bist. Es ging auch sehr lang, bis ich dich gefunden habe. Aber wenn ich dich finde, war klar, dass ich dich nicht mehr gehen lasse.«

Erstaunt schaue ich ihn an.

Ihm war es offensichtlich von der ersten Minute an ernst. Wobei, zugegeben, mit Jason sollte das ja nicht das ach so große Hindernis gewesen sein, mich jemals wiederzufinden. Andererseits, wenn er sich tatsächlich erst an Marisol wenden musste, war es wohl doch umfangreicher.

»Ich habe damals jeden Tag nach deiner Yacht und vor allem nach dir am Strand Ausschau gehalten. Du warst nicht der Einzige, an dem alles nicht so einfach vorbeiging. Aber deine Yacht kam einfach nicht, keinen Tag. So dass ich dann echt froh war, endlich wieder nach Hause zu fliegen und alles und vor allem dich als eine gute Geschichte abzutun. Im Leben hätte ich nicht gedacht dich noch mal wiederzusehen. Als du dann nach so vielen Monaten in der Kanzlei aufgetaucht bist, hat es mir den Boden unter den Füßen weggezogen. Ich wusste ja nicht, was du wirklich willst!?! Und ja, du bist halt der Sebastian Cleary und wer bin ich? Ich war der Meinung, ich würde dir nie im Leben ebenbürtig sein. Dass du mich eventuell eher als Zeitvertreib oder Hobby siehst. Ich war fest davon überzeugt, dass es nur eine Frage der Zeit ist, bis du wieder aus meinem Leben verschwindest. Aber leider wurden mit jedem einzelnen gottverdammten Tag die Gefühle zu dir größer. Ich musste einfach einen Schlussstrich ziehen, Sebastian! Und der Schlussstrich war letztlich der Tierarzt!«

»Aber…«

»Lass mich bitte ausreden! Zwischen uns geht alles so verdammt schnell. Es kann einem richtig schwindelig werden. Und jetzt noch der Antrag. Ich zweifle nicht an deinen Gefühlen, sicher nicht. Ich sehe auch, wie du mich anschaust. Aber wenn es dir nun doch alles zu schnell geht, kannst du mir das ruhig sagen! Ich will jetzt nicht deine Schwester kennenlernen und dann stellst du in ein paar Wochen fest, dass ich doch nicht die Richtige für dich bin und der gestrige Antrag einfach aus einer Laune herauskam.«

Sebastian fährt mich emotionslos und bestimmend an:

»Steh auf, Mia!«

»Ähm Ok!«

Gesagt, getan. Ich stehe vor dem Terrassensessel, eingehüllt in der Sofadecke. Sebastian sitzt vor mir. Er greift nach meinen Händen und legt los:

»Mia Sommers, du allein bist mein Licht, meine Sonne, mein Leben! Ich liebe dich, seit du den ersten Fuß auf meine Yacht gesetzt und mich mit deinen großen Kulleraugen verzaubert hast. Es war Liebe auf den ersten Blick. Ich habe seither keine andere Frau angesehen und schon gar nicht angefasst. Ich habe die ganze Welt nach dir abgesucht!«

Erneut geht er auf die Knie.

»Ich liebe dich! Egal, wie sehr und wie oft du mir noch wehtun willst! Wenn deine Entschuldigung deine Liebe zu mir ist, dann verletze mich bitte jede einzelne Sekunde aufs Neue. Mia, bitte! Erweise mir die Ehre und werde offiziell mein Mädchen! Ich will, dass uns nichts mehr auf der Welt trennt. Nie wieder! Keine Kilometer, keine unausgesprochenen Probleme! Lass uns dem Leben gemeinsam in den Arsch treten. Mia, bitte, heirate mich!?«

Seine Worte, voller Liebe, so ehrlich. Mir laufen augenblicklich die Tränen. Aber nicht vor Traurigkeit. Nein, einzig vor Glück! Mir blieb nichts anderes zu sagen, als:

»Ja! Ich werde sehr gern offiziell dein Mädchen!«

ACHTZEHN

»Ich bin Lilly. Es freut mich, dich kennenzulernen. Auch wenn das immer alle sagen. Ich habe wirklich schon verdammt viel von dir gehört!«

Eine junge Frau steht vor mir. Kaum älter als ich. Unglaublich schön, mit akzentfreiem Deutsch. Blonde gelockte Haare, stechend blaue Augen. Es ist nicht zu übersehen, dass sie Sebastians Schwester ist. Und noch dazu mit einer Figur, wie ein Model.

Unter vorgestreckter Hand kann ich es schier nicht fassen, was diese Familie offensichtlich für einen Genpool hat. Lillys gesamte Erscheinung, ihre Ausstrahlung, ihr Kleidungsstil. Es ist nicht abzustreiten, dass sie in der Modebranche tätig ist. Wobei sie meiner Meinung nach eher auf den Laufsteg, anstatt hinter einen Schreibtisch, gehört. Unbewusst beginne ich sie vom Scheitel bis zum kleinen Zeh zu mustern.

»Mia! Freut mich ebenfalls.«

Es mag ein ungeschriebenes Gesetz sein, dass die beste Freundin einer jeden Frau die zukünftige Beziehung absegnet. Bei Männern ist es der beste Freund oder die Schwester. Wenn nicht sogar die Mutter selbst.

Daher bemühe ich mich, den bestmöglichen Eindruck auf Lilly zu machen. Sogar mein Outfit ist gut überlegt. Nichts Aufreizendes oder Anzügliches.

Meine Wahl fiel auf einen Businessanzug. Auch wenn es ein typischer Arbeitslook ist. In solchen Anzügen fühle ich mich einfach am wohlsten. Ich strahle Selbstbewusstsein aus, aber keine Arroganz. Es steht mir einfach! Mal ganz davon abgesehen, dass ich in solchen Outfits schon große Klienten beeindruckt habe.

Meine Haare fanden zu ihrer gewohnt gelockten Form zurück, Dank Anni natürlich.

Man hätte durchaus behaupten können, ich würde aussehen wie eine Frau von Welt. Sicherlich nicht wie eine ganz normale deutsche Steuerberaterin.

Sebastian selbst trägt wieder einen schlichten, aber sehr figurbetonten Anzug mit einem, diesmal, rosa Hemd darunter. Es ist erschreckend, wie unglaublich sexy er wieder aussieht.

Zugegeben, das heutige Treffen, gleich wie sympathisch Lilly auch scheint, sehe ich mehr als sportlich. Es gibt lediglich die eine Chance, einen guten ersten Eindruck zu hinterlassen. Und die will ich auf keinen Fall vergeuden. Aber vor allem will ich ihr beweisen, wie ernst es mir mit ihrem Bruder ist. Meine zukünftige Schwägerin aber davon zu überzeugen, ist von vornherein eine Form der Unmöglichkeit.

Von daher, die Spiele sollen also beginnen...

Sebastian, gewohnter Gentleman, weist erst mir, dann seiner Schwester den Stuhl zum Sitzen.

»Du bist also Steuerberaterin, Mia?«

»Ja, das bin ich in der Tat.«

»Erzähl mal!«

Lilly kann es offensichtlich kaum erwarten, mehr über mich zu erfahren.

Ihr Interesse an meiner Person beeindruckt mich, verwirrt mich aber auch. Sofern ich nicht einmal weiß, was ihr Sebastian schon über mich erzählt hat.

Mal ganz davon abgesehen, dass sie sicherlich aus der Presse erfahren hat, wie ich mit ihm umgesprungen bin. Darum versuche ich die Situation ein wenig aufzulockern und sie trotz Allem zu beeindrucken.

»Na ja, in der Regel betreue ich überdurchschnittliche Firmenkunden. Habe viele Meetings und leider auch viel Papierkram zu erledigen. Klar, das klingt alles ziemlich langweilig, ich weiß. Es ist kein Vergleich zu deinem Job aber ich liebe meine Arbeit.«

»Nein nein, verstehe mich nicht falsch! Ich denke sicherlich nicht, dass du langweilig bist. Du bist die erste Frau, die meinen Bruder offensichtlich beeindruckt hat. Auch wenn du ihn öffentlich lächerlich gemacht hast. Aber du bist sicherlich alles andere als langweilig! Warum sollte er dich sonst noch wollen? Und jetzt sogar heiraten?«

Lilly lacht.

Erstaunt über die direkte Art mischt sich mir ein komisches Gefühl unter. Verläuft die Unterhaltung offensichtlich nicht so, wie es beim ersten Kennenlernen üblich ist.

»Wir sollten bestellen!« mischt sich nun Sebastian in das Gespräch ein.

Erschreckende Ruhe zieht auf. Jeder von uns liest aufmerksam in der Karte.

Zumindest ich kann mich nicht auf das Geschriebene konzentrieren. Überlege vielmehr, wie ich sie beeindrucken kann. Den Fauxpas nach meinem letzten Londontrip bestmöglich ins Lächerliche zu ziehen. Welches Thema ich zum Tischgespräch erklären sollte. Nicht nur um sie aus der Reserve zu locken und ihre überschwängliche Art in eine ehrliche Art überzuleiten.

Lilly unterbricht die Stille:

»Also ich kann noch nichts essen. Sebastian, bestelle du! Ich bin viel zu neugierig auf deine Verlobte!«

»Du weißt davon?« schiele ich über den Speisekartenrand ihr entgegen.

»Natürlich! Ich war ja auch dabei, so wie viele hundert Andere gestern in dem Club auch! Mom fand das übrigens nicht so lustig, von deiner Verlobung aus der Presse zu erfahren!« dreht sie sich nun Sebastian zu.

Wusste ich es doch! Endlich wird es interessant. Ich schließe die Speisekarte und lehne mich mit verschränkten Armen im Stuhl zurück.

Offensichtlich bin ich aus dem Gespräch jetzt ausgeschlossen. Na Gott sei Dank! Auch wenn es um mich geht. Aber das sollen die Beiden unter sich klären.

Anstatt weiter deutsch zu reden, fangen sie an, hitzig englisch zu diskutieren. Als ich zum vierten Mal meinen Namen höre, entschuldige ich mich bei den Beiden und stehe auf. Das geht mich jetzt nichts an. Und erst recht will ich nicht dabei sein, wenn Lilly über mich herzieht.

Ich schnappe mir meine Handtasche und gehe auf direktem Wege dem Hinterausgang entgegen. Ich brauche eine Kippe, um nicht zu eskalieren.

Das ganze Treffen stresst mich, von den vor dem Restaurant wartenden Photographen mal ganz abgesehen. Außerdem will ich gar nicht wissen, was sie über mich zu sagen hat. Dafür fällt es mir leider zu schwer, jemanden zu verzeihen und das hätte ich Lilly sicher zwangsläufig müssen. Wäre ich bei dem Gespräch dabeigeblieben.

Auch wenn sie einen sehr sympathischen Eindruck macht, gefällt mir ihr Unterton überhaupt nicht.

Es ist die letzten Jahre wie ein Instinkt geworden, zwischen den Zeilen zu lesen. Nicht zuletzt durch die hervorragende Schule meiner Chefs. Ich weiß intuitiv, ob ein gesprochenes Wort wirklich ehrlich gemeint ist, oder schlicht eine Höflichkeit. Außer bei Sebastian. Da versagt meine Intuition am laufenden Band.

Und sind wir doch einmal ehrlich! Ich bin die Frau, die sich ihren einzigen und noch dazu großen Bruder geangelt hat. Die Zeiten, in denen die kleine Schwester die Freundin ihres Bruders als zukünftige Schwester sieht, sind längst vorbei! Das funktionierte eventuell noch zu Mittelalterzeiten, aber heutzutage sicher nicht mehr.

Genüsslich stecke ich mir eine Zigarette an und stehe nicht unweit des Küchenpersonals im Hinterhof.

Keine Frage, sie beäugen mich mehr als ungläubig, aber so was bin ich ja inzwischen gewohnt.

Ich drücke die Kippe nach dem letzten Zug aus und gehe zurück ins Restaurant. Schon beim Betreten des Speisesaals höre ich sie immer noch wild diskutieren. Dem Anstand beider geschuldet verstummt aber das Gespräch schlagartig, als ich mich zurück auf meinen Platz setze.

»Ihr habt schon gewählt?« frage ich in die allgemeine Runde.

Eine Antwort bleiben mir beide schuldig. Stattdessen starren sie vor sich hin.

Da keiner mit mir reden will, zitiere ich den Kellner an unseren Tisch. Ich deute ihm meinen Wunsch durch Tippen in der Speisekarte.

»Du sprichst nicht fließend englisch?«

»Nur wenn ich will und das ist momentan leider nicht der Fall.« kontere ich Lilly gegenüber reserviert.

Mit gerunzelter Stirn nimmt sie es zur Kenntnis und schließt sich meiner Bestellung an.

Bis zum Bringen des bestellten Menüs herrscht alles sagende Stille, was ich mir aber nicht bieten lassen will.

Ich habe es nun endlich geschafft, mir diesen Mann dauerhaft zu sichern. Also bin ich nicht bereit, mir das durch dieses Küken wieder ruinieren zu lassen.

Schließlich weiß ich, warum Lilly so angesäuert ist.

Es ist einzig die Tatsache, dass sie nichts von der geplanten Verlobung wusste. Noch dazu, dass sie mich vorher nicht kennengelernt hat. Ich hätte sicherlich nicht anders an ihrer Stelle reagiert.

Der Kellner serviert uns zwischenzeitlich einen eiskalten Weißwein. Kaum sind die Gläser gefüllt, nehme ich einen großen Schluck unter Lillys skeptischen Blick.

Gezielt suche nun ich das Gespräch, in einem sehr bestimmenden Ton.

»Also Lilly, dass du mich nicht magst, merkt man. Das ist aber alles andere als ein Problem für mich! Ich kann dich sogar verstehen! Ich würde es meinen Bruder genauso spüren lassen, wie du Sebastian. Und mich schon zwei Mal! Wirklich, ich verstehe dich!«

Beide sehen mich fassungslos an.

»Das kann man jetzt so nicht sagen, dass ich dich nicht mag, aber…«

»Lass gut sein!« falle ich ihr unhöflich ins Wort.

»Weißt du Lilly, ich liebe deinen Bruder und auch wenn es dir nicht passt, das ist mir egal! Wir sind zusammen, finde dich damit ab! Und heiraten werden wir sowieso. Ob du das jetzt toll findest oder nicht!«

»Mia!« ermahnt mich Sebastian.

Aber das interessiert mich null. Deswegen, weiter im Text:

»Mit mir kann man hervorragend auskommen, aber dazu muss man mir eine Chance geben. Wenn du sie mir nicht geben willst, dann ist das so. Ich werde mich sicherlich nicht zwischen dich und deinen Bruder stellen. Aber sei dir bewusst, dass es letztlich nicht gut für eure Beziehung ausgeht. Ich werde den Krieg nämlich gewinnen, Schätzchen!«

Tja, die guten Vorsätze eines perfekten ersten Eindrucks sind dahin. Mein Arbeitsoutfit wandelt mich offensichtlich nun auch im Privaten in eine bestimmende Bitch. Denn diese Blicke, wie mir Sebastian und Lilly gerade zuwerfen, kenne ich zur Genüge von meinem Job.

Die Leute meinen, ich könnte kein Wässerchen trüben. Aber wenn es mir zu blöd wird, sage ich es direkt.

Ich sehe es beiden an und ja, ich muss ein wenig schmunzeln. Sie sind vom Blitz getroffen. Nicht einmal Sebastian bringt einen Ton heraus. Kaum will ich mich für eine weitere Raucherpause entschuldigen, damit die Beiden noch einmal über mich reden können, spricht Lilly zu mir, patzig.

»Man kann hier auch rauchen! Das ist nicht wie in Deutschland!«

Erstaunt schaue ich sie an.

»Und du könntest mir wenigstens eine anbieten! Ich könnte jetzt echt eine Zigarette gebrauchen!«

»Seit wann rauchst du?« mischt sich Sebastian ein.

»Seit wann wolltest du heiraten, Bruderherz?«

Der Punkt geht an sie!

Ich muss mir so das Lachen verkneifen. Hoffentlich sieht man mir meine Gedanken nicht an!

Um abzulenken strecke ich ihr die offene Schachtel

entgegen. Sie nimmt sich natürlich eine raus und lehnt sich nach dem ersten Zug in ihrem Stuhl zurück.

»Also ehrlich gesagt bin ich es nicht gewohnt, dass man so wie du mit mir spricht. Aber Danke für deine offene Art!«

»Sebastian hat dir keine Silbe von mir erzählt, richtig?«

»Kein Wort!«

»Männer!«

Mehr fällt mir dazu nicht ein. Sebastian sitzt derweilen wie ein begossener Pudel zwischen uns und scheint die Welt nicht mehr zu verstehen.

»Was ich nicht verstehe; er macht dir vor aller Welt diesen Antrag und sagt mir, seiner einzigen Schwester, nichts von seinen Absichten?!«

»Mach dich nicht verrückt. Ich wusste auch nichts davon!«

Sie beginnt zu lächeln. Es sieht sogar ehrlich aus!

»Ich war genauso überrascht, wie du! Glaub mir.«

»Wie lang kennt ihr euch überhaupt schon?«

»Sebastian?« binde ich ihn nun in das Gespräch ein.

»Noch nicht so lange, glaub ich.«

»Siehst du? Es lag sicherlich nicht an dir, Lilly.«

»Offensichtlich.«

»Wollen wir noch einmal von vorne anfangen?«

Lilly zögert.

»Komm schon! Gib dir einen Ruck! Ich bin Mia!«

»Lilly! Und jetzt freut es mich auch wirklich, dich kennenzulernen!«

»Dito!!!« erwidere ich und wir fangen tatsächlich noch einmal von vorne an.

Sie erzählt von ihrem Job in der Modelagentur. Über ihr Leben, dass sie noch nie eine ernsthafte Beziehung hatte. Sie ist der Meinung, dass man Männern einfach nicht mehr vertrauen kann. Auch spricht sie über ihre Kindheit. Wie schwer sie es von Haus aus hatten; wie besessen ihre Mutter von der Idee war, dass sie als Schönheitskönigin die ganze Welt erobern wird.

Selbstverständlich kann sie es sich auch nicht verkneifen, diverse Peinlichkeiten über ihren Bruder zum Besten zu geben.

Selbst auf meine direkte Frage, wie sie ihren Bruder sieht, nimmt sie kein Blatt vor den Mund. Wobei doch recht oft die Worte Selbstzweifel und Womanizer fallen.

Sie wusste, als er gestern nicht zu Hause war, dass er sicher in seinem Stammclub wieder eine Frau aufreißt. Umso größer war der Schock, dass er einer einen Antrag machte.

Bei der Gelegenheit kann ich mir nicht verkneifen, dass wir uns gestern bald kennengelernt hätten. Ich nämlich dachte, dass sie ein wildgewordener Fan oder so was wäre. Vielleicht sogar eine seiner Verflossenen. Jedenfalls, dass mir ihre Unterhaltung viel zu vertraut aussah.

Teilweise irritiert aber doch gespannt lauschen wir uns gegenseitig unseren Geschichten.

Ich beginne mir ein ganz neues Bild von Sebastian zu machen. Er ist ganz klar ein absolut normaler junger Mann, der seine große Leidenschaft in der

Schauspielerei gefunden hat. Ihm es aber am liebsten wäre, könnte er seinen Job ohne den ganzen Presserummel und Fanandrang nachgehen. Andererseits hat er seine Bekanntheit und sein Aussehen laut seiner kleinen Schwester nur allzu gern ausgenutzt.

Nicht zuletzt um sich die ein oder andere Frau gefällig zu machen. Umso erstaunter ist Lilly, dass die gesamte Liaison zu keiner Sekunde von mir ausging, sondern ihr Bruderherz die Initiative ergriff und mich suchte.

Sebastian selbst sind diverse Geschichten unglaublich peinlich. Aber Lilly ist im Redemodus und will gewiss kein einziges Detail auslassen, zu meiner Unterhaltung.

Der Mittag vergeht wie im Fluge. Die Gespräche werden von Minute zu Minute vertrauter.

Sie erzählt mehr und mehr von ihrem Job. Ich von meinem. Sie von ihrer letzten Beziehung, ich von Ben und Lu.

Ich bin überzeugt, dass wir wirklich noch einmal von vorn angefangen haben. Sämtliche Unstimmigkeiten sind besprochen. Wir fassen Vertrauen zueinander.

Mein erster Eindruck täuschte nicht. Lilly ist wirklich sehr liebenswert. Eine typische junge Frau, die mit beiden Beinen fest im Leben steht.

In vieler Hinsicht erinnert sie mich an mich selbst. Noch bevor ihr Bruderherz in mein Leben trat. Nicht zuletzt an meinen ehemaligen meterhohen

Tellerrand.

Bei der Verabschiedung sind wir uns also einig. Sobald es sich anbietet, sehen wir uns wieder. Mag es nur zum Lunch oder am Abend zu einem Cocktail sein.

Spontan tauschen wir noch unsere Nummern aus und verlassen zufrieden das Restaurant.

»Lief doch ganz gut, findest du nicht?« steige ich Sebastian fragend ins Auto ein.

Sebastian aber würdigt mich keines Blickes.

»Mach dir keine Sorgen! Sie hat sich doch wieder beruhigt. Ich hätte an ihrer Stelle genauso reagiert. Und letztlich haben wir uns doch hervorragend verstanden!«

»Über mich reden ist nicht hervorragend verstehen, Mia!«

Ups, da ist jemand sauer.

Ohne ein weiteres Wort zu wechseln fahren wir zurück in seine Wohnung. Kein Händchenhalten, kein Streicheln, nichts! Meine Annäherungsversuche werden allesamt ignoriert. Er beachtet mich null!

Offensichtlich ist er wirklich beleidigt.

Ich persönlich kann es nicht nachvollziehen. Vielmehr sollte er sich freuen, dass Lilly und ich uns verstanden haben. Wenn auch erst bei dem zweiten Anlauf aber das war schließlich nicht meine Schuld.

Vielleicht sind das aber auch die erwähnten Selbstzweifel, die Lilly beim Lunch angesprochen hat.

Die erdrückende Stille hält allen Ernstes bis zum Betreten der Wohnung an.

Nachdem Sebastian sofort telefonierend in seinem Arbeitszimmer verschwindet, koche ich mir erst einmal einen Kaffee. Ich bin überzeugt, dass wir noch einmal darüber sprechen werden. Sobald er sich beruhigt hat und ihm danach ist. Spätestens aber bevor ich Morgen nach Hause fliege. Schließlich ist er nicht der Typ, der Dinge gern ungeklärt lässt.

Ich krame mein Telefon samt Kopfhörern aus der Handtasche und gehe mit meinem Kaffee auf die Terrasse. Die letzten Stunden will ich vollends genießen, bevor mich der Alltag Morgenabend wiederhat.

Spontan öffne ich den Chat von Ben. Erschrocken stelle ich fest, dass Anni wirklich Recht hat. Mit dem, was sie mir heute Morgen zusammengefasst hat.

Als Erstes verausgabt sich Ben in der Gossensprache. Letztlich geht es in eine nicht mehr enden wollende Liebeserklärung über.

Ein komisches Gefühl, solche Worte von ihm zu lesen. Vor allem nach dem, was zwischen uns die letzten Wochen vorgefallen ist.

Ich weiß auch gar nicht, was er nun von mir erwartet?

Sind wir doch einmal ehrlich. Es mag sein, dass ich ihn ebenfalls betrogen habe. Ok, es ist eine Tatsache! Aber ich war nicht so unverschämt, das konsequent über mehr als vier Jahre hinweg mit seinem besten

Freund zu tun. Was nun bitte in aller Welt erwartet er, was ich darauf erwidern soll? Das Thema ist gegessen und längst wieder ausgeschieden. Es gibt schlicht keinen Weg zurück.

Trotzdem kann ich es nicht auf mir sitzen lassen, seine vielen Nachrichten unkommentiert zu lassen.

Unzählige Anläufe nehme ich, aber lösche jedes einzelne Wort wieder. Nichts ist angemessen, um ihm dezent zuzusetzen.

Spontan entscheide ich mich, erst einmal Lu´s Nachrichten zu lesen. Diese sind durchaus freundlicher.

»… deine Freundschaft fehlt mir…«

»… lass uns doch noch einmal reden…«

»… es tut mir leid, Mia…«

»… Glückwunsch zur Verlobung…«

Allmählich kommen mir Zweifel, ob ich die Freundschaft wirklich wegwerfen soll. Es waren so viele Jahre. Wobei Anni auch Recht hat. Lu machte wirklich bald alles ausnahmslos falsch, was man überhaupt falsch machen konnte.

Nicht nur, dass sie all die Jahre mit Ben schlief. Sie hinterging mich in jeglicher Hinsicht. Trotzdem war sie wie eine Schwester für mich.

Mit einer kleinen Faser meines Körpers will ich ihr verzeihen. Irgendwann! Aber jetzt noch nicht. Dazu muss ich mir erst einmal eine Meinung bilden, von der ich auch überzeugt bin.

Um vorerst auf andere Gedanken zu kommen,

schreibe ich Anni. Was sie wohl gerade macht? Die Idee shoppen zugehen, gefällt mir zur Ablenkung von Sekunde zu Sekunde besser.

Da das mit Sebastian aber sicherlich eine Form der Unmöglichkeit ist, frage ich ihn erst gar nicht. Soll er sich doch erst einmal beruhigen.

Anni lässt sich leider verdammt viel Zeit, zu antworten. Eher untypisch, sofern sie ja förmlich mit ihrem Telefon schläft, um wirklich nichts zu verpassen.

Kaum gedacht, vibriert das Telefon.

»Sorry Süße, bin mit Jason unterwegs. Die Stadt anschauen. Vielleicht später!«

Das war wohl ein Satz mit X.

»Alles klar, viel Spaß euch Zwei.« antworte ich knapp.

Was ich stattdessen mit mir anstellen soll, ist die eine Million Dollar Frage.

Just in diesem Moment kommt mir mein Möpschen in den Sinn. Was sie wohl gerade macht? Sicherlich wie immer schlafen oder meine Wohnung auseinandernehmen. Der Gedanke an sie lässt mich kurz lächeln. Das kleine Fellknäul fehlt mir wirklich ungemein in diesem Moment. Wie gern ich jetzt mit ihr kuscheln würde. Oder einen Mittagsschlaf mit ihr auf meinem Bauch machen.

Leider ist sie unzählige Kilometer von mir entfernt. Zuhause.

Apropos kuscheln. Ich mache mich auf die Suche nach meinem Mister Right. Nur um zu schauen, ob er sich wieder beruhigt hat.

Er sitzt in seinem Büro am Schreibtisch und telefoniert immer noch. Ich lehne an den Türrahmen und schaue ihm zu. Er würdigt mich keines Blickes, ist absolut in das Gespräch vertieft. Eine gefühlte Ewigkeit mustere ich ihn.

Mit der linken Hand spielt er mit einem Kugelschreiber, in seiner rechten Hand hält er das Telefon.

Als seine Blicke mich endlich erreichen, beginnt er zu lächeln. Offensichtlich ist seine miese Laune verschwunden.

Auf direktem Wege gehe ich zu ihm und schiebe seinen Stuhl ein wenig von dem Schreibtisch weg. Gerade weit genug, dass ich mich breitbeinig, ihm zugewandt, auf seinen Schoß setzen kann.

Es gefällt mir, dass es ihm die Konzentration nimmt. Grund genug, ihm den Hals zu küssen.

Man kann nicht behaupten, dass er sich wehrt. Auch wenn er das Telefonat nicht beendet.

Auf nahezu theatralische Art wandern meine Lippen seinen Hals entlang. Bis hin zu seinem Ohrläppchen.

Sebastian schließt die Augen, legt den Kopf zurück und genießt.

Ich stütze mich mit den Armen an der Stuhllehne ab und rutsche näher mit meinem Schoß auf seinen.

Seine wachsende Lust ist nicht mehr zu verfehlen! Das Atmen fällt ihm zusehend schwerer, seine Konzentration auf das Telefonat wird immer weniger. Seine linke Hand lässt von dem

Kugelschreiber ab und greift gezielt nach meiner Hüfte. Den Takt und die Intensivität meiner Bewegungen vorgebend.

Sebastian hat mich nun fest im Blick. Mit einem selbstgerechten Lächeln lasse ich von ihm ab. Ich beuge mich ein wenig nach hinten und beginne meinen Blazer zu öffnen. Danach jeden einzelnen Kopf meiner Bluse.

Mit weit geöffneten Augen sehe ich ihn einladend an. Seine Finger streicheln mein Dekolleté. Ich warte nur darauf, dass er das Gespräch endlich beendet. Aber nichts. Stattdessen fährt er mit seinem Gesicht an meinen Brüsten entlang. Er legt meine Brustwarzen frei und beginnt sie zu küssen. Meine Wangen werden warm, meine Oberschenkel spannen sich an. Meine Beine beginnen zu zittern. Ich flüstere ihn in das freie Ohr:

»Fick mich, Babe!«

Sebastian beendet sofort das Telefonat, hebt mich hoch und legt mich auf den Schreibtisch. Vor sich, auf den Rücken. Das Herz schlägt mir bis zum Hals. Er beugt sich über mich und küsst mich. Wild und leidenschaftlich zugleich. Seine Hände kneten ununterbrochen meine Brüste. Ich kann es nicht mehr erwarten, ihn endlich zu spüren.

Hektisch mache ich mich an seinem Gürtel zu schaffen. Er sich an meiner Hose und meinem Slip. Eine weitere Minute später liege ich breitbeinig vor ihm auf dem Tisch. Die Bluse geöffnet, die Brüste frei.

Sein Blick, seine tiefblauen Augen. Sie durchdringen mich. Bis tief in die Seele. Bis hin zu meinem Innersten. Ich bin nicht nur nackt, ich fühle mich auch so; ihm in jeglicher Hinsicht vollends ausgeliefert.

Sebastian legt mir meine Hände über meinen Kopf. Von seinen festgehalten. Nicht aus den Augen lassend. In dem Wissen, wie sehr es mich um den Verstand bringt, führt er ihn behutsam in mich ein. Langsam, den Atem anhaltend.

Eine Hand lässt von meinen Armen ab und greift unter meinen Po. Hebt ihn leicht an. Sebastian zieht sich zurück, schaut mich wieder an. Erwartungsvoll. Unsere Blicke treffen sich.

»Ich liebe dich, Misses Cleary!«

»Ich liebe dich mehr!«

Wir küssen uns leidenschaftlich. Seine Lippen fest auf meine gepresst. Meine Hände umschließen sein Gesicht. Meine Beine schlinge ich um seine Hüften. Sebastian gibt endlich nach und dringt mit einem ungewohnt heftigen Stoß wieder in mich ein. Ein warmes Gefühl überkommt mich. Augenblicklich. Ein Gefühl, dem ich nie müde werden könnte.

Es braucht keine weiteren Bewegungen mehr. Ich zerspringe auf die wohl perfekteste Weise überhaupt.

Und ja, ich liebe es. Wie er mich nimmt. Wie er mich ansieht. Wie er mich berührt. Und vor allem wie er mich liebt! Denn ich liebe ihn. Mit jeder einzelnen Faser meines Körpers. Meinen Verlobten. Meinen Sebastian Cleary.

NEUNZEHN

Der letzte Tag des Londonwochenendes bricht heran. Es ist Sonntag.

Sebastian hat schon vor Stunden das Haus verlassen. So ganz ohne das Filmset geht es eben doch nicht.

Wehleidig rolle ich mich im Bett herum. Die Kissen sind von seinem Geruch getränkt. So sehr ich mich auch bemühe, mein furchtbar verliebtes Grinsen bekomme ich beim besten Willen nicht aus dem Gesicht radiert.

Angestrengt lasse ich die letzten Tage Revue passieren. Jeder Augenblick, an den ich mich erinnere, macht mich über alle Maßen glücklich.

Unweigerlich schleicht sich mir ein Lied in den Hintergrund und der Flashback an die Clubnacht beginnt aufs Neue.

Ich bin verlobt! Wahnsinn! Noch vor kaum einem dreiviertel Jahr war ich der Verzweiflung nahe, Sebastian eventuell nie wieder sehen zu können und nun bin ich seine Verlobte!

Es kommt mir alles wie ein einziger großer Traum vor. Sollte wirklich ich, Mia Sommers, das Glück haben, wie es bisher nur Schneewittchen oder gar Cinderella hatten? Kam Sebastian zwar nicht auf dem weißen Pferd angaloppiert, dafür aber auf einer weißen Yacht.

Zugegeben, so viel weiß ich nicht mehr von dem Abend, doch dafür von den letzten Wochen.

Begonnen an dem Morgen, als Sebastian völlig unverhofft in meiner Kanzlei auftauchte. Nicht zuletzt an seine Liebeserklärung auf meiner Terrasse. Seinem stetig süchtig machenden Lächeln. Seinem bubenhaften, nervös wirkenden, durch die Haare fahren. Sein sensibler Charakter. Stets bemüht alles richtig machen zu wollen. Seinem unglaublich schönen Körper, nicht zu guter Letzt seine Augen. Und natürlich die Art, wie er mich anschaut.

Das alles soll wirklich mir gehören und für den Rest meines Lebens gelten?

Allmählich verstehe ich, warum Menschen süchtig nach Liebe sind. Es ist wirklich mit Abstand das beste Gefühl der Welt. Mit nichts Anderem zu vergleichen.

Wenn ich das gewusst hätte, hätte ich mich ruhig eher schon einmal verlieben können.

Zufrieden stehe ich auf und mache mich im Badezimmer frisch. Bevor ich mich ein vorerst letztes Mal für die nächsten Wochen der Kaffeemaschine widme. Durch die großen Küchenfenster scheint schon ein klein wenig Sonnenlicht in die Wohnung herein.

Erstaunlich! Bisher war jeden Tag schönes Wetter in London. Wenn das mal kein Zufall ist?! Heißt es doch nicht, dass London stets und ständig von Wolken heimgesucht wird?!

Die Sofadecke geschnappt, gehe ich auf direktem Wege auf die in den Hinterhof ragende Dachterrasse. Um mich meinem neuen Lieblingssessel anzunehmen.

Eingekuschelt mit der Tasse in der Hand nehme ich Platz und genieße den traumhaften Ausblick über die Dächer Londons.

Auch wenn es überaus frisch an diesem Morgen ist, ist es doch perfekt. Denn ich bin zum ersten Mal in meinem Leben angekommen. So richtig! Ich bin zufrieden. Keine Ahnung, wie man dieses Gefühl in Worte fassen könnte. Auf Anhieb fällt es mir schwer, auch nur im Ansatz etwas Vergleichbares zu finden. Einen Moment, ein Ereignis.

Je angestrengter ich darüber nachdenke, umso mehr komme ich zu dem Schluss, dass das wohl das so lang von mir angestrengte Lebensziel ist. Nämlich glücklich zu sein.

Der Gedanke gefällt mir. Ich nehme spontan mein Telefon zur Hand, um den Moment mit einem Selfie festzuhalten. Nicht zuletzt, um es online zu stellen.

Auch wenn ich mehr schlecht als recht geschminkt bin. Noch dazu vor dem ersten Kaffee.

Trotzdem sollen alle erfahren, dass ich es endlich geschafft habe!

Umgehend poste ich es auf meinem Facebook Account mit den Worten: „#angekommen #glücklich #London #theloveofmylive #imyours #weilichskannundvorallemwill".

Nicht nur für meine Freunde sichtbar, nein für die ganze Welt!

Die Kommentare und Likes überschlagen sich innerhalb kürzester Zeit. In der Tat sehe ich, so sehr ich mein Bild auch anschaue, überaus glücklich aus. Ich scheine förmlich von innen heraus zu strahlen. Selten habe ich ein Bild von mir selbst so sehr gemocht. Denn es ist echt. Nichts gestellt. Nichts mit einem Filter bearbeitet oder retuschiert.

Keine Frage, beruflich bin ich die überaus Abgeklärte, aber privat war es mir zu keinem Zeitpunkt möglich, so glücklich zu wirken.

Nicht allzu selten hieß es, ich wäre mit meiner Arbeit verheiratet. Sie ist das Einzige, was mich glücklich macht. Wobei diese Kommentare mehr herablassend, als gut gemeint waren. Und nun? Sämtliche Kritiker hätten nichts an meiner Erscheinung auszusetzen gehabt! Und vor allem ich selbst nicht, was wohl das mit Abstand am wichtigsten überhaupt ist.

Außerdem bin ich ab jetzt nicht mehr mit meiner Arbeit verheiratet, sondern bald mit dem besten Mann der Welt.

Zum ersten Male spiele ich mit dem ernsthaften Gedanken Deutschland hinter mir zu lassen und zu Sebastian zu ziehen. Noch vor kaum zwei Tagen wäre das für mich nicht einmal im Ansatz relevant gewesen. Aber jetzt, warum eigentlich nicht? Schließlich habe ich das Glück, meinen Mann damals genau in diesem Moment, an dem Ort der Welt getroffen zu haben. Das kann sicherlich nur Schicksal oder sogar Vorhersehung gewesen sein. Wäre es doch mehr als undankbar, mein frisch gewonnenes Glück jetzt leichtfertig aufs Spiel zu setzen. Oder? Außerdem bin ich noch nicht bereit, zurück nach

Deutschland zu fliegen. In den Alltagstrott wieder einzutauchen. Sebastian hunderte Kilometer weit weg zu wissen.

Unzählige Szenarien spiele ich gedanklich durch. Allein auf der Suche nach einer Idee, wie ich mein Glück so lang wie möglich aufrechterhalten kann. Nicht zuletzt wie meine Chefs auf meine rosarote Brille reagieren. Ob sie so viel Verständnis für mich aufbringen könnten? Würden sie mir eine berufliche Auszeit gewähren, um bei Sebastian zu sein? Und wenn nicht, wie könnte ich sie überzeugen?

Anni hat nämlich Recht. Wieder einmal! Dezent und unauffällig war das Wochenende nicht! Es könnte auch durchaus der Fall sein, dass meine Chefs aus Eigeninitiative das Gespräch mit mir suchen.

Andererseits, ist es mir denn überhaupt noch möglich, meinen Job weiter auszuüben? Schließlich wissen nun alle, wer ich bin! Dank der Regenbogenpresse. Toll! Danke für Nichts!

Und dann noch meine privaten Probleme mit Lu. Von meinen Eltern wollen wir erst gar nicht reden.

Diese unzähligen Gedanken machen mich mürbe. Letztlich kein Wunder, dass ich nun wirklich in Betracht ziehe, Allem den Rücken zu kehren. Und vor meinen Problemen buchstäblich davon zu rennen. Ist es ja nicht das erste Mal, dass ich schlicht so weit wie möglich wegwill. Von Menschen und Dingen, die mir einfach zuwider sind. Aber von jetzt an ist der Grund um Welten besser. Sebastian!

Von einem Vibrieren aus dem psychischen Nonsens gerissen schaue ich auf mein Telefon. Lu hat meinen Post kommentiert. Zugegeben, mit ihr habe ich als allerletztes gerechnet, doch irgendwie finde ich es auch schön. Auch wenn ich noch nicht weiß, was sie schreibt.

»So glücklich habe ich dich noch nie gesehen. xxx«

Ich starre auf das Telefon. Mit großen Augen und geöffneten Mund.

Hat sie jetzt wirklich drei Xe dahinter gesetzt? Nach meinem direkten Schlag ihr mitten ins Gesicht? Da wäre doch eher ein dezenter Shitstorm angemessener gewesen. Beziehungsweise erst gar keine Reaktion. Ich mein, ihr Sebastian ist jetzt mein Verlobter. Ich weiß, wie sehr ihr das weh tut und trotzdem so ein netter Kommentar?!

Einen kurzen Moment hadere ich mit mir, Lu vielleicht genau in diesem Moment zu schreiben. Scheiß drauf, denke ich und öffne umgehend WhatsApp:

»Danke für deinen netten Kommentar.«

Kaum ist mein Text abgeschickt, ist sie online und antwortet.

»Ich muss dringend mit dir reden. Ich denke, du hast etwas ganz falsch verstanden.«

Verwirrt schaue ich auf das Display. So sehr es mir widerstrebt, ihr zurückzuschreiben, meine Neugier siegt.

»?«

»Nicht am Telefon. Wann bist du wieder in Deutschland?«

Das ist wieder so typisch für Lu! Erst macht sie mich neugierig. Dann rückt sie mit der Sprache nicht raus.

Offensichtlich hat sie vergessen, dass wir keine besten Freundinnen mehr sind. Warum also sollte ich mir das noch bieten lassen? Eben! Es gibt keinen Grund!

»Ich lese! Mehr kannst du von mir nicht mehr erwarten. Und schon gar nicht, dass ich mich so schnell noch mal mit dir an einen Tisch setze! Also!?«

Minutenlang steht unter ihrem Namen „online". Ich höre sie förmlich bis nach London denken, ob sie die Chance nun nutzen soll.

Wenn sie mich wirklich so gut kennt, wie sie sicherlich überzeugt ist, würde sie die Gelegenheit nutzen. Denn das wird vorerst die Einzige sein, die ich ihr bereit bin, zu geben. Aber es kommt nichts.

»Dann eben nicht!«

Ich schließe WhatsApp wieder und gehe mir einen Kaffee holen. Genervt und dezent angesäuert. Sie hat offensichtlich rein gar nichts gelernt. Ihr Pech!

Mit meinem Kaffee kuschle ich mich wieder auf meinem Launchsessel und lasse Musik laufen. Ich versuche mich krampfhaft von Lu abzulenken. Will auf andere Gedanken kommen, bevor es wieder nach Hause geht.

Ich schließe die Augen und lasse mein Kopfkino laufen. In der Hauptrolle, Sebastian!

Das Telefon vibriert erneut, Nachricht von Lu!

Einen kurzen Moment zögere ich, ob ich mir

tatsächlich noch eine Ausrede reindrücken lassen will. Eine, mit der sie meint, mich überzeugen zu können, persönlich mit ihr zu reden. Andererseits, vielleicht rückt sie ja nun doch mit der Sprache raus. Ich bin hin und her gerissen. Aber, meine Neugier siegt wieder.

»Ich weiß, dass ich alles falsch gemacht habe, was man überhaupt falsch machen kann. Wirklich, Mia! Das weiß ich!!! Aber ich liebe Ben. Das habe ich schon immer! Es fiel mir auch nicht leicht, es dir nicht zu sagen. Ich möchte aber, dass du weißt, dass ich nach München geflogen bin, um mit Ben zu reden. Dabei ging es nicht um dich. Zumindest nicht direkt. Ich hatte ihm was Wichtiges zu sagen. Als er mir nicht zuhören wollte, musste ich ihm einfach von dem Auto erzählen. Schätze mal, das war Sebastian, oder?«

Ich sehe es gar nicht ein, auf ihre Frage einzugehen. Schließlich kann sie mir jetzt einen Bären aufbinden, ich würde die Wahrheit sowieso nicht erfahren. Und noch dazu müsste sie einen verdammt guten Grund haben, warum sie mich verraten hat.

Daher entscheide ich mir für:

»Und jetzt? Nichts, was ich nicht schon wusste!«

Lu liest meine Antwort sofort. Ist permanent online. Es braucht aber eine ganze Zigarette, bis der nächste Text von ihr kommt.

»Ich bin schwanger…«

Offensichtlich bin ich nicht ganz bei Sinnen. Eventuell vom letzten Abend noch angetrunken oder einem Schlaganfall verfallen. Das kann unmöglich sein!

»Bist du nicht! Lüg mich nicht an!«

»In der 12. Woche.«

»Wir haben vor drei Wochen noch Wein getrunken! Also da musst du dir echt eine bessere Story einfallen lassen, dass ich dir noch einmal zuhöre!«

»Es ist die Wahrheit!«

Mein Puls beginnt zu rasen. Die verdrängte Wut auf sie kommt wieder hoch!

Wie kann sie es wagen, mich schon wieder anzulügen? Haben die letzten vier Jahre denn noch nicht gereicht? Sie versucht es doch echt mit allen Mitteln. Bitch!

Wutentbrannt starre ich vor mich hin. Wäge die Tatsachen gegeneinander ab. Überlege, ob es tatsächlich sein kann. Schließlich haben wir unsere Periode synchron. Somit hätte ich es merken müssen, wenn ihre das letzte Mal ausgeblieben ist. Sie hat ja zum Ende bei mir gewohnt.

Mein Kopf beginnt auf Hochtouren zu laufen. Jedes noch so kleine Detail rufe ich mir in Erinnerung. Ein benutztes Handtuch, ein gefüllter Toiletteneimer. Wie Schuppen fällt es mir von den Augen. Sie hat Recht! Sie hatte ihre Periode nicht! Im Badezimmer lagen keine Einlagen oder dergleichen rum. Sie benutzte ein helles Handtuch.

Ach du Scheiße! Lu ist echt schwanger! Aber warum soll sie deswegen zu Ben nach München fliegen?

»Nehmen wir mal an, du wärst wirklich

schwanger... Was hat das mit mir zu tun?«

Lu ist sofort online und schreibt zurück.

»Ben will das Baby nicht. Er liebt mich nicht. Er liebt nur dich!«

Ja das stimmt wohl. Zumindest wurde Ben in den letzten Nachrichten nicht müde, es zu beteuern.

Mein Mund zieht sich zu einem selbstgerechten Lächeln zusammen, meine Augenbraue geht schlagartig nach oben.

Ladys und Gentlemen, das ist eindeutig Karma und Lu hat es gefickt!

Triumphierend hole ich mir einen letzten Kaffee aus der Küche. Noch während er in meine Tasse läuft, kommen ihre Worte erst einmal bei mir an.

Moment, denke ich. Ben will das Baby nicht?

Stirnrunzelnd schaue ich aus dem Küchenfenster. Da muss sie doch etwas falsch verstanden haben!? So ein Scheißkerl kann er unmöglich sein. Das wüsste ich! Schließlich waren wir vier Jahre zusammen. Allmählich dämmert mir, worauf Lu hinauswill.

»Ich soll mit Ben reden, oder?«

Denn das Kind gemeinsam mit Ben aufziehen, steht ja wohl hoffentlich nicht zur Debatte! Wobei, wundern würde mich bei denen ja nichts mehr.

»Ja! BITTE, Mia!«

»Und was soll ich ihm sagen?«

»Vielleicht kannst du ihn überzeugen, das Baby mit mir gemeinsam aufzuziehen. Du bist doch jetzt verlobt und willst Ben bestimmt nicht zurück, oder?«

Ach herrje. Die typische Lu-Denkweise. Primitiv durch und durch. Wenn man gutmütig ist, kann man es auch „bis ins Detail durchdacht" nennen.

Ich stecke mir eine weitere Zigarette an und denke erst einmal über die Situation nach.

Es steht völlig außer Frage, dass Lu nicht wie eine Schwester für mich ist. Trotzdem hat sie mich hintergangen. Mir ununterbrochen dreckig ins Gesicht gelogen. Ich will partout nicht verstehen, warum ich ihr jetzt helfen soll. Das Kind ist immerhin in meiner Beziehung entstanden. Mit meinem Freund! Die Tatsache ist schon heftig genug. Andererseits, warum hält Lu noch an Ben fest?

Wenn ein Mann von mir erwarten würde, ein Kind abzutreiben, wäre ich mit dem aber ganz schnell fertig. Schließlich haben meistens beide bei der Zeugung Spaß. Und Verhütung ist nicht allein Frauensache.

Unüberlegt schreibe ich ihr zurück:

»Wenn er dich und das Kind nicht will, dann schieße ihn in Wind! Was willst du mit so einem Mann?«

Erschreckend ehrlich, Frau Sommers! Muss ich mir selbst eingestehen.

»Ich liebe ihn aber!«

»Na und, und jetzt? Er liebt dich aber nicht! Also weg mit ihm!«

»Alleine schaffe ich das nicht. Ich brauche ihn!«

»Zur Not bin ich ja auch noch da.«

Holy shit. Das habe ich jetzt nicht wirklich geschrieben, oder? Verdammt! Löschen geht nicht mehr. Sie hat es schon gelesen.

Was ist denn nur los mit mir? Als ob ich ihr bei dem

Kind helfen würde! Selbst will ich keine und helfe anderen mit der Erziehung?

Wieder vibriert es in meiner Hand.

»Wirklich? Ich wusste, dass du mich nicht im Stich lässt!«

Oh je, aus der Nummer komme ich so schnell nicht mehr raus.

»Im Notfall, Lu! Nur im Notfall! Ich vertraue dir nicht mehr und das wird sich auch nicht so schnell ändern! Also echt! Wie stellst du dir das überhaupt vor?«

»Na ja, dass wir noch mal über alles reden und wieder Freunde werden.«

Ich richte mich auf meinem Sessel auf, stelle die Kaffeetasse auf den Boden und fange an zu tippen.

»Ich war noch nie so glücklich, Lu. Noch nie! Und so sehr ich es auch versuche, ich kann dir einfach nicht verzeihen, noch nicht! Du hast mir meinen Freund ausgespannt und dich verliebt. Sogar schwängern lassen! Wer sagt mir, dass es mit Sebastian nicht auch wieder so wird!? Du wärst ja nicht mal ehrlich zu mir, wenn es so wäre. Bis das Kind auf der Welt ist, vergeht noch so verdammt viel Zeit. Und vielleicht ändert Ben seine Meinung noch. Genieße die Schwangerschaft. Ich gönne es dir. Aber erwarte jetzt nichts von mir. Das kann ich nicht so einfach entscheiden!«

Die ehrlichen Worte tun im ersten Moment ungemein gut. Denn es ist wirklich so, ich kann ihr noch nicht verzeihen und ja, ich bin glücklich. Das habe ich ganz allein geschafft, ohne eine Lu.

Jetzt kann ich wenigstens am heutigen Nachmittag die Heimreise antreten. Ohne die Angst, dass Lu vor meiner Wohnung auf mich wartet.

Auf direktem Wege verschwinde ich im Badezimmer, um mich ein letztes Mal für meinen Angebeteten zu richten und anschließend meine Koffer zu packen.

Anni ist schon fertig und wartet im Wohnzimmer. Ihrem Gesichtsausdruck nach nicht nur mit packen, sondern vor allem mit London.

Darüber reden will sie aber nicht. So sehr ich auch bohre.

Sebastian kündigt mir via WhatsApp-Nachricht an, dass er es nicht bis zu meiner Abreise in die Wohnung schaffen wird. Auch bis zum Abflug könnte es zeitlich sehr eng werden. Schade!

Ich nehme meinen Koffer und gehe zu Anni ins Wohnzimmer. Sie zieht ein Gesicht wie drei Tage Regenwetter. Ein Traum!

Steve kommt auf mich zu und gibt mir zwei Tickets.

»Ma´am, Sie fliegen heute Businessclass, mit einer Airline. Der Jet ist nicht verfügbar.«

Anni mischt sich ein.

»Kaum hast du ja gesagt, schon werden wir Touristen! Typisch Männer!«

Steve und ich sehen uns entgeistert an. Frau Vogel hat wirklich hervorragende Laune.

»Das kannst du dir echt sparen, Anni! Wenn du

schlechte Laune hast, dann tut es mir leid aber reis dich trotzdem ein bisschen zusammen, klar? Ich habe dir nichts getan!«

Stur starrt sie weiter vor sich hin.

»Danke, Steve! Dann können wir also los.«

»Wird ja auch mal Zeit.«

Sie kann es nicht lassen. Was der über die Leber gelaufen ist, würde mich ja mal brennend interessieren. Aber wenn sie es nicht erzählen will, ich werde sie sicher nicht dazu zwingen.

Sofern das bei Anni sowieso nicht funktioniert. Alles schon probiert!

Ein letztes Mal schaue ich mich in der Wohnung um. Mein Blick schweift durch sämtliche Räume.

Die Sofakissen drapiere ich liebevoll wieder auf dem Sofa. Die Betten sind aufgeschüttelt. Es ist gewiss kein Lebewohl, nur ein „auf Wiedersehen".

Wir steigen in der Tiefgarage in den vertrauten schwarzen SUV ein. Auf den Rücksitz. Kaum öffnen sich die Garagentore, begrüßen uns für ein vorerst letztes Mal diverse vor dem Hause wartende Photographen.

Anni sitzt stumm mit einer großen Sonnenbrille auf der Nase neben mir. Ich schaue sie an. Sie tut gar nicht dergleichen und ignoriert mich. Demnach tat ihr der Londontrip nicht annähernd so gut, wie mir.

Das schlechte Gewissen plagt mich. Steve reist mich aus meinen Gedanken mit der Information, dass der Flieger planmäßig mit Direktflug auf Zürich in drei Stunden abheben wird. Freundlich bedanke ich mich, obwohl ich gar nicht nach Hause will. Zu sagen brauche ich es nicht. Steve sieht es mir durch einen Blick in den Rückspiegel an.

Die gesamte Fahrt zum Flughafen sprechen Anni und ich kein Wort. Sie starrt ununterbrochen aus dem Fenster.

Wie gern würde ich ihre Hand ergreifen. Ihr versprechen, dass alles wieder gut wird. Ich bin überzeugt, dass allein Jason der Grund ihrer schlechten Laune ist. Verabschiedet hat er sich von ihr laut Steve nämlich auch nicht. Er ist am frühen Morgen mit Sebastian aus dem Haus.

Das Auto steht noch nicht gänzlich am Flughafen, da springt Anni schon raus.

»Lass es laufen, Mia! Ich will endlich heim.« fährt sie mich schroff an.

Ich hingegen hoffe insgeheim, Sebastian würde es doch noch bis zum Abheben der Maschine an den Flughafen schaffen.

Sehnsüchtig schaue ich mich in der Abflughalle nach Sebastian um, während wir die Rolltreppe hinauffahren. Aber nichts! Er ist einfach nirgends zu sehen. Es tut so unglaublich weh.

Anni hingegen zeigt nach wie vor keinerlei Emotionen, starrt stur geradeaus dem Gate entgegen.

Meine linke Hand ruht auf dem Rolltreppengeländer. Mein Blick fällt auf den wunderschönen Ring an meinem Finger. Ich weiß, obwohl Sebastian nicht da ist, liebt er mich trotzdem über alles.

»Anni!!! Wait, honey!«

Überrascht drehen wir uns beide um. Jason!

Ich sehe Anni an. Ihre Augen werden glasig, sie ist den Tränen nah. Sie drückt mir ihre Sonnenbrille und ihren Handgepäckkoffer in die Arme und rennt die Rolltreppen runter. Auf dem kürzesten Weg zu Jason.

Ohne Frage, Anni liebt Jason wirklich. Sie klammert sich wie ein Äffchen um ihn und weint bitterlich. Jason streichelt ihr über den Rücken, hält sie fest in den Armen. Aber beruhigen kann er sie nicht. Ihre Tränen laufen, laufen und laufen. Ihre Schluchzer sind nicht zu überhören. Sie tut mir so unglaublich leid.

Über die Lautsprecher erklingt der letzte Aufruf unseres Fluges. Die übrigen Passagiere sind schon eingestiegen. Wir müssen also, jetzt.

Jason und Anni können nicht voneinander ablassen, küssen sich ununterbrochen.

»Süße, wir müssen!«

»Ja, ich komme.«

»Wir sehen uns in ein paar Tagen. Ich liebe dich.«

Endlich! Jason hat es gesagt! Nun laufen auch mir vor lauter Freude die Tränen. Schlimm, wie emotional ich geworden bin!

»Ich liebe dich auch!«

Ach, wie in einem schlechten Liebesfilm. Ende gut, alles gut.

Anni dreht sich zu mir um und siehe da, ihre miese Laune ist verschwunden. Auch wenn sie fürchterlich aussieht. Das Make-up verschmiert, die Mascara die

Wangen hinuntergelaufen. Aber sie strahlt über das ganze Gesicht.

»Hast du das gehört? Er liebt mich auch!«

»Natürlich liebt er dich! War doch klar! Hast du etwa was Anderes gedacht?«

»Du bist blöd!«

»Tschau Jason!«

Wir winken Jason ein letztes Mal zu und besteigen den Flieger.

Beim Hochsteigen der Treppe drehe ich mich um.

»Bis hoffentlich ganz bald, London! Vergiss mich nicht.« und verschwinde in der Kabine.

Drei Stunden später befindet sich das Flugzeug im Landeanflug auf Zürich. Ein Taxi wartet auf uns, um uns nach Hause zu bringen. Zuerst setzen wir Anni vor ihrer Wohnung ab, dann geht es endlich zu meiner.

Völlig geschafft drücke ich mich auf dem Rücksitz in die Lehne und fordere den Fahrer auf, bitte den direkten Weg zu nehmen. Ich kann es nicht mehr erwarten, mein Möpschen wiederzusehen. Nicht zuletzt, den Abend ruhig ausklingen zu lassen und anzufangen, die letzten Tage zu verarbeiten. Bevor ich morgen früh wieder in den Alltag starte, fernab von allem Glamour. Wobei mir der Gedanke an ein leeres Bett ohne Sebastian enorme Angst einjagt.

Der Taxifahrer ist so nett und lädt mir mein Gepäck aus dem Auto und zieht es mir vor die Hauseingangstür.

Ich schaue mich in der Nachbarschaft um. Auch wenn mir das Wochenende wie ein gesamtes Jahr vorkommt, scheint sich natürlich in den letzten zwei Tagen nichts verändert zu haben. Außer einem fremden Auto auf dem Parkplatz.

Spontan überlege ich, was Daniel für eins fährt. Schließlich wollte er meine Katze sofort nach Hause bringen.

Irritiert krame ich den Schlüssel aus meiner Handtasche und schließe die Haustür auf. Im Hausflur kommt mir Daniel entgegen.

»Hi Mia. Na wie war´s? Glückwunsch zur Verlobung!«

Er busselt mir auf die Wange.

Bevor ich ihm eine Antwort geben kann oder mich für den Glückwunsch bedanken, ist er auch schon aus dem Haus raus. Hä? Was ist denn mit dem los? Danke für das Gespräch!

Ich höre ein Miauen und schon ist er vergessen. Hektisch schließe ich die Türe auf und betrete die Wohnung.

Erschrocken sehe ich in den Essbereich. Er ist überflutet mit einem Meer aus weißen Lilien. An der Decke schweben Luftballons. Allesamt mit den Aufschriften: „she said YES!" und „forever my girl".

Ich lasse auf der Stelle mein Gepäck fallen und schaue mich weiter in der Wohnung um. Überall, jeder kleine Fleck ist von Lilien bedeckt. Ich bin überwältigt. Absolut geflasht! Die Tränen schießen mir unkontrolliert in die Augen.

Ein Miauen fordert meine Aufmerksamkeit. Ich

sehe Richtung Terrasse und erschrecke erneut.

Mein Möpschen! Mit einer weißen Seidenschleife um den Hals, bestickt mit dem Namen „Nelly". Gehalten von Sebastians Armen.

Von Herzen Danke...

... an meine Lieben, die ich in der Entstehungsphase soooo furchtbar genervt habe.

Ihr habt mir mit Rat und Tat bei der Verwirklichung meines großen Traums zur Seite gestanden!

... besonders zu erwähnen sind:

- meine „Gaßmännin" Marina. Deine Hilfe war mit keinem Geld der Welt zu bezahlen, denn sie war ehrlich, echt und aufbauend! Egal zu welcher Tages- und Nachtzeit, du warst immer da!

- mein „Baby" Matthias. Du hast mich unzählige Male aufgemuntert und mir den nötigen Tritt zur Veröffentlichung gegeben.

Tausenddank